星海社
FICTIONS

銀河連合日本 Ⅳ

柗本保羽
Illustration／bob

星海社

Illustration bob
Book Design Veia
Font Direction 紺野慎一

銀河連合日本

IV

五辻 麗子
ITSUTSUJI
REIKO
EDERATION
N

CHARACTER

ヴェルデオ・バウルーサ・ヴェマ

地球側

日本政府関係者

柏木真人(37) KASHIWAGI MASATO
元ゲーム会社・東京エンターテイメントサービス(ＴＥＳ)コンシューマゲーム部門企画部主任。
現自称フリービジネスネゴシエイター、日本国内閣官房参与扱 政府特務交渉官。
白木、大見とは高校の同期で友人。イゼイラ人のフェルフェリア・ヤーマ・ナァカァラとは恋人同士。

白木崇雄(37) SHIRAKI TAKAO
日本国外務省国際情報統括官組織 特務国際情報官室室長(いわゆる外務省所属の諜報員)。
柏木、大見とは高校の同期で友人。五辻麗子は婚約者。
注)特務国際情報官室は、本作オリジナルの架空の部署です。実在する国際情報官室は、第一～第四まで。
本作では、ティエルクマスカ関係専門部署として本室を設定しています。

大見　健(37) OMI TAKESHI
陸上自衛隊 三等陸佐。レンジャーの資格を所有している。柏木、白木とは高校の同期で友人。
ヤルバーン事件で、白木と新見が手を回した特例措置として、事実上の二階級特進をする。
大見美里は妻で、大見美加は娘。

新見貴一(46) NIMI KIICHI
日本国外務省 国際情報統括官。白木の上司。
常に冷静で、落ち着いた物腰の紳士であり、在駐日米国大使のドノバンと親友。

二藤部新蔵 NITOBE SHINZO
自由保守党 総裁 兼 内閣総理大臣。衆議院議員。一般には保守系の憲法改憲論者として知られている。

三島太郎 MISHIMA TARO
自由保守党 副総理 兼 外務大臣。衆議院議員。いわゆる「閣下」。

春日　功 KASUGA ISAO
自由保守党 幹事長。衆議院議員。一説では柏木と同類という話もチラホラ。秘書がエゲつない。

久留米彰(40) KURUME AKIRA
陸上自衛隊 二等陸佐。大見の直属の上官。天戸作戦では、陸上自衛隊派遣スタッフとして活動。
『銀河連合日本 Ｉ』の第１章「日常」で行われたサバイバルゲーム大会へ、大見達部隊の参加を認めた人物。

加藤幸一(58) KATO KOICHI
海上自衛隊 海将。天戸作戦時からヤルバーン関連に関わってきた自衛官で、安保委員会の制服組重鎮。

田辺　守 TANABE MAMORU
JAXA－宇宙航空研究開発機構 宇宙飛行士。前ISSクルー。

田辺タチアナ(旧露名:タチアナ・キセリョワ) TANABE TATIANA
元ロシア連邦宇宙局 宇宙飛行士。前ISSクルー。愛称はターシャ。
地球帰還後、ロシア連邦宇宙局を退官。田辺と結婚し、妻となる。日本に帰化し、日本人となる。

山本竜也(40) YAMAMOTO TATSUYA
日本国警視庁公安部 外事一課所属。公安警察官。柏木の良き理解者。

下村健二(30) SHIMOMURA KENJI
日本国警視庁公安部 外事一課所属。公安警察官。山本の部下。

長谷部光男(30) HASEBE MITSUO
日本国警視庁公安部 外事一課所属。公安警察官。山本の部下。
イゼイラ人のヘルゼン・クーリエ・カモナンに目をつけられている。

真壁典秀(76) MAKABE NORIHIDE
内閣官房参与 東京大学宇宙物理学教授。

清水幸太郎(33) SHIMIZU KOTARO
自由保守党所属。衆議院議員。米百俵で有名になった元首相の息子。若き自保党のエース。

一般人

五辻麗子(27) ITSUTSUJI REIKO
白木の婚約者。総合商社イツツジグループ会長令嬢であり、同社常務取締役。
同社においてかなりの実権を持つ行動派。白木に惚れ、自分からアタックして無理やり婚約者になった
勝気な女性。意外と正義感の強い女傑。しかし損得勘定は忘れない。

大見美里(37) OMI MISATO　大見健の嫁。柏木とは大学時代の同期。

大見美加(13) OMI MIKA　大見健の娘。都内某都立中学に通う元気な女子中学生。英語が得意。

大森諦三(63) OMORI TAIZO
OGH《オオモリ・グローバル・ホールディング》会長 兼 大森宅地建物株式会社社長。
柏木の良きビジネスクライアントであり、サバイバルゲーム仲間。

田中真理子(26) TANAKA MARIKO
OGH会長秘書 兼 大森宅地建物株式会社社長秘書。元国連職員。
ボルトアクションライフルと、カービンと、軽機関銃を区別できるスーパーハイスペック秘書。
正体不明の変人秘書と思われている。

畠中 HATANAKA　山代アニメーション株式会社 代表取締役社長。

外国政府関係者

ジョージ・ハリソン　アメリカ合衆国 大統領。

リズリー・シェーンウッド　アメリカ合衆国 大統領首席補佐官。

ジェニファー・ドノバン
在駐日米国大使。新見の親友。元文化人類学者で日本への理解が深い知日派大使。
ハリソン大統領とも懇意であり、大統領の対日政策でもかなりの発言権を持つ。日本語も流暢に話す。

張　徳懐 CHO TOKUKAI　中華人民共和国 国家主席。中国共産党 中央委員会総書記。

梁　有為 RYO YUI　中華人民共和国 駐日中国大使。

ダリル・コナー　NASA－アメリカ航空宇宙局宇宙飛行士。前ISSキャプテン(コマンダー)。白人。

ジョン・ハガー　NASA－アメリカ航空宇宙局宇宙飛行士。前ISSクルー。黒人。

アンドレイ・プーシキン　ロシア連邦宇宙局 宇宙飛行士。前ISSクルー。

ブライアン・ウィブリー　カナダ宇宙庁 宇宙飛行士。前ISSクルー。

ティエルクマスカ銀河星間共和連合側

●イゼイラ人・カイラス人・ダストール人年齢は、地球基準の肉体(外見)年齢。地球時間年齢は、ほぼ×2の事。

フェルフェリア・ヤーマ・ナァカァラ(23前後)
ティエルクマスカ銀河星間共和連合・都市型探査艦『ヤルバーン』調査局局長 兼 ティエルクマスカ連合議員。
女性《フリュ》・イゼイラ人。他のイゼイラ人とは少し違った雰囲気を持つ女性異星人。柏木真人とは恋人同士。
シエにいつもちょっかいを出されているが、実は親友。

シエ・カモル・ロッショ(26前後)
ティエルクマスカ銀河星間共和連合・都市型探査艦『ヤルバーン』自治局局長。
女性《フリュ》・ダストール人。ナイスバディで妖艶な美女。性格はその容姿や言動に似合わず、義理堅く友人思い。
柏木とも仲が良く、フェルとの関係にちょっかいを出す事を面白がっている。

ヴェルデオ・バウルーサ・ヴェマ(58前後)
ティエルクマスカ銀河星間共和連合・都市型探査艦『ヤルバーン』司令 兼 共和連合全権大使。
男性《デルン》・イゼイラ人。

ジェグリ・ミル・ザモール(40前後)
ティエルクマスカ銀河星間共和連合・都市型探査艦『ヤルバーン』副司令。男性《デルン》・イゼイラ人。

リビリィ・フィブ・ジャース(26前後)
ティエルクマスカ銀河星間共和連合・都市型探査艦『ヤルバーン』調査局警備部主任。女性《フリュ》・イゼイラ人。
セカンドコンタクト時に女性陸上自衛官(WAC)と交換してもらった迷彩服3型がお気に入り。いつも羽織っている。

ポルタラ・ディラ・ミァーカ(25前後)
ティエルクマスカ銀河星間共和連合・都市型探査艦『ヤルバーン』調査局技術部主任。女性《フリュ》・イゼイラ人。
愛称は『ポル』。セカンドコンタクト時に女性航空自衛官(WAF)にもらった伊達眼鏡がお気に入り。
改造してウェアラブルシステムとしていつも着用している。『キグルミシステム』の発明者。

ゼルエ・フェバルス(35前後)
ティエルクマスカ銀河星間共和連合・都市型探査艦『ヤルバーン』自衛局局長。男性《デルン》・カイラス人。
言動は非常にフランクで気のいいデルン。

ヘルゼン・クーリエ・カモナン(28前後)
ティエルクマスカ銀河星間共和連合・都市型探査艦『ヤルバーン』司令部部長。女性《フリュ》・イゼイラ人
イゼイラ人的に婚期を逃しつつあり、色々と焦っている。公安の長谷部をロックオン中。

ガーグ

——東京《とうきょう》・新宿《しんじゅく》 歌舞伎《かぶき》町。

外に放置されたゴミ袋をついばむカラスしかいないような早朝。

「下村《しもむら》ぁ！　長谷部《はせべ》ぇ！　お前右！　セマル君は向こうから！」

「は、はいっ！」と下村と長谷部。

『了解！』とセマル。

セマルは、昨日ポルからもらった『キグルミシステム』で、日本人姿に変装していた。

そこにサングラスをかけている。なかなかにイケメンで、映画俳優のようだ。

ハァハァと息を切らして誰かを追う山本《やまもと》。

「クソっ！　どっち行きやがった」

あたりをグルリと見回す……すると路地の向こうから、

「こっちです！　被疑者発見！」

「チッ！　向こうかよ！」

路地のバケツやゴミ箱をぶっ倒しながら山本はその方向へ走る。

すると乾いた銃声が二〜三発。

「何っ！　野郎、チャカ持ってんのか！」

下村と長谷部がとある路地の入り口壁際に体を寄せ、ＳＩＧ－Ｐ２３０日本警察仕様を構えて伏せている。

「山本さん、追い詰めたんですが！」と下村。

「野郎、急に拳銃《けんじゅう》を出してきて……」と長谷部。

「この先は⁉」と山本。

「行き止まりですが、金網なので乗り越えようと思えば乗り越えられます」と下村。

「応援は呼んだのか？」と山本。

「ええ、私がさっき」と長谷部。

「チッ、なんで『外事』の俺達が、こんな安い刑事ドラマみたいなマネしなきゃなんねーんだよ」

山本も懐からＰ２３０を出し、弾倉を確認して構える。

「ハハッ、安っぽい刑事ドラマってわけでもなさそうですよ、山本さん」

下村が路地の建物の屋上を見ろと指を指す。

セマルがＯＫサインを出して、ポケットに手を入れ立っていた。すると、セマルは五メートルはあろうその屋上から、バッと飛び降りる。

「お、おいおいおい！　セマル！」

思わず山本が叫ぶ。だがその声に容疑者は反応し、背後を見る。

セマルの落下速度が着地寸前に減速し、トッと片足を付けてから狭い路地に直立して、容疑者と対峙《たいじ》した。

「おお～カッコイイっすねぇ……」

と下村。だがその様に驚いた容疑者は、すぐさまセマルに向かって銃を構え、三発発砲してきた。

「ま、マズっ！」山本はそう言うと、銃を容疑者に向けて構えるが、セマルは撃たれたのに倒れる様子もない。それどころか、容疑者の放った弾丸は、セマルの数十センチ手前で、グニャリと潰れて、マッシュルーム状になり、空中に停止していた。

そして弾丸はそのままストンと落下し、カラカラと地面を転がる。

容疑者はその様を見て石化する。

セマルは右手を光らせると、何やら見たこともない鋭角なデザインの、銃のような形をした物体を造成《ぞうせい》させてそれを容疑者に向けて構え、二発発射した。

ヴァシュ！という音と閃光《せんこう》が二回。容疑者はもんどりうって倒れ、白目をむく。

「セマル君！殺したのか！」

山本は思わず叫ぶ。

『ケラー・ヤマモト、心配には及びません。スタンモードで気を失っているだけでス』

確かにその容疑者は、かすかにピクピクと痙攣《けいれん》していた。外傷はない。

セマルは日本で何かのドラマか映画でも見てそれにハマったのだろうか、その鋭角な銃のような武器の、トリガーガードに人差し指を入れてクルクル回しながらその形状を解除し、霧散させた。

下村と長谷部はその様を見て（セマルさん、出来過ぎっす）と顔を見合わせ両手を横に上げる。

『ホンチョウに引っ張っていって、水でモぶっかければ目を覚ましますヨ』

「はは、まったくかなわんね、セマル君にその気があるなら日本に住めよ。帰化申請ぐらい俺達でどうとでもしてやるしよ、その気があるなら外事で雇ってやるぜ」

『エ！　ホ、本当ですカ！』

半分冗談で言った山本だったが、セマルの意外な本気反応に三人、顔を見合わせて笑った。

＊　＊

昨日の事……

柏木《かしわぎ》とフェルは官邸で二藤部《にとべ》達と件《くだん》の信任状の件で急遽《きゅうきょ》話し合った。

柏木は、二藤部達がさぞ頭を抱えているだろうと心配しながら総理執務室に赴《おもむ》いたが、意外なほど二藤部や三島《みしま》は冷静だった……いや、冷静を装っていたと言った方が良いか。

さすがに最初ヴェルデオから、ティ連とイゼイラ両議長のサイン入り信任状の話を聞かされた時は、官邸スタッフ一同ぶったまげたそうで、てんやわんやの大騒ぎになったそうなのだが、よくよく冷静になって考えると、現状の『みなし大使館』状態である方がむしろ歪《いびつ》なのであって、将来的にこうなることは充分予想できる事だとなるわけで、ここは冷静にいかなければ状況に流されてしまうという結論に落ち着いて、どうもみんな腹をくくる覚悟はできたようだという話。

で、今後のことで二藤部達がどうするかと思案していることは、ヤルバーン自体をティエルクマスカ―イゼイラの正式な『領土』として日本政府が認定するか否かの判断と、これを国会にかけて賛否を問うかどうかの判断だ。いかんせん現状はあくまで自治権を持つヤルバーン母艦を便宜上、大使館と『みなす』という暫定的な判断なのである。

これが普通の地球の国家なら『みなし大使館』が『大使館』になる分には何も別に問題ない。だが相手は『対角線長一〇キロメートルの空とぶ島』みたいな大使館である。

まあはっきり言やぁ敷地面積約六五平方キロメートルの空に浮かんでる大使館である。しかも高さは六〇〇メートル程。ちなみにお隣にある伊豆大島《いずおおしま》の面積は、約九一平方キロメートルである……でかいわけである。

これを『ただの大使館です』と言うには、どう見てもさすがに無理がある。

だが『大使館』となれば、国際法的にはイコール領土と同等なわけなので、どっちにしてもこの大きさだと『ティ連―イゼイラの領土みたいな感じ』になってしまう。なんせ地球的にも前例がないので『どうしましょう?』という話になる。

そんなところで与党自保党《じほ》が根回しを野党各党にしたわけだが、意外なほどに各党その領土認定判断に反対意見が出なかった。

……というのも、各野党としても皆ヤルバーンが日本領海にいてくれた方が、どうも都合が良いらしい……例えば……

民生党《みんせいとう》としては、件のハイクァーン技術や仮想造成（ＶＭＣ）技術を使えば、弱者救済になるから……とか……

日本立志会《りっしかい》の場合は、同じくハイクァーン技術を使えば生活保護費の削減になって、地方自治体予算が助かり、地方分権が進むから……とか……元東京都知事会派の方は、防衛技術の研究派遣なども視野に入れるべきと、変わらぬスキルの意見を出していたりとか……でも技術研究の方は、極秘裏に行われているのは周知の通り。

日本共産連盟は、まぁ言ってみれば共産主義の理想的姿がティエルクマスカでございますらしいし……

生活環境党の党首は相模湾《さがみわん》一帯の土地を買い漁《あさ》っているという黒い噂《うわさ》もありーので……

公正党は、まあ与党ということもあるということで……

実際問題として、あの場所にいるヤルバーンに今更『どっかいけ』なんて言える状況でもなし、仮に言ったとしたら、全国の観光業界や、財界から総スカンを食らって次の選挙は大敗。最近は労働組合ですらヤルバーンがそこにいることで雇用確保の恩恵に気づいてきており、一部労働組合団体が賛成に回るなど、そんなところで各政党も世論や支持団体を敵に回すわけにも行かず……

今後の国会戦略を考えるに、日本の政党はまだ『ガーグ』的な汚染をされていないか、もしくはされていても現状の方が都合がいいから反対しないのか……そこはわからないが、うまく事を運んでいける感じではあるため、二藤部としてもそこがクリアできれば当面は問題も出ないだろうという判断で、とりあえずは現状冷静でいられるらしい。

世界の反応に関しても色々あるみたいだが、二藤部達は逆にこれを武器に使おうという考えもあるようで、柏木はそういった事を説明された。

まぁ柏木としてはそのあたりは『政治』なので、自分はどうこう言う立場ではない。

政府の方針がそうであれば、内閣官房参与としては、その方針でいくのである。

『はいそうですか』で一応承ったわけではあるが、どっちにしろそれをそういう方向性に持って行くにしてもやはり『信任状捧呈式《ほうていしき》』を成功させなければ、現状が一気に地球的規模の危機になってしまうわけで、そのあたりはもう時間もないため警察庁担当者・防衛省担当者・内閣府担当者・宮内庁担当者がすぐさまヤルバーンへ飛び、徹夜状態で協議しているとのことだった。

無論、これにはフェルも参加しており、捧呈式当日までおそらく泊まり込みだろうとも。

そんなところで息つく暇もなく、今日。

柏木は官邸で仕事だが、今回ばかりは警察と防衛省そしてヤルバーン自治局と自衛局がメインで動いているので、柏木は出る幕がない。

ヤルバーンやティエルクマスカ関係担当の内閣官房参与とはいえ『ガーグ』が何をしてくるかわからない以上は柏木としても首を突っ込むわけにもいかないし、まさか銃を持って一緒に警備とかいうわけにもいかないので、これはこれで結構歯痒《はがゆ》いのも事実だ。

というわけで柏木は新聞を読む。

一面はやはり明後日《あさって》に迫った信任状捧呈式の記事で埋まっていた。

まだティエルクマスカ本国議長のサインが入った信任状のことは当然書かれていない。記事の論調も『みなし大使館』としての扱いで、ティエルクマスカ本国との本格的国交は未知数と書かれている。

(これが明後日にはひっくり返るんだからなぁ……今持ってるネタ、マスコミに売ったらどれぐらいで買うだろうな、はは)

先日、経済欄も読めと白木《しらき》に言われたので、読んでみる……日本経済、特に家電業界はあまりよろしくないようだ。円安で輸出を持ち直したとはいえ、パソコンや白物家電などはもう昨今アジア勢に押されてどうにもこうにもな状況。経営の神様が興した企業も、パッとせず、尼崎《あまがさき》のテレビ工場を売り飛ばすとか、液晶パネルで有名な企業も、それまでがあまりに酷《ひど》い状況だったので、身売りは免れたものの、リストラでなんとか黒字を確保しているという次第。

やはり今までのデフレという奴は、相当に日本へグッサリと傷跡を残しているようだ。

米国も同様のようだが、特に民主党が推し進める軍事費削減と、社会保障充実政策のあおりを受けて、兵器などを開発している航空機メーカー、車両、重工業メーカーが軒並み低迷。合併などのリストラが加速しているという。

特に気になるのが、大手はまだそれほどでもないが、中小やベンチャークラスの大手下請け企業に中国の投資が入り込んでいるという話らしく、一部ではM&Aが加速しているという。

(今のアメリカは、中国マネー無しではやってられねーのかな?)

このあたりの企業クラスの話なら、柏木の偏った知識でも射程範囲なので、少し心配したりもする。

(しかしまあ、日本の株価も上がった上がったって言うけど、よくよく考えたら、これでやっと数年前と同じなんだもんなぁ……あのナントカショックまでは、円も一二〇円だったんだぜ……)

と、そんな事を考えたりもする。

そして新聞もほどほどに机にあった警備概要資料を読む。

(で、今回の儀装馬車コースは? ……)

東京駅丸《まる》の内《うち》口→行幸《ぎょうこう》通り→和田《わだ》倉門《くらもん》左折→皇居外苑《こうきょがいえん》→二《に》重橋《じゅうばし》前→皇居正門→二重橋
(なるほどね、行幸通りか。ビル多いなぁここ……)

狙撃《そげき》には格好のポイントが多々ある場所だ。狙撃を防ぐならむしろ明治《めいじ》生命館《せいめいかん》出発の方が良かったかも知れない。

行幸通りなら観衆も集まりやすくなる。観衆が集まりやすいということは、『ガーグ』も集まりやすいということでもある。

ただ威風堂々といくなら、行幸通りの方がインパクトに勝る。難しいところだ。

(フェル達、どうやる気だろ……)

連中の狙いがわかれば、警護の方針も絞り込める。しかし『ガーグ』のような一貫性がない敵相手にはそれが難しい。

つまりその場をしのぎきっても確実な勝利判定が出ないからだ。

(ヴェルデオ大使の暗殺……って線はないよな、あまりに無駄すぎる。儀装馬車自体にシールド張れば、戦車の砲弾でも殺すのは難しい……なら一番可能性が高いのは騒乱か……要は騒げれば良いって線だな。それで式を妨害してヤルバーンとの関係悪化を目論《もくろ》むって線が一番濃厚だろうなぁ……とすると、悪印象を抱かせたいと思う相手は日本側か？　ヤルバーン側か？　それともどちらもか？　……それをして一体連中になんの得があるんだ？　……一番考えやすいのは地球統一連盟《UEF》みたいな連中の『民族主義』じゃないけれど『地球主義』みたいなイデオロギーがらみか？　それでも安っぽいよなぁ……まあでもテロする連中の思想なんて考えてみれば、みんな安っぽいわな。その安っぽいことに最大の労力使うんだからなぁ……)

その『安っぽい思想』を実行されたら、今の状況、とてつもなくタマランわけである。

そんな感じで官邸の執務室で色々作業をやっていると、いつものようにノックする人。

トントトトンのッ卜ントンと叩く。約束時間通りの来訪である。

「あいよ、どうぞ」

「おっはよーさん」と入るのは白木。

「ウっす……お、良い部屋じゃないか」と柏木執務室はお初の大見《おおみ》。キョロキョロと部屋を見回す。制服でバシッとキめていた。

「おー、オーちゃん、久しぶり」

「おう、なんか偉そうな部屋に陣取ってるじゃないか、柏木」

「成り行きですわ、えぇ……まぁ二人ともかけてくれよ、茶でも淹《い》れるわ」

二人に茶を出す柏木。お茶はフェルがいつも官邸に来るたびに補充していくイゼイラのお茶である。ほのかな甘い香りに香辛料を混ぜ込んだような風味のイゼイラ茶は、柏木の部屋に来る客には結構好評だったりする。砂糖を入れると、また違う味を楽しめる。冷やしても良し。今では柏木執務室の名物になっている。前に来た経済界のお客からは『売ってくれ』と言われた。

「あ～、この茶、いつ飲んでもうめぇな。あ、そうそう、麗子《れいこ》がまた送ってくれって言ってたぞ」

「んん、聞いてる。フェルがこないだ梱包《こんぽう》してたぞ、もう行ってるんじゃないか？」

と白木と柏木が話していると、大見がおかわりを頼む。大見も気に入ったようだ。

そして柏木が続ける。

「で、今日来たってことは……」

「おう、大使の警備概要が決まった。これ書類、フェルフェリアさんからお前に渡してくれって」

白木にその書類を渡される。なんとも変わった『紙』だ。というか紙なのか？　これ、というような素材でできている。合成紙のようでもなし。っと、この際どうでもいいが。

「うっしゃ、どれどれ……」

書類をパラパラとめくって読む柏木。

読むウチに、最初は少し笑顔だった柏木の顔だが、ページをめくるたびにどんどんと眉間にしわを寄せていく……

その顔を見てニヤつくのは、白木と大見。

で、柏木は最後まで読むとすました顔になり、二人の方へ顔を上げる……そしてピっと指で書類を指し、目をぱちくりさせる。

白木と大見は、ニヤつき顔で、ウンウンと頷《うなず》く。

……柏木は少し考える顔をして……もう一度目を（以下略）。

……白木と大見はニヤつき顔で（以下略）。

…………………………しばしの沈黙。

そして柏木は、

「おいおいおいおいおい、これ、マジでこんなことやる気かぁ⁉」

「ハイです、マサトサン」

と白木。横で大見がウンウンと頷いている。

「何が『マサトサン』だよ。だれ、これ、これ考えたの」

「だから企画立案、フェルフェリアさん。提供はヤルバーンでお送りします」と白木。

「企画協賛は、皇宮《こうぐう》警察本部」と大見。

「はぁ？　マジデスカ。って、これ、本当にフェルが言い出したの？」

柏木は半分呆《あき》れ顔で書類を指でズンズン突きながら話す。

「おう、なんか『全力で』って言ってたからな、フェルフェリアさん」と白木。

「俺も初めは冗談か？　と思ったが、皇宮警察も、この際安全が一〇〇パーセント確保できるのであれば手段は問わないって、なりふりかまってない状態だったしな」と大見。

「マジかよ……」と柏木は手の平で顔をこすり「ま……確かにこの計画でやれば、絶対ヴェルデオ大使は守れるけど、マスコミも見てるんだぞ、白木、これ……」

「ってか、逆に言えば、そこんとこもあるみたいだぜ、『見せつけたい』ってのも」

「あぁあぁ、なんかフェル、言ってたなぁ……『私ハ未熟でした』とかなんとか。大丈夫かフェルは」

「なんか貫徹《かんてつ》で、ハイになってたという噂もチラホラと……」

「はぁ⁉」

「いやいやいや、大丈夫大丈夫……というかよ、総理や三島先生も『それでいこう』って言ってたぞ」

「ホントかよ……」

大見はお茶の残りをグイと飲み干すと、三島の物まね混じりで、

「はは、三島先生は、『フェルフェリアさんも、柏木先生の突撃ナントカがウツったんじゃねーか？』って言ってたぞ」

「カンベンしてくれよ……でぇ、これぇ、もう決定事項？」

「あぁ、自衛隊の方もこれで既に準備中だ」と大見。

「三島先生がお前に意見もらってきてくれってんでな、どうだ柏木先生」と白木。

「意見も何もよぅ、俺はこんな警備関係は専門外だしよぅ……意見求められてもなぁ……んん〜……『こんな事して大丈夫デスカ？』って事以外は特にないよ……」

「よっしゃ、んじゃキマリだな」

と澄まして言う白木。

「え？　キマリなのか!?」

白木と大見はお互いの顔を見て頷く。

突撃バカの柏木が驚くぐらいだから相当なものだったのだろう……いろんな意味で。


そんな話をしてると、やけに外が騒がしい。

また何かマスコミと閣僚がやりあってるのかと思うが、どうも官邸警備をしている警官の声のようだ。大きな声で何か慌てふためくように叫んでいる声が漏れ聞こえてくる。

「あ、あなた！　許可証は⁉　……ちょ、ちょっと待ちなさい！」

柏木達が「なんだなんだ？」と部屋を出て外を覗《のぞ》くと、廊下で背の高い女性と警備の警官がやりあっている……どっちかというと警官の方が圧倒されているよう。

「おいおい、なんだあれ……えらい美人な、っちゅーか、エロいお姉さんだなぁ」

白木が眼鏡のフレームをいじりながら話す。

その女性、腰骨あたりまでしか上げていない、体にピッタリとフィットしたレギンスパンツを穿《は》き、これまた体にフィットした襟元《えりもと》の大きく開いた長袖シャツを着て、高いヒールを履いている。

金銀二つのネックレスがこれまた良くお似合いで、レギンスのベルト通しにはダランと垂れるように巻いた程度のラフなファッションベルトを着け、シャツもレギンスの中に入れていないので、時々おへそが覗く……この時期、寒くないのかと思うが……

そして、ブランド物のハンドバッグを肩から下げているようだ。

容姿はロングヘアーな日本人……とんでもない別嬪《べっぴん》、美人さんである。胸のサイズはDカップかそれ以上か？　シャツの襟元から谷間が見える。

その女性は、警官からガミガミ言われるのに嫌気が差しているのか、耳に指を突っ込んでウザそうにこっちへ向かってくる。

数歩進むと警官に制止され、困ったような顔をする。

するとその女性が自分を眺める柏木達を見つけたようで、パァッと明るい顔になり、

『カシワギ！　オ〜イ、助ケテクレ！』

と手を振っている。

「え？　え？　……その声……シエさん⁉」


……シエ日本人バージョンを執務室に招き入れる柏木。

官邸警備の警察官にペコペコと頭を下げて、シエの素性を説明、なんとかお許しを得た。

そりゃこんな格好で官邸に来る奴は普通いないわけで、警備担当者も怪しんで当然である。しかも喋《しゃべ》る言葉がダストールなもんだから、日本人が普通に聞けば『なんちゅう態度のでかい女だ』と思われても仕方がない。

とはいえ、キグルミシステムが計算したシエの近似値的な日本人姿を、柏木、白木、大見一同ポカ〜ンと口を開けてしばし見物。

とんでもない美人である。フェルの日本人バージョンに負けていない。

フェルの場合は清楚《せいそ》さが際立つ清楚美人だが、シエの場合は単純に、かつ、異常にセクシーである。もうミスユニバース世界大会にでもいけば保証付きで確実に一位を獲《と》れる。

『オマエタチ、何ヲ呆《ほう》ケテイル』

「い、いやシエさん……その服装はどこで？」

『ン？　フェルカラ借リタ「ジョセイザッシ」トイウノヲ見テ、コノ服装ガ気ニ入ッタノデ「キグルミシステム」トヤラニ組ミ込ンデミタノダガ、何カマズカッタカ？』

プルプルと首を振るデルン三人衆、（大変良くお似合いで。お似合いすぎて色々とヤバイです）と心の中で思った。

『フム、デハ部屋ヲ出ルマデ、元ノ姿デイサセテモラウヨ。少々コノ格好ハ窮屈ナノデナ』

そう言うと、シエはポータブル分子仮想凝固生成装置《PVMCG》に手をかけて、オリジナルシエに戻ろうとするが……

「あ～！　ここでは……」と叫ぶ柏木。でも遅し。

『ン？』と柏木の方を見つつ、シエはモードチェンジする。

一瞬、全裸ヌードになるシエ。大見と白木はドッキリ顔だ。

柏木は顔を隠してる……そしていつもの制服姿のシエへ。

だが全裸を見られたのに、シエは平然とした顔をしている。ダストール人はそういう事、あまり抵抗がないのだろうか。

『ナンデ顔ヲ隠シテイル、オカシナ奴ダ』

そう言うとシエはボスッとソファーに腰をかけ、長い御御足《おみあし》を前に組み、ハンドバッグを開けて、中からモゾモゾと封筒を取り出した。

ハンドバッグはどうやら仮想造成物ではないようで、シエの私物のようだ……どうも見た感じフランス製の、有名ロボットアニメに出てくる敵機動兵器の名を冠するメーカー製のようである。普通に買っても、ものすごい値段の代物だ。

「シエさん、そのハンドバッグ……どこで手に入れたんです？」

『ン？　コレカ？　デザインガ気ニ入ッタノデナ、ヤルバーンニ来タニホン人ガ持ッテイタノデ、データヲ取ラセテモラッタ。ソレデ、ハイクァーンデ……』

「あ〜、もういいです、わかりました。それ以上は結構です……聞かなかったことにします……ハァ……」

『？？』

柏木は深く聞かないことにした……

そんなドタバタ劇もそこそこに、シエは少し真剣な顔つきになり、

『実ハナ、先程マデ、セマルニ要請サレテ、「コーアン」トイウ部署ノ、「ヤマモト」トイウ治安担当者ト会ッテイタノダ』

「山本さんと？」

『ウム、聞イテイナイカ？』

「ええ、白木やオーちゃんは？」

「いや？」と首を振る白木。

「まったく」と大見。

『ソウカ、マア、朝早イ時間ダッタカラナ。ナンデモ今日ノ朝、「シンジュク」トイウ街デ一騒動アッタソウナノダガ、ソレノ取リ調ベニ付キ合ッテイタノダ』

えっ？　と三人顔を見合わせる。

「シ、シエさんが取り調べ……やったんですか？」

『ウム、チョット脅シテヤッタラ、ペラペラ喋ッテクレタゾ、フフフ』

ゑ……と思う三人。

（その縦割れ瞳で脅したんですか？）と言いたげな表情……でも言わない。

「ちなみにシエさん、後学までにお教えいただきたいのでございますが、どど、どんな脅しをおかましになられたので？」

『ン？　ソウダナ、「オマエノ頭ノ中身ヲキレイサッパリ消シサッテ、地球ノブタシカ愛セナイヨウナ人格ニ作リカエテヤルゾ」トカダナ「オマエヲ転送装置ノ上ニノセテ、目ヲ瞑《つぶ》ッテ、システムヲ操作シテヤル。ドコニ飛バサレルカ見物ダナ」トカダナ、他ニハ……』

「あ〜……もういいっす……」

と、三人は頭を抱えていた……

『ダッテ、ヤマモトガ手段ヲ選バナクテイイッテイウカラサァ……』

口を尖《とが》らして訴えるシエ。両手の人差し指の先をツンツンと合わしている。

（いや、アンタもそんな脅し文句言えるぐらいだから相当なもんだよ）と三人とも心の中で思うが……思うだけ。口に出しては言わない。

「公安さんはよぉ……」とタハー顔な白木。

「外事だからできるんだよなぁ……」と大見。

で白木が続ける。

「あー……で、シエさん、それで何か聞き出せたんですか？」

『ウム、ソレデダナ、ヤマモトカラ、カシワギ達ニ、コノ「調書」ヲ渡シテクレト頼マレテ、ココマデ来タノダ』

ほう、とシエがハンドバッグから先程出した封筒を開けて、取り調べ調書のコピーを回し読みする三人。

調書には、やはり捧呈式妨害の概要が自白として書かれていた。

新宿のとあるバーで容疑者が飲んでいたところ、仲間らしき人物に捧呈式妨害を臭わす話をしていたとして、バーの店長から通報があったそうだ。

内容は、やはり『暗殺』の類いではなく『騒乱』の類いを起こそうとするもの。

だが場所や手段までは聞き出せなかったらしい。

「ん〜、今ひとつなぁ……」と柏木。

「あぁ、こりゃ下っ端だな」と白木。

「今ひとつヒネリが足らんなぁ」と大見。

『ヤマモトモ同ジ意見ダッタナ。マアシカシ、重要ナノハ、ヤハリ「ホウテイシキ」デ事ガ起コルトイウコトダ。コチラノ方ガ重要ダ。ヤマモトモ、同ジ意見ダッタ』

「ええ確かにそうですね。それは言えています」

と柏木。そう言うと、先程の『信任状捧呈式警備計画書』をもう一度手に取り、読み返す。普通に考えたら、このUEFの下っ端仕事だけでは終わらないと思うが、もっと『何か』が繋《つな》がる相関性があるのではないかと考える。

「どうした柏木」

大見が、柏木の黙して考える顔を見て尋ねる。

「うん。あのさ、相手はあの『ガーグ』ということを想定して、みんな動いているんだよな」

「ああ、それはそうだろう」

「じゃあ、今回の妨害行為……目的は一つとは限らないわけじゃん」

「ん〜、まぁそうかもしれんな」

柏木は、以前フェルに『ガーグ』のことを『色んな思惑を持った奴らが、ちょっとした接点でもくっつき合い、また離れては別の思惑とくっつき……そういうことを連鎖的に繰り返す連中』と語ったことがある。その点で、どうにも引っかかることがあったのだが、それがポンと出てこない……再度、計画書を読む柏木は、

（やはりこれしかないのかなぁ）

と少し考えるが、

（とは言っても何が出てくるかわからないわけだし、最も大事なのはヴェルデオ大使と、観衆の安全確保だしな。これが最優先だ）

と考え、納得することにした。そして、

「シエさんはこれからどうするんです？」

『トーキョー駅トイウ場所ニ行ッテ、ホウテイシキノコースヲ見テ行コウカト思ッテイル。マ、スコシノアイダ、トーキョー見物ダナ』

「え？　一人でですか？　……地下鉄とか乗れるんですか？」

『アア。メトロトカイウ、トランスポーターノ乗リ方ハ、モウ覚エタゾ』

「さっきの日本人の格好でですか？」

『ウム、何カ問題アルノカ？』

「いや……まぁ……問題ないっちゃーないんですけど……なぁ白木」

「なんで俺に振るんだよ……なぁ大見」

「いやいやいや、俺は知らんぞ……あ、いやまぁ、知らないわけでもないが……」

シエとやり合った大見は、あの艶《なま》めかしい格好になんとなく不安感を抱いてしまったりする。

ということでシエは、男三人の前で、また堂々とPVMCGを操作して日本人姿になるという女っぷりを見せるが、本当に異性の前であんな姿になっても、特になんとも思っていないらしく、ある意味アッパレとも思った。

——あとで聞いたところによると、やっぱりどっかのプロダクションのスカウトに声をかけられまくりーの、ナンパされまくりーので、相当鬱陶《うっとう》しかったそうな——

………そして、信任状捧呈式当日。

今年は例年になく変な気候である。

春のように暖かくなったかと思えば、次の日は猛烈な雪が降る。

そんな日、週が繰り返しやってくる。

今日は昨日から降り続く雪が積もり、今も深々《しんしん》と雪が降る。

通例なら、これだけ雪が降れば儀装馬車での捧呈式は中止され、自動車に変更されるのだが、今回は儀装馬車の運用が行われる事になった。

馬車を引くお馬さんも大変である……はっきり言ってクソ寒い。

本日、東京の気温は最低気温マイナス1度で最高気温3度。ちょっとした雪国並みである。

過去には雨の日に儀装馬車を運用した例も無きにしも非《あら》ずだが、戦後で言えば、このような、ある意味『絵になる雪景色』での状況は初めてではなかろうか。

これはヤルバーン側と日本側が協議した結果であるため、問題なく運用可能な状況にできるのであろう。

さて、ヴェルデオは早朝にデロニカにて羽田《はねだ》へと到着。同行者は、フェルと副司令ジェグリに司令部部長のヘルゼン。護衛担当として、キグルミシステムで日本人バージョンになったゼルエ。その見た目は何かの映画で見た、体から爪を出して新幹線の上で暴れまくる亜人間なオッサンのようである。黒スーツで決めてはいるが、なんと言うか正直ヤの字だ。ガタイがでかいだけに余計に目立つ。

デロニカからまず現れたのは何かと言えば……後部貨物格納庫から降ろされたＶＩＰ用のトランスポーターだった。

フィフィと音をたて、空港誘導員の指示に従って、バックで宙を浮きながら降りてくる。そのデザインは、幅広な涙滴状でありながらもセダンのようでもある。そしてイゼイラマシンに良くあるスリット状の模様が特徴で、そのスリットにランダムで左右に小さな光がシュンシュンと走っている。色彩は漆塗りのようなメタリックブラックに、ところどころシルバーのラインが映える。

驚くべきは、誘導員の指示に完璧に従いながらも、完全な無人機？　……いや、無人車であるところだ。この場合、車輪は付いていないが、あえて『車』と表現すべきだろう。

その車は、まるで意思を持っているかのように、完璧に誘導員の指示に従っている。

誘導員がジェスチャーで、ヤルバーン入り口に付けろと指示をすると、その場へサッと横付けする。これには誘導員も仕事をこなしながらも、窓から中を覗いたりと、本当に驚いているようだった。

相当高度な自己判断システムを搭載しているのだろう。おそらく地球世界の現代ＩＴ技術にあるような、そこらへんの人工知能技術と比較できるような物ではあるまい。

面白いのは、こんな車輪もない完璧に車検外である宙に浮く車なのにもかかわらず、今回は特別で、その前後に【マル外】マークのナンバープレートを付けていることだ。これはなかなかレアな光景である。

……次にヴェルデオ達が降機し、トランスポーターに乗車する。フェルとヴェルデオが後ろに乗り、ヘルゼンとジェグリが前に乗った。ゼルエは後ろに控える覆面パトカーへ同乗した。

トランスポーターの前後へ、その覆面パトカーと、一般パトカーと白バイが付き、走り出す……

その時、車列の空気が一瞬歪《ゆが》んだような気がした……そう、トランスポーターが車列全体を囲むようにシールドを展開したのだ。

ヴェルデオを乗せた自動操縦トランスポーターは、寸分の狂いもなく意思を持った生き物のようにパトカーの車列へ速度を合わせる。

これを見た護衛の警察官は、口々に『どんなシステムで走ってるのだろう』と囁《ささや》く。

車列の移動するコースは、首都高湾岸線から1号羽田線へ乗り換えて、首都高都心環状線へ、そして東京駅へ。

ちょうどデロニカが羽田へ到着した頃ぐらいから雪が止《や》み、雲から薄日が差し始めた。

それを見計らったかのようにマスコミのヘリも飛び立ち、ヴェルデオ達の車列を空から追い始める。マスコミ各局も今日は特別編成で、すべての局が今日の捧呈式の様子を、評論家やら芸能人やらを集めて、バラエティーから報道番組まで全チャンネル、この様子一色だった。

ある局のヘリがヴェルデオの乗ったトランスポーターを上空から最大望遠で撮《うつ》す。

トランスポーターは涙滴状のキャノピーのようなもので座席が覆われているので、ほとんどオープンカーのような状態だ。上から中の様子が丸見えである。

テレビカメラに映るのは件の四人。フェルとヴェルデオが何やら楽しげに会話している様子が映る。

『ハイ、え〜、今、ヤルバーン・ヴェルデオ大使らを乗せた「トランスポーター」という乗り物を撮影しています。戦闘機の風防《ふうぼう》のようなもので座席が覆われています。上空からでも車内が良く見えます……えっと、あの後部に乗っている女性イゼイラ人は、おそらく、今巻《ちまた》で大人気のフェルフェリア・ヤーマ・ナァカァラ女史でしょう。ヴェルデオ大使に何やら外の風景を説明しているようですね、楽しそうにお話ししているようです。前にお乗りの二人は、えっと……外務省の発表資料では、ヤルバーン副司令のジェグリ・ミル・ザモールさんと、ヤルバーン司令部部長のヘルゼン・クーリエ・カモナンさん……この方は女性ですね……フェルフェリアさん以外は、この東京の街はみなさん初めてということだそうですから、ちょっとした観光気分を味わってらっしゃるのではないでしょうか……』

ヘリから中継する女性レポーターは、そんな感じでレポートしていた。

実際その通りで、ヴェルデオ、ジェグリ、ヘルゼンは、日本へ入国するのは初めてなので、レポーターの言う通り『ちょっとした観光気分』でもあった。

……だが、彼らは観光旅行に来たわけではない。オルカスがフェルに、

「フェル局長。今、日本のケイサツに『毒ガステロ』の犯行予告電話がかかってきたそうです」

「フ〜ム、早速ですか……」そう言うと、フェルはVMCモニターを造成させて「ポル、そういうことらしいです。早速ですが、早急にお願いしますネ」

「わかりました局長、ニホンの通信網にハッキングをかけます」

そう言ってしばし待つと……

「中央システム演算完了。容疑者通話地点の逆探知データをコーアンに伝えました」

「ご苦労様……これからこんなのがどんどん来るかもしれませんから、よろしくお願いします、ポル」

「任せてください、局長」

その後、容疑者の通話地点に、ヤルバーン自治局員が転送強襲し、容疑者を拘束。公安警察監督の下、ある処置を容疑者にその場で施す。

容疑者へ、柏木が千里中央《せんりちゅうおう》で受けた光線と同じような物をその場で浴びせた。

この光線を発する機材は『脳ニューロンネットワーク解析システム』と言って、千里中央で柏木の言語情報解析にも使用された物だ……それをその場で使用し、テロ地点を割り出した……

どうもフェルは、本気でヤルバーン―ティエルクマスカ科学技術フルスロットルで応戦するつもりのようである。

ポルの行ったハッキングは、言葉こそ『ハッキング』と言っているが、我々の知るハッキングなんていう生易《なまやさ》しいものではない。ヤルバーン中央システムの処理能力を全開にした、日本の通信インフラ同化処理による介入である。電話の通話地点割り出し程度なら二秒もあれば充分だ。誤差半径三メートル以内で即座に割り出すことができる。

そして割り出したその地点へ、ヤルバーン自治局員が転送で強襲をかけて容疑者を拘束。その後は『脳ニューロンネットワーク解析システム』を使用して容疑者の脳内ニューロンネットワークを解析し、そのデータをヤルバーン中央システムで『脳思考エミュレーション』させれば、対象の考えていることも割り出すことができる。つまりテロ実行地点や、場合によっては共犯者の容姿や居場所、アジトの場所、その他諸々《もろもろ》。

この『脳思考エミュレーションシステム』は、その対象の脳内すべての思考がわかるわけではない。但し、時間的に最も近々の、しかも強い意志による記憶なら、かなりの確度でエミュレーションさせて結果を出すことができるそうだ。

すなわち、テロのような強い意志で行う当日の記憶情報なら、比較的すぐにエミュレーションさせてその解答を得る事ができるのだ。

今日この日に限って言えば、電話で『犯行予告』などをやってしまうと『ここでアホなことしますから捕まえてください』と言ってるようなものなのである。

――ちなみにティエルクマスカにおいて、この技術は本来脳神経医療に使われる物で、記憶障害や精神疾患の原因割り出しに使用される物である。ティエルクマスカの治安組織では、犯罪捜査のためにも使用している。このシステムで得た情報は法廷でも有力な動かぬ証拠になる。本来は、このシステムを使う場合、ティエルクマスカの『人権』『プライバシー』に鑑《かんが》み、裁判所の許可がないと使用できないのだが、今回はフェルとヴェルデオとヤルバーン法務局との協議の上で、使用許可が出た――

フェルは細い目をし、手を口に当てて、

「まぁ、この程度で終われば、苦労はありませんが」

そう言いつつ、ヴェルデオの方へ視線を向ける。

ヴェルデオは腕を組んでニコリとしながら、首を縦に振る。

＊　＊

ＵＥＦメンバーは、今、焦っていた。まず一発目の『毒ガステロによる騒乱』が、あっけないほど簡単に潰されてしまったからだ。

毒ガステロとはいえ、サリンやＶＸガスのような速効致死性ガスをまくつもりはない。低濃度塩素ガス程度の物を大量にまいて、東京駅に大混乱を発生させ、ヤルバーンに対し、日本人への悪印象を持たせようという作戦だった。

構成員の国籍は……まあ、そういう国籍である。

日本人もいるが……まあ、そういう連中である。

ヴェルデオ達の儀装馬車出発に合わせて、出鼻を挫《くじ》いてやろうと思っていたようだ。ガスをまくのは、ヴェルデオが儀装馬車に乗る東京駅丸の内口近辺の予定だったが、いとも簡単に失敗したことを知ったメンバーは狼狽《ろうばい》していた。

「もしかしたら身内に内通者がいるんじゃないか？」

この手の所謂《いわゆる》『活動家』という類いの連中は、敵、つまり相手を知ろうとしない。良い大学を出て無駄にお勉強ができるものだから、自分達のイデオロギー中心に物事を考える。客観的に見て、『そりゃ違うだろお前』と思うようなことでも、彼らの思想にハマれば正しくなるのがこの手合いの思考なのである。

早い話が『アホ』なのだが、お勉強のできる『アホ』なので始末が悪い。

そしてヤルバーン戦闘員の強襲から間一髪逃れて、逃げてきた共犯者数人がアジトに帰ってくる。

仲間に『ご苦労様』と言って、状況の報告でも冷静に聞いて対応策でも考えてやれば、もっとマシなテロの展開も可能なのであろうが、帰ってきた仲間にかけた言葉の第一声が、

「あんな簡単に失敗するのはおかしい。お前らの中に内通者がいる」

である。まぁ無理もない。普通なら考えられない方法で、体制側もやっているのだ。だが彼らの狂った思考では、その『普通では考えられない方法』を『想像』する事ができな

いのだ。せっかく良い学校出てるのに、勿体《もったい》ない話である。

必死でアジトに帰還した同志の一人が、その信じられない状況を、これまた必死で説明する。だが他の仲間や幹部は、それを『言い訳』『失敗の責任逃れのホラ』と頭の中で処理し……そういうことである。どっちにしろ、こんな実力部隊は下っ端でもあるので、この程度かもしれないが……

『……トマア、ソウイウコトダ、ヤマモト』

ヤルバーン自治局局長シエ・カモル・ロッショは、例のエロ別嬪セクシー日本人姿で、山本へそんな風になるだろうといった話をしていた。

彼女達は、東京駅に仮設された警備本部で指揮をとっていた。まず一発目を潰した事に安堵《あんど》するが、歓喜はしない。シエとしては、この程度の事、まだ予想の範囲内だったからだ。

「なるほどねぇ、そこまで考えてたのかよ、アンタらは」

『ウム、マズハコレデ一ツ潰スコトガデキル。トイウカ、勝手ニ向コウガ自滅シテクレルダロウ、ナノデ、地球人ニハ信ジラレナイホドノ速効性デ潰シテヤッタ』

「確かに俺達地球人の理解を超えた方法なら、そうなるわなぁ」

『基本的ニナ、「テロリスト」トイウ奴ハ、オマエタチノイウ「アホ」ト「天才」ノ差ガ、日本人ノ表現スル「月トスッポン」？　トイウ程ノ差ガアルモノナノダ。ソノ中間ガ存在シナイ……下ッ端ノ愚カシサ加減ヲ利用シテ、コウヤッテ潰シテオケバ、当面ノ危機ハ防ゲル』

「まあそうだな、だがその『天才』になる『狡猾《こうかつ》』なトップ連中は、自分から動くことはまずない」

『ソウイウコトダ。下ッ端ノヤルコトニ一生懸命付キ合ッテルワケデハナイカラナ……全ク何カ別ノ事ヲ企《たくら》ンデイル可能性モアル』

「本当はそのトップを釣り上げたいんだがなぁ」

『マアソウイウナ。イマハ「ホウテイシキ」ヲ成功サセル方ガ優先ダ。今日ノ私達ハ「ガーグ」退治ニキテイルノデハナイノダカラナ、ガンバッテイコウ』

そう言うとシエは山本のお尻をギュッと鷲《わし》づかみにして、ニヤッと笑みを見せ、モデルウォークで本部を出て行く。外の様子を見に行ったようだ。

山本はおもわず「うおわっ！」と声を出し、

「あの姉さんにゃ、かなわんなぁ……」

と頭をかきかき呟《つぶや》く。そして、

「おい！　下村、長谷部、セマル君！」

「はい」と駆け足でやってくる下村と長谷部。

『ナンデショウ、ケラー』とクールなセマル。

「どうも今日一日は、ダニ駆除に費やしそうだ。俺達も出っ張るかもしれん、いつでも出られるようにしておけよ」

「わかりました」『了解ですケラー』と山本の部下三人衆。

それ以降も、今日は普通では考えられないほどの犯罪が多発した。

しかも、そのほとんどが『誘拐』『立てこもり』『危険物設置』といったテロまがいのものばかりだ。ヴェルデオ達が羽田を出てからでも既に五件はそういった犯罪が起こった。その中の三件は、今回の捧呈式とはなんの関係もない物で、所轄《しょかつ》警察の力だけでなんとか処理できたが、二件は所謂テロであった。『誘拐事件』と『武装立てこもり』である。

要求条件について、誘拐事件の方は『ティエルクマスカ、ハイクァーン技術の世界への全面公開』で、武装立てこもりの方は『ヤルバーンとの交流中止と国交断絶、地球よりの退去』。

要求する条件が全く正反対である。一方は、ヤルバーン側に何かを求め、もう一方はヤルバーンを拒絶する。どちらも立派な犯罪ではあるが、思考、思想が全く逆。

これが『ガーグ』すなわち『カオス』なのだ。柏木の言いたかった本質がコレなのである。どちらともやり方を間違えれば日本とヤルバーンの関係にダメージを与えられる。この点は共通するが、要求する物が違う……つまり目的が違う。

どこかでくっついてはいるが、完全にくっついてはいない。

下っ端相手とはいえ、これがこうも連続でたくさん続けば、さすがに嫌気もさしてくる。

「やはりこういう作戦で来ましたね……」

総理官邸、地下にある危機管理センターのモニターで、現場の様子や報道番組を見ながら柏木は言った。腕を組んで片手を顎《あご》にのせる。

「鬱陶しいことを数多く発生させて、こちらを苛立《いらだ》たせるという作戦。まぁ予想通りだったなぁ」

三島も同様にモニターを見て話す。

「フェルフェリアさんも、これを見越してたってわけだ。柏木先生、何かアドバイスでもしてやったのかい？」

「いえ、今回はフェル独自の判断ですよ。彼女も色々考えたのでしょうね、大したもんです……ただ……」

「ただ？　なんだい？」

「連中の『下手な鉄砲も数撃ちゃ当たる』的な稚拙《ちせつ》な騒乱作戦をここまで連発されちゃ、もう『アホな事件』ではすまなくなります」

「ほう、その心は？」

「フェル達が疲弊しちゃうってことですよ。数は向こうの方が多いですから」

「だからガーグどもは大使が馬車に乗る前に、出鼻を挫きたいというわけか」

「そうだと思います。奴らがやりやすいのは今ですから……あと、それにこのテロの目的は正直わかりません。というか、連中の数だけ目的があるわけですからね」

「なるほどね」

柏木はモニターを睨《にら》み付けながら、

「フェル……とにかく儀装馬車に乗るまでヘバるなよ……」

と呟き、思う。そんな様子を見た三島が……

「柏木先生」

「はい？」

「そう思うんならさ……フェルフェリアさんに何か声かけてやれよ、元気出るようなさぁ」

柏木は三島の言葉に数回頷いて、

「そうですね、では失礼して……」

そう言って席を立つと、洗面所に向かう。

ＰＶＭＣＧの通信機能を作動させ、フェルを呼び出すと、小さなＶＭＣモニターに彼女の顔が映った。

『ハイ……あ、マサトサン』

「がんばってるな、フェル」

『ハイ、がんばってますヨォ、マサトサンもカンテイでちゃんと見ててくださいネ』

「あぁ、もちろんだよ」

とはいえ、やはり少し憔悴《しょうすい》しているようだ。さもあらん、白木の話では、ここ二日徹夜で寝ていないらしい。だが柏木はあえてそのことは指摘しない。フェルが折れてしまってはなんにもならないからだ。

「なぁフェルさ……」

『ナんですか？』

「この件終わったら、少し長めに休暇取って、どこか旅行にでも行こうか」

『エ！　ほ、本当ですカ！』

「ああ、フェルもこっち来てから移動する所って東京近辺ばかりだろ。せっかくだから一緒にどこか行こうよ」

『ハ、ハイです！　ウフフフ、楽しみですネぇ。マサトサンと旅行ですかァ……ウフフフ』

「ハハハ」

『じゃァ……あ、ちょっと待ってくださイ』

フェルの顔がまた真剣モードになる。横でヘルゼンの声がかすかに聞こえる。

『マサトサン、またガーグがらみの事件みたいデス』

「あ、ああそうか、じゃ頑張ってな」

『ハイです、ではまたあとで……』

フェルは通信を切った。

（う～む……何ができるわけでもないが、俺も現場行った方が良いかな……）

そう思った柏木は、三島に断りを入れて官邸を出る。

今日はヴェルデオ達の車列通行のため、高速道路などが一部通行止めになっているので、道路は大混雑である。柏木は三島にパトカーを使うように言われ、外に停まっていた緊急移動連絡用の白黒パトカーに乗り、東京駅へ向かう。

……サイレンを鳴らして走るパトカーに乗るのは初めてだったので、ちょっと良い気分になったりする。

＊　＊

そして、フェル達の車列は東京駅に到着した。

彼女達は、それまでに何件も事件を潰して回った。

当初は捧呈式関係の事件のみに限定し、選択して対応していたが、どちらともつかない犯罪の報告も多く入るため、フェルはもうめんどくさいので情報が入ってくる事件を片っ端から潰して回った。

中にはコンビニ強盗からストーカー犯罪。アホ親の児童虐待に、パチンコ屋駐車場での子供放置、暴力団事務所も三～四件完膚《かんぷ》なきまでに叩き潰した。

……もうヘロヘロである。

自治局、自衛局実行部隊も結構バテていたが、それでも捧呈式を成功させるために必死で頑張っていた。とはいえヴェルデオもさすがに心配して、

「き、局長。もうほどほどでいいのではないですか？　そこまでやれば充分でしょう、ど

うもガーグがらみの犯罪は一段落ついているようですし」

「い、いえ、き、きちんと始末して、このトーキョーから犯罪を一掃して、捧呈式を成功させるです……そ、そしてマサトサンと一緒に旅行に行くのですよ……そしてアんなことや、コんなことをするのでス……ウフフフフフフフフフフフフフフフフフフフフフフ」

フェルは、目を据わらせたまま嬉《うれ》しそうに笑う……新たなスキルを体得したようだ。

……ヴェルデオはさすがに引いてしまった……


……東京駅では車列を待つ観衆でごったがえしていた。

そこへパトカーと白バイに先導されたヤルバーントランスポーターが到着すると、マスコミから一般観衆まで、こぞってカメラのシャッターを切りフラッシュを焚《た》く。

多くの日本人が生で初めて目にするその不思議な乗り物に、観衆からはたくさんの歓声が聞こえる。

「うわぁ、なにあの車……すごい……」「空中に浮いてるよ……」「もしかして運転手いないんじゃないの、アレ……」「完全自動運転かよ、すごいな……」

テレビ局レポーターも興奮気味で、

『今、ヤルバーンのヴェルデオ大使が到着しました！　トランスポーターという、ＳＦ映画にでも出てきそうな乗り物に乗っての到着です。すごいです！　スタジオのみなさん、見えますか、浮いていますよこの車……あ、ヴェルデオ大使が降りてきました。もうお茶の間のみなさんの間ではご存じのお顔ですね。大使は手を振って観衆に応えています……もう一人、これもみなさんお馴染《なじ》みの今、人気急上昇中、フェルフェリアさんですね、少々お疲れの様子ですが、ティエルクマスカの挨拶をして大勢の声援に応えています。そして緑色の肌のジェグリ副司令ですね。結構女性に人気があるジェグリ副司令ですが、副司令も観衆に手を振って応えています……そして、最後に降りてきたのはどなたでしょうか？……えっと手元の資料によりますと、この方はヤルバーン司令部部長のヘルゼン・クーリエ・カモナンさんという方だそうです……この方もお美しい方ですね、どうもヤルバーンの女性はみなさんお美しい方ばかりのようです。この方も人気が出そうですね～』

ヴェルデオ達の服装は、イゼイラ探査艦乗務員用の外交用礼装制服である。

一般的に日本の信任状捧呈式の場合、男性は昼用正装、つまりモーニングコートで女性はイブニングドレスのような正装で出席するのが慣例であるが、さすがにイゼイラにはそのような慣習の礼装はないので、そんな感じの姿での出席である。

普段のフェル達が着る制服は、デザイン的に機能的な感じなのだが、今回は金銀煌《きら》びやかな飾り物を付け、階級章のようなものを付けたり、マントのような物を羽織ったりとかなりオシャレをしている。

ヴェルデオ達はトランスポーターを降りると、政府職員に誘導されて丸の内口へ停められた儀装馬車へ向かう。

ドアを開けタラップを二段三段と降ろし、乗り込むようにエスコートされるが、彼等は、地球の『馬』という動物に興味を持ったのか、それをなでたりしていた。

　先導する皇宮警察の騎馬警官にも興味を持って話しかけてみたり、少々乗り込むまでに時間を費やしてしまう。

「局長、この『ウマ』という動物ですが、大変に美しい動物ですなぁ」

「そうですね、調べたところではこの地球で自動車両が発明される以前は、非常に一般的な高速移動手段として地球世界のすべての地域において飼育されていた動物のようです」

「なるほど……この動物、イゼイラに輸入すれば喜ばれるかも知れませんな」

「そうですね、今度機会があればファーダ・ニトベ達に掛け合ってみましょうよ」

　そんなことを話したあと、ヴェルデオ達は馬車に乗り込む。

　フェルがふと外を見ると、観客の中に柏木が交ざっていた。

「あ、マサトサン、来てくれたんだ……」

「お、本当ですな……ははは、なんなら私は降りて、後ろの馬車へ移動しましょうか？」

「もう、司令！　何を言っているんですかっ！　そんなことしたら私がマサトサンに怒られちゃいますよっ」

　頬《ほほ》を染めて、ポスッとヴェルデオを叩くフェル。でも、できるならそうしたいフェル。

　柏木は、ピラピラと手を振っている。フェルも柏木に向かって手を振り笑顔で応える。

「さて局長、最後の仕上げですな」

「ええ。これでガーグの奴らにド肝を抜かせてやりますよ、ウフフフフフフフフ」

「貴方《あなた》の『マサトサン』もド肝を抜かれてしまいますな」

「ウフフフフ、これは、マサトサンの『アマトサクセン』とニホン国民皆様へのお礼ですよ、ウフフフフ」

まだ少しハイになっているフェル。ここまできたらヴェルデオも一緒に笑うしかない。

礼装に身を固めた皇宮警察官が扉をロックすると、ピシっと敬礼し、馬車の後ろへ乗り込む。それを合図にするように、馬車はカッポと進み出した……


……馬車列は、行幸通りに入る手前で一旦停車する。

騎馬警官も停止し、護衛の警護車両も停車した。

沿道に集まる観衆も、何事かとざわつく。なぜそんなところで停まるのかと。

馬車の中、フェルは車内でいくつもの小さなＶＭＣモニターを展開させている。

ヴェルデオはその様子を横で見ていた。

「さて、いきますよぉ～……」

と、ＶＭＣモニターに手をかけようとした寸前、ピリピリとフェルに通信が入る。

『フェル、聞コエルカ？』

「シ、シエ？　なんですか？　もう、これからって時に……」

『スマンナ、ダガ、マダチョット待テ、ソコデ待機シテイロ』

「え？　どうしたのです？」

『探知装置ガ、中規模ノ、ニトロセルロース・ニトログリセリン、トカイウ化学物質ノ反応ヲ捉エタ。ヤマモトノ話デハ、コノ反応ノオオキサハ、地球ノ「ジュウ」トカイウ武器ノ反応デ、シカモ大型ノ物デハナイカトイウコトラシイ』

「ということは……」

『アア、オソラク「狙撃」ダナ。場所ノ特定ハ済ンデイル。私ガ行ッテ、チョチョイト、カタヲツケテクルカラ少シ待ッテイロ』

「もう、狙撃はないと思っていたのに……シエ、そちらはまかせますよ。私達はこのまま行きますです」

『エ？　オイチョットマテ、キレイサッパリ済マセテカラデモイイダロウ』

「いえいえ、ちょうどいいです。やれるものならやってみろってんです……ウフフフフフ」

『…………オイ、ヴェルデオ』

「なんですか？　シエ局長」

『フェル、大丈夫ナノカ？　チョットオカシイゾ』

「まぁ……二日ほど寝てないそうなので」

『フェルハ寝ナイトソンナ風ニナルノカ。ハァ……ワカッタ、好キニシロ……カシワギニ言ッテヤロ』

「あ、なんですかシエ、それは！」

プチュンと通信を切るシエ。

「もう！　シエ！」

睡眠不足のフェルは危ない。ここ重要。既にヴェルデオ達は充分にわかった。

「では、始めましょうか局長」

ヴェルデオが言う。

「ハイ。では行きますよぉ……ポル、聞こえますか？」

『はい局長。いつでもどうぞ』

「では……『メルヴェンお披露目作戦』を開始してください」

フェルのこの一声で行幸通り沿道の空気が大きく歪んだ。

行幸通りだけではない。儀装馬車進行コース沿道の空気全体が大きく歪む。

沿道の女性観客が一人、キャーキャー言いながら人をかき分けて道路ギリギリの所まで出ようとした。だが女性は、何か目に見えない力に押し返される。

「え？」と思う女性。

何もない空間をポンポンと触ってみる……すると、触った何もない宙に水のような空気の波紋ができる。同じように感じた観客が沿道で同じような行動をする。

するとそこらじゅうに空気の波紋がポワポワとできた。

観客は面白がって我も我もと何もない道路沿いの空中を叩く。子供達も面白がって中空を叩きまくる。空気の波紋が沿道を綺麗《きれい》に飾る。

沿道を警備する警官や自衛官が、その空気の波紋を確認すると、隠していたプラカードを大きく上に掲げた。

【注意！　ただいま、ヤルバーン技術のシールドを展開しています】

彼らは拡声器を使って、大声で叫ぶ。

『ただいま、ヤルバーン技術のシールドが沿道に張られました！　みなさんあまり押し合わないでください！　ただいま……』

その言葉に観客は驚く。まさか自分たちが直《じか》にシールドを体験するなど思ってもみなかったからだ。

次に、行幸通りの沿道上空からフィンフィンと聞いた事のない音が小さく……そしてだんだんと大きく聞こえてくる。

観衆はみな、今度はなんだと上空を見上げる。すると……

行幸通り、そしてその進行方向のコース道路脇上空、ビルより高い高さに、何かが突如姿を現す。

光学迷彩と音響ステルスを解除したヴァルメだ。

ヴァルメは、何十機も、等間隔で沿道を埋め尽くしていた。

しかもそのヴァルメは何かが違っていた……そう。機体が紫色に塗られていたのだ。

紫色に塗られたヴァルメが沿道両脇にびっしりと列をなし、ゆっくりと回転していた。

観客からは、どよめきと歓声が沸き起こる。

「おおおお――、ベビーヘキサだ！」「すげ――――！」「もしかして、俺達や馬車を守ってるのか？」

観客の言う通りである。このヴァルメが沿道の大規模シールドを展開していたのだ。

これは大見達が行った北海道《ほっかいどう》での演習を参考にフェルが考えた物だ。

「まだまだ、これだけではありませんよぉ～……」

そう言うと今度は別のＶＭＣモニターで、大見を呼び出した。

『ケラー・オオミ、舞台は整いましタ。出番デスよ、お願いしまス』

「了解です、フェルフェリアさん」

その言葉とともに、次に何かがまた空間を歪ませて、顕現《けんげん》しようとしていた。

行幸通りの道路真ん中で待機する儀装馬車を取り囲むように人型の何かがキラキラと光の柱を立てて姿を現す。

それは地上だけではない。馬車上空数メートルの空中からもその姿を現した。

何かが大量に転送されてきたのだ。

その現れた姿は、ロボットスーツかパワードスーツのようなものを装着した、ヤルバーン戦闘員……今は警備員だった！

外骨格のようなデザイン。大きなランドセルを背負ったようなロボットスーツ。ＳＦ映画に出てくるようなパイロットスーツを着込んだ戦闘員がソレを装着している。

地上に、空中に、三〇人……いや、三〇機が儀装馬車を取り囲むように転送され、警備し、待機していた。

実はこの中に、ヤルバーン戦闘員に扮した自衛官数人、そう、その中の一人として大見も交ざっているのだ。

大見はこの日のために、ヤルバーンで三日、このロボットスーツ操縦の特訓をゼルエから受けていた。


これを見た観衆は唖然呆然《あぜんぼうぜん》……

そしてしばらく後、パラパラと拍手が起こり、そのぱらついた拍手は連鎖的に大きくなり、うねるような拍手に変わる。

馬車を警護する皇宮警察官も、みんなニヤついて「どうだおどろいたか」というような顔。彼らは知っていたからだ。

フェルはその様子を見て「してやったり」な顔をしてニコニコしていた。

「大成功です。これで皇帝陛下の御前へお伺いいたしますよぉ～」

＊　＊

柏木もそのとんでもない光景を目にし、唖然としていた。

まさに絵に描いたような『開いた口がふさがらない、全開ポカ～ン状態』である。

資料であらかじめ読んでいたとは言え、実際に現実をその目にすると、

（な、なんじゃこりゃぁ……）

前代未聞な信任状捧呈式の儀装馬車列。これは、はっきり言って日本の歴史に残ると柏木は思った。

フェルは、柏木の語った言葉をきちんと理解していた。メルヴェンとは、ガーグという闇に対する光である事。その姿を、そして活躍を世に知らしめる事。

今日の信任状捧呈式。絶対に観衆の被害を出さない……間接的にも、直接的にも。

この信任状捧呈式という場を利用して、ティエルクマスカ－イゼイラの意思を、ヴェルデオという個人だけではなく、『メルヴェン』も皇帝と、日本政府、そして日本国民に届ける。そういう意思を示そうとフェルは考えたのだった。

しかし……いささか程度がでかすぎると柏木は思ったが……

柏木はポカンと開けたその口を徐々に笑顔に変え、両手を腰に当て、首を横に振り、フフと笑う。

馬車列は、ロボットスーツ警備部隊の登場と共に、ゆっくりと進み始めた。

馬の小気味良いカッポカッポという足音と、ロボットスーツの不思議な機械音が同時に進む。沿道では、カメラの電子シャッター音がここまで聞こえるほどたくさん鳴り響く。

沿道で警備をする警察官や自衛官は、通り過ぎる馬車列に敬礼を送っていた。

そして地上や空中を浮いて進む驚愕《きょうがく》のロボットスーツ部隊は、観衆の方を向き、全員ティエルクマスカ式敬礼を送っている。いまだに観衆からの歓声と拍手が鳴り止まない。

日本のマスコミは、このいきなりの状況に、もう顔を紅潮させて唾《つば》を飛ばさんばかりにレポートしていた……視聴率もうなぎのぼりだ。

丁度今、ロシアで行われている冬季五輪で日本の若き選手が金メダルを取ったらしい。そのニュースも併せて、これから当分マスコミは報道するネタに困らないだろう。

海外のメディアもこの様を見て『オーマイゴッド』どころの騒ぎではなく、各国の言語で考えられる限りの感嘆の言葉を使って、この状況を報道していた……

柏木は丸の内口方向から、皇居方向へ向かって遠ざかる儀装馬車と、新設メルヴェン部隊を見送る。

誰かが柏木の肩を叩く。振り向くと山本だった。

「なんだ柏木さん、来てたんですか。本部へ顔を見せてくれれば良かったのに」

「ええ、まぁ……ちょっとフェルの様子を見にね」

「はは、なるほど。で、どうでした？」

「ん～……やっぱお疲れ気味な感じでしたね、頑張ってますけど」

山本も腕を組んで、この前代未聞の風景を、フゥと一息ついて眺める。

「ま、見事なもんですな。柏木さんのアノ作戦に負けてませんよ」

「『天戸作戦《あまと》』ですか？　……まぁそうですね、今回は宇宙規模な事案ですからねぇ……そりゃ、ヤルバーンの科学技術全開でやられたら、たまりませんよ」

山本はフっと笑みを浮かべると、

「柏木さん、宮内庁の話では、今回の式の方針……観客に被害を出さない、式を絶対に妨害させないということですけど……陛下のお耳にも入っていらっしゃるそうですよ」

「え、そうなんですか？　あ、まぁそりゃそうか……そうですよね、当然か」

「これでまぁ、皇居に行くまではもう問題ないでしょう」

だが柏木も腕を組んで、

「いやいや、山本さん。昔から言うじゃないですか、『おうちに着くまでが遠足だ』って……ヴェルデオ大使達が『ヤルバーンに着くまでが捧呈式』ですよ」

「そうですな、油断禁物ってことですか」

「えぇ」

まだ溶けきらぬ残り雪の通りを進む馬車列。

柏木と山本は、馬車が見えなくなるまで見送っていた。

謁見

『対物ライフル』――英語では『アンチマテリアルライフル』という。

一般ではあまり聞き慣れない銃器名称である。

かつて第一次世界大戦後期〜第二次世界大戦前期ぐらいまでは『対戦車ライフル』、日本では『自動砲』という名称で呼ばれていた時期もあった。

使用弾薬は一二ミリ〜二〇ミリクラスを使うのが一般的である。

弾薬の大きさを喩《たと》えるなら、一二．七ミリ弾薬であれば、太字細字が両端についたフェルトペンぐらいの大きさの実包を使用するライフルである。

非常に強力なライフルで、歩兵が携帯できる銃器としては最大高威力クラスの一つだ。

第一次大戦時期の戦車はまだ黎明《れいめい》期で、装甲防御性能も歩兵が使用できる兵器を中心に対応が考えられていたため、このような大型弾薬を使用する超大型ライフルのような武器でも戦車を撃破する事ができた。

だが戦車の防御力が高性能化するに従って、威力がより強く、効果的な破壊をもたらす対戦車ロケットランチャー、いわゆる『バズーカ』等のような成形炸薬《さくやく》弾を使用する携帯兵器に取って代わられ、その後は衰退した兵器であった。

しかし時は流れ、一九八二年。イギリスとアルゼンチンの間で勃発《ぼっぱつ》した『フォークランド紛争』にて、アルゼンチン軍が採った戦法。

一二・七ミリ実包を使用する重機関銃に狙撃スコープを取り付け、超長距離単発射撃を行うという戦法が、英国軍《イギリス》に大被害を与えた。

当時の英国軍は、そういった超長距離からの組織的狙撃に対する効果的な対応策を持っていなかった。従ってアルゼンチン軍の狙撃陣地を潰すために高価な対戦車ミサイルを使用しなければならなかった。

この時の戦訓がきっかけになり、超長距離を大威力・低コストで狙撃できる『対戦車ライフル』の運用思想が見直され、軽車両破壊や、超長距離対人狙撃用兵器『対物ライフル』という名称で再び現代に復活することになった。

＊　＊

「チッ！　なんなんだあれはッ！」

対物ライフル『バレットM82』の照準スコープを覗く男が思わず叫ぶ。どうやらアジア人のようだ。日本人ではない。

和田倉門交差点あたりで、儀装馬車の狙撃を試みようとしていた『ガーグ』と思わしき工作員は、その異様な光景を見て戦慄《せんりつ》した。

和田倉門を左折する儀装馬車を狙撃する。ヴェルデオ達殺害の有無は別にどうでもいい。儀装馬車に当てることができれば良いという依頼を受けていた。

対物ライフルの威力で儀装馬車に命中すれば、大きな被害をもたらすのは必至だ。馬に当たれば確実に馬は即死。馬車でも軽く貫通し、おそらく中の乗員もただではすまないだろう。依頼者に言われた、イゼイラ人が体の周りに張る『シールド』を使っていたとしても、ピンピンしている……というわけにはいくまい……と彼は勝手に思っていた。

彼は依頼者の真意など知らないし、どうでもいい。受けた依頼をこなすだけだった。

バレットM82など、島国日本では密輸するにしてもその大きさからして相当難しいブツだが、やりようによっては不可能ではない。

海上での受け渡し、潜水艦での隠密《おんみつ》上陸による受け渡し、在日米軍からの横流し……金さえかければ色々方法はある。

工作員としては、簡単な作業のはずだった。

永代《えいたい》通り側のビルの屋上から、和田倉門交差点など長距離のうちに入らないからだ。のんびりと目標の馬車が来るのを待って、スコープを覗いて、レティクルに入った馬車に向けて引き金を引くだけの簡単な作業のはずだった。

だが彼の見た光景……あのベビーヘキサが儀装馬車進行コースを守るかのように等間隔で並び、多数の人型の妙な物が空中を浮いて、馬車を守るように進んでいる。

工作員はふっとスコープに映ったある現象を目撃する。

一羽の鳩《はと》が交差点を横切るようなコースで着地しようとしていたが……何かにぶつかったように空中で失速し、あわてて体勢を整えて、逆方向に飛び去っていった。

失速した地点に水の波紋のような模様が浮かび上がっている。

(あ、あれは……)

ハッと以前読んだ新聞記事を思い出した。

ベビーヘキサが強力なシールドを張って、ミサイルも砲弾も防いでしまうことを。

(チッ、そういうことかよ……こりゃ無理だな……んー、他に何か……)

そう考えながら、空を見ると、報道のチャーターした飛行船が飛んでいるのが見えた。

比較的低空である。

(あ〜……あれが使えるな、ククク、あれなら報酬並みの事ができるだろ)

工作員はそう思うと、辺りを見回し、何か土台のような構造物を探すと、そこにバイポット(二脚)を固定し、ゆっくりと飛ぶ飛行船のエンジンに照準を合わせる。

二〜三発もぶち込んでやれば大騒動になるだろう。うまくすれば皇居に墜落だ。これで捧呈式はオジャンである。

そして別のビルに設置した囮《おとり》の発煙筒を無線で発火させて、トンズラすれば仕事は終わりだ……

『……ナ〜ンテ、カンガエテルンダロ、楽ナ仕事ノハズダッタノニナ』

「!!!!??」

工作員は、聞き慣れない和音のような外国語訛《なま》りの日本語にドキッとし、その方向をバッと振り返り、反射的に腰から四五口径二重弾倉拳銃を取り出し、声の方へ向けた。

レギンスパンツを穿いた艶めかしい、どう見てもエロい日本人女性が、屋上入り口のドアにもたれかかって、このクソ寒いのにアイスクリームを舐《な》めていた。

『ヨクハ知ランガ、自衛隊ニ教エテモラッタ狙撃ノ方法ハソンナ感ジダッタナ……ウマイナ、コノあいすくりーむトイウノハ……オマエモ食ベルカ？　ン？』

工作員は、「何者だお前は！」などとは聞かない。聞いたところで意味もない。見られたら消すだけだ。

彼は問答無用で四五口径をバババッとラピッドファイアで発射してきた。

だが……アイスを前に出すジェスチャーをしているシエの眼前で、弾丸はビシビシッと静止し、マッシュルーム状に潰れてコロコロと下へ転げ落ちる。

その様を見た工作員は、何も喋らないつもりだったが思わず、

「貴様……異星人か！」

少し訛った日本語で叫んだ。

『クックック、ゴ名答ダガ……挨拶モナシカ。無粋ナ奴ダ、ワカッタ。オマエデ、トリアエズハ最後ダ。オトナシク捕マッテモラオウカ』

残り半分のアイスをパクッと口に入れると、少し「チベタッ」というような顔をして、モデルウォークで、ツカツカと工作員に近づく。

（チッ、ならばっ……）

工作員は、バレットをぐいと持ち上げ、腰だめでシエの方に銃身を向けた。

その瞬間、シエのＰＶＭＣＧが警告音を鳴らす。

『!!』

刹那《せつな》、ドンッ！　という発射音とともにバレットは火を噴く。

工作員は、猛烈に跳ね上がる銃身に身を任せ、反動を受け流す。

素人がこんな撃ち方をすれば確実に後ろへ吹っ飛ぶが、銃の性能を把握していれば無理な射撃ではない。

シエはＰＶＭＣＧが出した警告音にハッとし、後方構造物めがけて、大きく俊敏にジャンプした。バレットの弾丸は飛び去ったシエの真後ろに命中し、構造物のコンクリートを木《こ》っ端《ぱ》微塵《みじん》に粉砕して大穴を開ける。

（クッ！　ゼルクォートガ警告音ヲ発スルワケダ、アノ『銃』ハ、ホカノヤツトハチガウワケカ！）

シエは思った。パーソナルシールドで防げない威力ではないが、もし当たったら相応の被害があるということだ。でなければＰＶＭＣＧは警告音など出さない。

（コレハ、ナメテハカカレンカ！）

シエは速攻でカタを付けようと、左腕にいつもの鉤爪《かぎづめ》と、今回はスタンブラスターを右手に造成する。敵はまた二発をシエめがけてぶっ放してきた。

彼女はすさまじい俊敏さでそれを躱《かわ》し、ブラスターを二発工作員に向けて発射。

工作員は素早く横に跳んで、何かの構造物に身を隠し躱した。

（！　コイツ！　素人ジャナイ！）

そう感じた瞬間、構造物の向こうから、ボール状の物体が二個、シエにめがけて投げ込まれる。手榴弾《しゅりゅうだん》だ。

（！）

シエは瞬間、爆発物と察し、即座に上へジャンプ。ＰＶＭＣＧの緊急転送機能を作動させ、手榴弾を消し去る。こんなところで爆発物を作動させるわけにはいかない。マスコミも見ているのだ。大騒動だけにはしてはならない――そしてその手榴弾は、ヤルバーン直下、海上で爆発した――

だがシエが一瞬気をそいだ瞬間、ドンッ！　ドンッ！　ドンッ！　と三発、バレットの発射音が鳴る。

（シマッタッ！）

シエは左手を前へかざし、シールドを全開にするが……

（カハァッ‼……）

バレットの弾丸がシエのドテッ腹《ぱら》に命中した……バレットの弾を至近距離で食らった。しかも二発。

命中と同時ぐらいに、シエのキグルミシステムが解除され、シエは全裸姿になる……彼女は『く』の字になり、屋上場外へ吹き飛ばされ……露《あらわ》な姿をさらしながら、ビルを落下していった……

「……ハア、ハア……あれが異星人か……化け物め！　……クソっ」

工作員はバレットを構え、まだ警戒するように屋上際に足を進める。

そして下を覗く……

………死体がない。彼はベチャっと潰れ、緑色の血に染まった、女性型異星人の死体が転がっているのを想像したのだろう、しかし、死体がなかった……

その時、彼の背後で甲高い音がする。

彼はすぐさま振り向くと、その瞬間、首根っこを猛烈な力で掴《つか》み上げられ、足が地から離れた。

バレットを構えようとするが、銃身を押さえつけられて構えられない。

足をバタつかせ、掴み上げる相手に蹴りを入れるがビクともしない。

彼が見たその姿は……縦割れの瞳に、体の一部がウロコのような模様に彩られた、爬虫類《はちゅうるい》のイメージを持った人間……いや、魔女だった！

『フフフフフフ……ヤッテクレル、オマエノヨウナヤツハキライデハナイゾ……クククク……グッ……』

そう、シエだった……彼女は首根っこを掴まえた必死で抵抗する男を、全裸姿で見上げていた。その縦割れ瞳は、完全に『キレてるモード』である。

大きな痣《あざ》が二つ、シエの美しい肢体に刻まれていた。

彼女は一撃を受ける刹那の間に、パーソナルシールドを全開にした。したがって服飾機能のパワーもシールドに回したので、キグルミシステムを維持できず、全裸姿になってしまった。シエは生粋の軍人……いや、戦士である。戦場では生き残るために、裸だなんだ、などとは言っていられない。そんなもので恥ずかしがっていられないのだ。

なのでシエは柏木達の前で全裸姿になっても、なんとも思わなかった。

彼女にとって、人前で裸になることぐらい、なんともないことなのである。


工作員は青ざめた……まるで魔界から来たようなその妖艶《ようえん》な姿に戦慄した。

「ぎ、ぎざま！　なぜ生きている!!」

工作員は気道に空気がこもったような声で思わず叫ぶ。

『ナゼカダト？　フフフフ、ワカッタ、ゴ希望ナラオシエテヤル。ソノ理由ハナ……』

そう言うと、シエは工作員の首根っこを持って、円盤投げのような格好で体を一回転して振り回し……

「お、おい、や、やむぇろ！　やめ、やめてく…おぁぉあおあぉあえおあぁぁぁァァァ……』

屋上から工作員を放り投げた。工作員は、手足をばたつかせながら死の間際の表情を見せ、半泣きになり、ビルから落下していく……

……そして、地面に激突する瞬間、転送光とともに消え去った……

シエはその無様な姿を確認すると、ＰＶＭＣＧから手を離し、

『ハッ』

と吐き捨てるように笑う。そして……

『アイタタタ……クシュン……ア～、ヤッパリ裸ハサスガニ寒イナ……あいすくりーむタベナキャヨカッタ……』

と痣ができた横腹をさすりながら、肘《ひじ》を締めてプルプル震えながらお尻をプリンと出し、地面に転がったバレットを拾う。

よいしょという感じで、バレットを肩に担ぐと、例のレギンスパンツな日本人モードにチェンジする。やっと体裁が整って、いつものシエなスタイルになるが……ラミア美人的には、ちょっと冷えるらしい。

『ヴゥ、グシュ……ダカラ、カタヲツケルマデ待テトイッタノニ……フェルノ奴……ブツブツブツ……コンナ大キナ痣ガデキチャッタジャナイカ……ブツブツブツ……フェルニ今度カシワギトノ「でーと」ヲ要求シテヤル。デナイトワリガアワン……デモ、ソンナコト言ッタラブッ殺サレルダロウナァ……オオミデモイイカナ？　ウ～ン、妻帯者ハダメダナ。シラキハ……レイコモ怖ソウダナァ……ア、ソウダ、ヤマモトデモイイカ、シモムラモカワイイナ……ハセベモ……ウ～ン……ア、クルメモイイタナ……ブツブツブツ』

レギンスパンツで艶に歩く日本人女がバレット担いで、何かブツブツ言いながら、ビルの階段をトコトコ下りていった。お腹《なか》さすりながら……

＊　＊

捧呈式のコースからは少し外れた永代通りの方では、ちょっとした騒ぎになっていた。

永代通りにある、とあるビルの上で銃声がするという通報があり、警察官が駆けつけようとしたところ、とんでもない美人がメチャクチャでかいライフルを肩に担いで堂々と街中を歩いていたのである。もちろん速攻で応援の警察官が束になって飛んでくる。

この『場』を読めない女性は、シエ日本人バージョンであるが、まあそんなもの担いでウロウロしていれば「ちょっとあなた待ちなさい！」という感じで、拳銃構えてホールドアップ。至極一般的な展開である。

サイレン鳴らしたパトカーもわんさとやってきて、騒然となる。

シエは、『マタ、ナンナンダ……』と言わんばかりにズズっと鼻を鳴らして頬をかく。

警官に囲まれた中心で堂々たるものだ……まだお腹をさすっている。

リビリィから連絡を受けた柏木と山本、下村、長谷部、セマルは、な～にか嫌な感じを抱きつつ現場に急行すると、案の定だった。

「シ、シエさん!?　何やってるんですか！　って、その銃、バレットじゃないですか！」

柏木の知識に、そのエゲつない銃のデータはあった。

『オー、カシワギ、コイツラナントカシテクレ……アイタタタ……』

腹部をちょっと押さえて頼むシエ。

山本は警察官の責任者に「心配ない、身内だ」と説明すると、警官隊を下がらせた。

だが相当警察官は訝《いぶか》しがっていた。そりゃそうだ、アんな格好で対物ライフル担いだ女をまともに扱う奴なんかこの世にいないだろう。

柏木はシエの様子が少しおかしいと思い、すぐさま駆け寄る。

「どうしたんですかシエさん、何か様子がおかしいですよ……」

『アア、今サッキナ、「ガーグ」ラシキ奴トヤリアッタ。チョット食ラッテシマッタガナ』

「え！　そ、その場所見せてください！」

『ン？　ア、アア……』

シエはシャツの裾を少しめくって、大きな痣が二つ付いた腹部を、その部分だけキグルミシステムを解除して見せた。

「え？　バレットの弾を食らって、この程度で済んだんですか？　ハァ、良かった……」

『アア、咄嗟《とっさ》ニシールドヲ全開ニシタ。ジャナケレバ正直ヤバカッタ』

「でも、本当に大丈夫なんですか？　腹部内出血とか、そんなのはないんですか？」

『大丈夫ダヨ。ゼルクォートデ、バイタルチェックモ済マセタ。アトデ医療局ノチェックモ受ケテオクカラ。ワタシ達ハ、ナノマシンヲ体ニ入レテイルカラ、内出血ナドノ心配ハナイ』

「そうですか……でも無事で良かった。で、犯人は？」

『アノタテモノノ屋上カラ放リ投ゲテヤッタ』

「はぁぁぁぁ!?」

『フフフ、心配スルナ。地面ニ激突スル寸前ニ転送シテ、ヤルバーンへ送ッテオイタ。アトデ「ケイサツ」ニ引キ渡ス』

柏木は（またそんな無茶を……）と思うが、シエが無事で安心する。

「まあ、何はともあれお疲れ様でした、シエさん」

『ウム。コレデ一応一段落ダロウ』

「はい。ヤルバーンシステムの方でも、ネガティブコード警告が解除されたようです」

『ソウカ、ソレハヨカッタ……』そう言うとシエは口を尖らせてポソっと『デ、カシワギ、今度でーとニ誘エ』

「は、はぁ？」

『フフフ、冗談ダ。デハ本部ニ戻ッテ、テレビデモ見ルカ。ヴェルデオノ晴レ舞台ダ』

「はは、えぇ、そうですね」

シエはそう言うと、柏木の肩を抱いて本部に向かった……とりあえず今回はこれでチャラとすることにしたシエであった。

……無論、バレットは警察へ引き渡す……が、シエとしてはちょっと気に入っていたので、しっかりとPVMCGでデータは取っていた……

＊　＊

シエがそんな大立ち回りをやっていた頃、ヴェルデオを乗せた儀装馬車は、ゆっくりと二重橋前交差点へと進んでいた。

『フェル局長、シエ局長が例の探知反応の始末をつけたそうです』

後方の馬車に乗るヘルゼンが、ＰＶＭＣＧで報告する。

「そうですか、で、シエは？」

『はい、寸前でガーグの作戦を阻止できたようです。報告では、非常に強力な武器を持っていて、あの空を飛んでいる浮遊船を狙撃、墜落させるつもりだったようですが』

「そうですか。良かったです……あんな浮遊船が、皇帝陛下のお城に落ちたとなれば、大変な事になるところでした。シエに『お疲れ様』と伝えておいてください」

『はい……ですが……』

「どうかしたのですか？」

『ええ、シエ局長も少々怪我《けが》をしているようでして……』

「えっ！　そんな……容態は!?」

フェルはＶＭＣモニターに向かって身を乗り出し、本気で心配する。

『いえ、怪我の程度は大したことないらしいのですが……』

「そうですか、良かった……」

フェルは本気で安堵する。でも自分がシエの制止を押して動いたから、シエの作戦が狂ったのではないかと思った。とても責任を感じるフェル。金色目が細く伏せられ、少しへコむ。

『あの～……フェル局長』

「……あ、はい？」

『えっと、シエ局長のフェル局長宛《あて》メッセージなんですが……』

「？」

『え～……「カシワギト、でーとサセロ」と……』

「…………」

その言葉を聞いたフェルは、瞬間、眠そうな金色目を据わらせた。

『責任を感じる？　なにそれ？』モードに脳内が量子テレポートの速度でシフトする。

「ヘルゼン部長？」

『は、はい？』

「シエに返信を」

『は、はぁ、如何様《いかよう》に？』

「『……マサトサンに変なことしたら、ブッコロスですよ』と」

『は、はぁ？』

「わかりましたね……」

『り、了解です……（もう、送る方の身にもなってよ……）』

ヴェルデオは、横で聞いてて、クククっと噴き出しそうになるのをこらえていた。

ジェグリは（……もうすぐ皇居なんですよ？　みなさん……）と頭を抱える。

でもこのシエの冗談で頭をシャキッとさせることができたフェルは、睡眠不足でハイな意識を通常運転に戻すことができた。

これがシエの、彼女なりのフェルに対する気合の入れ方だったのかどうかはわからないが、一応功《こう》を奏《そう》したようだ。


……で、そんな会話を馬車の中で交わしつつ、儀装馬車は二重橋交差点を越えた。

よくテレビなどで見る皇居正門前の大通りにさしかかると、フェル達を警護していたロボットスーツ部隊は全員着地し、儀装馬車の進行両脇に整列する。

全員、交互に地球式敬礼と、ティエルクマスカ式敬礼で馬車を見送ると、日本人にはお馴染みの皇居正門前、二つのアーチが見事な造りの『正門石橋』を優雅に渡り、儀装馬車は皇居に入っていく。

正門をくぐった瞬間、ヴェルデオ達は一気に緊張する。日本国皇帝の宮殿敷地内に入ったからだ。フェルは寝不足ハイな状態ながら、興奮を抑えきれないでいた。

馬車は皇居正門鉄橋、通称『二重橋』を渡り、宮殿南車寄へつけられる……

＊　＊

柏木達は、東京駅臨時警備本部のテレビで、捧呈式の様子を見守っていた。

信任状捧呈式を完全生中継で、初めから最後まで中継するなどという事は初めてである。それだけ日本中の関心を集めている行事という事でもあった。それも当たり前の話だ。異星人が天皇陛下に謁見し、信任状を日本の作法に従い捧呈するなんて一体誰が考えただろうか。日本人や地球人の想像する異星人と人類の関係なんていうものは、出会ったその日に戦争するか、隠れて逃げまわるかという感じだ。

普段は人類の姿をしていて、事が起これば巨大化し、怪獣退治に貢献してくれる異星人もいるが、それでもおおっぴらにウロウロしているわけではない。

だが今の日本、自由入国協定が発効してからは、東京でもイゼイラ人や他の異星人の姿をよく見かけるようになった。

渋谷《しぶや》・新宿・秋葉原《あきはばら》に、梅田《うめだ》・ミナミに日本橋《にっぽんばし》。中洲《なかす》や札幌《さっぽろ》、はては沖縄《おきなわ》から中山《なかやま》温泉、宇奈月《うなづき》温泉までと日本中で彼らを見かけるまでになった。しかもたったこの数日でだ。

転送装置もあるためか、彼らの移動速度が想像を超えるほど速いという事もあるのだろう。イゼイラ人達と日本人の交流はここ数日で関東の一部から一気に日本全国に拡大した。

ヤルバーン乗務員でも、やはり『日本全土』という単位で見れば、日本人に対し、警戒しているものも少なからずはいる。日本人もそうだ。それはまだまだ仕方がない。

そんな人達でも、ポルの発明した『キグルミシステム』を使って入国している。

その入国者数は、のべで言えば現在かなりの物だろう。

考えられない日常……それが今、世界中で日本だけに存在している。

それだけでも大変な事なのに、あまつさえティエルクマスカ連合やイゼイラ『本国』と国交ができようとしている……今、世界中から注目を浴びる国、それが日本であった。

そして、今日この日は日本中のテレビが稼働している。

ヤルバーンで行った二藤部達の会談中継以上だ。

『ヤット着イタミタイダナ』

シエが警備本部内のテレビを見ながら言った。

今のシエは、キグルミシステムを解除してダストール人姿である。

女性警察官に昆布茶を淹れてもらい、ズズズとすすりながらテレビ中継を見ている。

お腹には、効くかどうかわからないがシップ剤を貼ってもらっていた。

「そうですね、ここまで来れば後は信任状を捧呈するだけです」

柏木もそう言うと、お茶をすする。

山本達やセマル、他、警備本部の全員がテレビに釘付《くぎづ》けだった。

皆《みんな》してＮＨＫの特別編成番組に見入っていた。


テレビには、皇居・宮殿南車寄に到着した馬車から、ヴェルデオやフェルが降りてくる映像が流れる。それを迎える中に、モーニングを着た白木も映っていた。

白木はヴェルデオやフェル達とも親《ちか》しいため、今回は異例のことでもあり、彼らのサポートスタッフとして宮内庁から助力を依頼されていた。

（白木は向こうにいたんだな……）

彼のモーニング姿に思わずニヤついてしまう。

あんな姿の白木を目にするのは初めてだった。

『ナァ、カシワギ』

「はい？」

『フェルモ、コレカラニホンノ皇帝ニアウノカ？』

「いや、ヴェルデオ大使だけですよ。捧呈式自体はそれほど時間のかかるものではないです。基本、信任状を渡すだけですから……そうですね、一五分ぐらいで済みますよ」

『ソウナノカ、ウ〜ン』

シエは腕を組んで考える。

「どうしたんです？」

『ウム、フェルガ連合議員ナノハ知ッテルダロ？』

「ええ」

『ヤルバーンデハ、フェルハ事実上ノナンバー2ダガ、本国ニカエレバ、フェルノ方ガ偉イノニナ』

「はい、それもフェルから聞いて知っていますけど、大使はヴェルデオさんですからね。信任状捧呈式は、日本国が『大使』を承認する儀式ですから」

『ナルホドナ……フム。コレデニホン国モ、ティエルクマスカ連合本部ニ加盟国行政府ヤ、イゼイラ行政府ト直接関係ヲ持ツコトニナル。ホントウノ意味デノ国交ガデキル』

「ダストールとも国交ができる……ということですよね」

『ソウダ』

「あ、そうだ、まだ聞いていなかったと思うんですけど、ダストールの正式な国名ってなんて言うんです？」

『ウ〜ント、ニホン語デ言エバダナ……「デルベラ・ダストールデルド星系連邦総国」トイウ。略シテ、ミンナ「ダストール」ト言ッテイル。ダストールハ惑星国家ダヨ』

「そうなんですか」

そんな話をしていると、ＮＨＫのアナウンサーと解説者の長い解説の途中でカメラの中継が入り、テレビ画面に【ヤルバーン大使信任状捧呈式中継】というテロップがデカデカと流れた……ＮＨＫアナウンサーが、おごそかに話す。

『ただ今、皇居正殿、松の間において、ヤルバーン—ティエルクマスカ司令、兼、全権大使、ヴェルデオ・バウルーサ・ヴェマ閣下による、信任状の捧呈が行われます』

シエがまた尋ねる。

『カシワギ、フェル達はドコニイルンダ？』

「控室があるんですよ。そこで政府関係者の人達と色々打ち合わせしてるんじゃないですか？　私も詳しくは知りませんが」

テレビでは、ヴェルデオが今上天皇へ、松の間入り口にて書状を盆に入れて持つ付添《つきそい》の侍従《じじゅう》とともに一礼して、天皇の前に進み出る光景が流されていた。

今上天皇の横には、二藤部が書状盆を持って立っていた。

シエも、緊張の面持ちでテレビを見る。

『アレガニホン国ノ皇帝カ……』

ダストール人は敬語の概念がないので「あの御方《おかた》が天皇陛下でございますか」というような言い方ができない。柏木は（右翼にでも聞かれたら、えらいこっちゃ）と、少し苦笑い。勿論《もちろん》ダストール人にも、相手を敬う概念は当然ある。

ダストール人がそういった感情を表現する場合は、態度で表す。

シエは背筋を伸ばして、礼儀正しく画面を見入っていた。

つまり、ダストール人は、言葉遣いは淡白だが『敬意』『敵意』『親しみ』といった諸々の感情は、体で表現する種族なのである。なので、柏木にもやたらと体を接近させてスキンシップをとろうとするが、これがダストール流の親しい者への感情表現なのである。で、この感情表現が、親しみからその上へ行ってしまうと……まあ所謂『食べられちゃう』ので気をつけなさいとフェルは言っているわけなのだ。

ちなみにこういった言葉の概念は、地球にもある。

例えば、ロシア語には、英語の『Mr.』や『Ms.』、日本語で言う『〜さん』というような、汎用《はんよう》的な敬称語がない。

ロシア語でこういった形式的な敬称を付ける場合は、名前の父称を付けたり、『タヴァリシチ（同志）』という言葉に見られるような、固有の呼称を付けたりして呼ぶ。

なので、ロシア文学を原語で読むのは地獄なのである。

ダストール人の場合は、それが個々のアクションやジェスチャーになるわけだ。

シエはそういう点、派遣員ということもあって、ティエルクマスカ的には国際人であるため、そういった言葉の習慣などは理解している。なので相応のＴＰＯをわきまえた言葉遣いはある程度できるのだが、完全ネイティブなダストール人の場合……恋愛などの感情や、怒ったり、ケンカになったりした場合……大変らしい……


……ヴェルデオは今上天皇の前に立つ。

普通なら、ここで頭《こうべ》を垂れ、書状を天皇に渡すところであるが……

ヴェルデオは、ここでティエルクマスカ流の礼を行った。

最上級の敬礼……右手を右胸に当て、左腕を背に回す。そして頭を垂れ、片膝を地に少し付け、立ち上がる。

『イゼイラ星間大皇国』時代の、皇帝への謁見礼だ。

今上天皇は、にこやかにその礼を受ける。

次にヴェルデオは、侍従の持つ書状盆から、信任状を恭しく取り、天皇陛下に捧呈する。今上天皇はそれを両手で受け取り、二藤部の持つ盆へ入れ、二藤部はそれを確認すると、一礼して下がる。

その瞬間、ヴェルデオは、在駐日ティエルクマスカ－イゼイラ大使として、日本国より正式に認められた。

ヴェルデオはティエルクマスカ式敬礼を再度行い、その場から下がる彼の映像が流されている最中に、ＮＨＫのアナウンサーが少し狼狽するような口調で、新たに差し出されたのであろう原稿を読む。

『えー、今入った情報によりますと、外務省の発表では、この信任状には当初の予定であったヤルバーン自治権上の首長となる、ヴェルデオ「司令官」署名ではなく……え？　……あ～……ティエルクマスカ連合議長と、イゼイラ共和国議長連名の署名が入ったものが捧呈されたとの事です。繰り返します……』

おごそかな映像なので、感情的に表現できないアナウンサーのもどかしさが伝わってくる。

そして、捧呈式は終了。中継は終わり、スタジオの映像に戻る。

アナウンサーは、少し興奮気味に……

『今入ったこの外務省の情報ですが、これはもしかしてヴェルデオ大使は、ティ連の法制上、自治権を有するヤルバーン首長という枠を超えた、ティエルクマスカ連合中央政府と、

イゼイラ政府から直接の信任を受けた大使、と、考えて良いのでしょうか？』

アナウンサーは解説員に振る。

『いやぁ、今の情報ですと、そういう事になりますね。いや、これは大変なことですよ……』

この中継を見ていた山本達や、警備本部のスタッフは「いよっしゃ！」と、その手に握りこぶしを作って喜んだ。

シエも、ニッコリ笑って思わず柏木に抱きつく。これで柏木はフェルの説教確定である。

柏木もスタッフや山本達、そしてセマルと握手する。

この本国議長達連名サイン入り信任状の件は、二藤部達によって、今の今まで伏せられていた。この事を知っているのは、二藤部や三島ら対策本部・安保委員会メンバーと、各政党幹部、そして……今上天皇陛下だけである。

巷で国民は、茶の間で、量販店のテレビで、ランドマークの巨大液晶モニターで、この捧呈式の様子を見ていた。

書状が渡された瞬間、量販店や、ランドマークでは拍手が起こったが……国民の中でも政治に強い人々は、この議長達連名サインの意味を理解し、拍手をしながらも唖然とする者もいた。そして隣にいる知人に、事の重大さを説明している者もいた……

＊　＊

ヴェルデオ達の復路は、何事もなく終わった。

ネガティブコードがヤルバーンの中央システムから消えたこともあり、ヤルバーン・自衛隊・警察の警備も往路よりは緩めの態勢が取られ、ロボットスーツ部隊は、二重橋前大通りでその任を終了し、帰還していった。

とはいえ、柏木の言う「おうちに着くまでが遠足」の通り、それでもヴァルメのシールド展開は変わらず厳にされ、油断のない警備態勢が取られていた。


……東京駅に戻ってくる儀装馬車。

信任状捧呈式の任を終えたヴェルデオとフェルは、ホッとした表情のもと馬車を降りる。同乗していた白木も、普段のスーツ姿で二台目の馬車からヘルゼンらとともに降りてきた。ヴェルデオ達は、御者の皇宮警官らに礼を述べ、彼らを待っていたトランスポーターに向かう。

フェルの顔は、完全に『もうネてもいいですカ?』モードであったが、気合でこらえた。

ヴェルデオはそのまま迎えのトランスポーターに乗って演説のために国会議事堂へ向かう事となる。彼のサポートには白木が付いた。フェル、ヘルゼン、ジェグリの三人は、警備本部へ表敬訪問するため東京駅に残った。

フェル達三人が臨時警備本部に訪れると、スタッフが拍手で迎える。

シエ、山本、そして自衛隊警備担当者の長が代表して彼女らと握手をした。

「……え？　私、今日はただの一般見物客ですよ」

柏木が山本に誘われて、一緒に前へ出ろと言われる。

「な～に言ってるんですか、嫁さん来たのに迎えに行かないダンナがいますかよ」

そう言われて、シエにケツを蹴られてフェルの下へ突き出される。

『マサトサン、タダイマです……』

フェルは三日ぶりの柏木の顔を見て、はにかみながら話す。

「ああ、おかえり。お疲れ様でした」

そう言うと、体育会系の警官達から、冷やかしの言葉を浴びせかけられる。

頭をかく柏木。しかしフェルはニコニコ……であるが、もう限界である。

それでもフェルはシエを心配そうな目で見て、

『シエ、話は聞きましたヨ、大丈夫ですカ？』

と彼女を気遣う。

『アア問題ナイ、心配スルナ。カシワギトモ、ブッコロサレナイ程度ニハシテイル』

と笑って応じる。なんだかんだ言ってもフェルはシエのことが心配だったのだ。

フェルはその『ブッコロサレナイ』の言葉に上目遣いで恥ずかしがってしまう。

『ソレヨリモ私ガ心配ナノハ、オマエノ方ダ。モウ限界ダロウ……カシワギ……』

「ええわかっていますよ。フェル、こっちにおいで」

『エ？』

「あそこの仮眠室で、少し休むといい」

『ア、ハイ、すみませんでス……お言葉に甘えて休ませていただきますでスよ……ア、デモ……』

「わかってる。『その時』はきちんと起こすよ」

『ハイです』

フェルの手をとって仮眠室に連れて行く柏木。

それを見ていたヘルゼンはシエに近づきイゼイラ語で、

「いいなぁ、いいなぁ、フェル局長は。ニホンのデルンとあんな風になって」

行き遅れ感が倍増するヘルゼン。

『心配スルナ、ヘルゼン。ココニハ良いデルンガ沢山イルゾ。ナンナラワタシガ紹介シテヤロウカ？』

「え？　本当ですか？　シエ局長！」

『ウム、アソコノヤマモトノ部下アタリガオススメダ。アノシモムラハ、ワタシガ目ヲツケテイル。アノ、ハセベナラ余ッテルゾ』

「あ、いいかもいいかも。で、あのケラーデルンはどうなんですか？」

『アイツハシラン。トイウカ、オマエニハ若スギルダロウ。シカシ、アッチナラ………』


……さて、柏木の言った『その時』とは、ヴェルデオの『もう一仕事』の事である。

その『もう一仕事』とは……そう、国会での演説であった。

現在、国会議事堂では短期臨時国会が開かれている。もちろんティエルクマスカ国交関連の議題がメインであり、今日の信任状捧呈式に合わせた期間で開催されていた。

既に各政党幹部、代表者には今回の信任状がティ連―イゼイラ議長連名であることは伝えられている。従って既に各政党議員や、無所属議員にも各政党単位でこの事は伝えられており、二藤部達の根回しで今、臨時国会の議題の一部が、可決している状態である。

元々『ヤルバーン』との独自協定関係の議題で進められていたものだが、署名がいきなりあんな風になったので、その内容の一部修正に、官僚、役人達は徹夜作業だったそうな。

特に領土関係の扱いは難航したが、官僚達は、こういう時に役に立つ『租借《そしゃく》』という手法を使い、これを解決するというウルトラCを使った。

こういう時に役立つのがこの『租借』というものだ。

要するに相手に『貸している』わけなので、地権は地権者、すなわち日本にあるが、貸している間、その貸している場所で何をするかは『借り主』、すなわちヤルバーン―ティエルクマスカの自由である。これはなかなかに使い勝手が良い。

この手法、元々は北方領土関係で四苦八苦していた外務省のとある官僚のアイディアだった。実はこの官僚は、北方領土問題をこの方法で解決できないかと模索してたのだが、今回の件で彼のアイディアが実を結んだ形になった。

そういうところでまとめてみると、今国会で可決したヴェルデオ演説前に必要とされた国交関係の法案は以下の通り。
○現行の自治組織『ヤルバーン』の『みなし大使館』を正式な『ティ連―イゼイラ大使館』とすることの確認と議決。
○相模湾海上六五平方キロを、イゼイラ政府へ一年毎《ごと》の条約更新制で『租借』することの確認と議決。但し、ヤルバーン直下の漁業権と、領土領空権は現状通りとする。
○ヤルバーンを介したティ連との通商条約議決。

　通常協定としての議決。これに準じる形で、ヤルバーンに外貨獲得のための協力を行う『財団法人ヤルバーン経済協力機構』が設立されたが、コレに関しては『経産省の天下り団体だ』として、野党議員の一割ほどが反対した。
○ヤルバーンとの独自協定として、共同災害安全保障協定の締結。

　これが所謂先の『日・ヤ安全保障委員会』を正当なものにするための建前上、すなわち表向きの条約であった。

　その他『日・ティ連　犯罪人引渡し条約』や関税関係の条約など、一気に国会で可決していった。

これによって、日本とティエルクマスカは完全に行政府単位で国交を成し得た状態になった。無論、相手本国は五〇〇〇万光年彼方《かなた》にあるので、その代表権は地球のヤルバーン自治行政府が代行するという形になる。従って、状況的には現在とさほど変わらないが、最終的な行政責任がティエルクマスカ―イゼイラ本国に移ったことは、やはりとてつもなく大きい。

　そして、最も大きい条約の承認は……

〇日・ティ連―イゼイラ友好条約

　これの承認可決であった。これは連合議長とイゼイラ議長連名の信任状が送られてきた際、同時に二藤部宛に親書も送られてきており、その親書に是非ともこの条約を検討してほしいという旨の記載があったそうだ。

『友好』となれば、何も拒む理由はない。二藤部も意を決して、この条約承認のために、各政党へ相当な根回しを行った。各政党代表に、親書の中身の公開をしたほどである。

　……捧呈式が終わった東京駅では、紫に塗られたヴァルメもその任を終え、颯爽《さっそう》と、しかも物凄《ものすご》いスピードで相模湾方向へ飛び去っていった。

　祭りの余韻を残しながら、東京駅近辺は普段通りのにぎわいを見せ始める。

群衆がいなくなり、普段通りの光景になって、その中に休暇中か非番か、勤務時間外か、東京に遊びに来ていたと思われるイゼイラ人の姿もチラホラと見えた。

道を尋ねるイゼイラ人に、おっかなびっくりながらも、親切に道を教える日本人ＯＬやサラリーマン。

若者はそういう点、好奇心故か、いっしょに記念写真をとっている者もいた。フェルの例とおんなじだ……と言うか、フェルが日本でもう有名人なので、日本人としても以前ほど抵抗感はなくなっていた。

ただ、やはり体色と羽髪が人外なので、その点はどうしても目立ってしまう。

日本政府はヤルバーン乗務員に『あまりネイティブの姿で行かない方が良い場所』というパンフレットを配布しており、そういった場所では、ポル会心の力作『キグルミシステム』が活躍していた。

『あまりネイティブの姿で行かない方が良い場所』……日本人なら誰でもわかる。

まあ所謂そんな場所である。

日本でもそんな場所はやはりあるのだ。だが、そんな場所の方が楽しかったりするので始末が悪い。これはもう、なんともはやである。

そんな感じで、フェル達が臨時警備本部を訪問して三時間ほどたった頃。国会での議事も一段落を迎え、ヴェルデオの演説が始まろうとしていた。ＮＨＫの今日のプログラムはすべてこの関係である。民放も、すべて特番にスイッチする。

フェルさんはと言うと……仮眠室で布団ぶっ被《かぶ》っておネムであった。

スカ～っと寝息を立て、このまま放っておけば、イゼイラ創造主の下に逝ってしまうのではないかという感じで眠っていた。

『マサトヒャン、ソンナことしたらダメでスヨ…………ソンナことしたいならワラヒがいるじゃないれすカ……スカ～～……』

夢の中で柏木に説教するフェル。夢の中の柏木は、一体何をやらかしたのだろうか。

「……フェル～、もうすぐ始まるよぉ～……」

カチャリとドアから顔を覗かせる柏木……見るとフェルがこっちを向いて、布団被って、ミノ虫のようになっている。そのいじらしい姿に思わず笑みになる。

起こすべきか起こさざるべきか。それが問題だ。

「フェル、大使の演説始まるよ、起きて！」

「ほにェ……ア、マサトヒャン……もう朝れすか？」

素の寝起き声なフェル。

「何言ってんだよ、演説始まるよ、え・ん・ぜ・つ」

「ア！　……そうれした！　これは大変れす……よいひょット……」

布団からガバッと起きるフェル。だけどまだ目が寝ている。

柏木が持ってきた温かいイゼイラ茶をフェルに渡すと、フェルは、お茶を両手で持ち仮眠室を出る。少し睡眠をとったのが功を奏したか、ハイ状態からは脱したようで、頭脳の運転は通常モードになんとか戻った。

臨時警備本部では、スタッフが全員テレビを見入っていた。

ロシアで行われている五輪ニュースが終わった後、画面が衆議院本会議場の画面へ変わる。そして大きく『国会中継』という淡白なテロップが流れ、ＮＨＫアナウンサーが話す。

『国会中継です。本日は先程行われました信任状捧呈式により、正式に大使となられました、ヤルバーン－ティエルクマスカ銀河星間共和連合全権委任大使、ヴェルデオ・バウルーサ・ヴェマさんの議会演説が行われる予定です。今回この中継は、日本だけではなく、特別に世界各国の主要メディアを通じて、全世界に生中継されています。この地球で初の地球外知的生命体の来訪は、私達に大変大きな衝撃を与えましたが、あれから半年近く経とうとしている今、ヤルバーン母艦の方々と、我が国国民との交流も盛んに行われるようになり、現在大変良い関係を築いていると国民の世論調査でも評価されていますが、一方ヤルバーン母艦は、日本国以外の地球世界各国における政府間レベル交渉は、事実上拒絶している状態にあり、この件についてヤルバーン自治行政府からは未《いま》だなんら発表は行われておりませんが、今日のヴェルデオ大使の演説で、その点についても言及があるのか、どのような言葉を述べられるのか、全世界が注目するところとなっています……』

そして、ヴェルデオが姿を現す。白木が関係官僚としてサポートについていた。

平手で「こちらです」とでも言っているのだろうか、色々と案内をしている。

いつものヤサグレ役人の姿は微塵もない。

衆議院議長も壇上で起立し、平手で「どうぞこちらです」と演壇へ誘《いざな》っている。

事務総長席の後ろには、いつの間にか日本国旗と、ティエルクマスカ連合旗が掲げられていた。ティエルクマスカ連合旗、お茶の間では本邦初公開である。

正三角形が大きく交互に並び、上下に二列。その中央に銀河を意匠《いしょう》化した楕円《だえん》が描かれ、その右端に星の意匠が描かれている。そして、その星に斜めにクロスする土星の輪のような意匠。これは、ティエルクマスカ連合所属の、イゼイラ共和国を示す旗だという。

銀河の意匠までが、ティエルクマスカ連合を表し、星とクロスする輪がイゼイラを意味するものである。もし仮に、日本が連合に加盟すれば、この部分が赤い丸か、日の丸にでもなるのだろう。

ダストールの場合は、ここが、ダストールのある恒星系の特徴的な二連親子恒星を模した意匠になるという。

ヴェルデオは日本国旗とティ連旗が見えると、旗にティエルクマスカ敬礼。そして壇上へ。国旗に敬意を表するというのは、知的生命体共通なのだろうか。

ヴェルデオが壇上に立つと、起立していた衆議院議員が全員拍手で迎える。今回は参議院議員の傍聴席や、議場内には、参議院議員の姿も映っていた。今回は参議院議員の傍聴も許可されたようだ。

ヴェルデオも再度敬礼して議場左右に体を向け会釈し、拍手に応える。

そして議員は議長の言葉で着席。議長は……

『本会議におきまして、議事の途中ではありますが、先程、信任状捧呈式にて、天皇陛下に信任状を捧呈され、正式に駐日ティエルマ…ティエル、ク、マスカ銀河共和連合、そしてイゼイラ星間共和国全権委任大使として就任された、ヴェルデオ・バウルーサ・ヴェマ閣下より、大使就任のご挨拶があります……それでは大使閣下、どうぞ』

言い慣れない国名にかむ議長。議場からは、笑いが漏れる。議長も頭をポリポリかいて苦笑い。ヴェルデオに向かってペコリと陳謝。ヴェルデオも議長の方を向いて笑っている。

ヴェルデオは議場へ軽く一礼すると、VMCモニターを宙に浮かせ、演説を始める。

このさまに、議場から『おぉ～』という声が漏れる。

『……ニホン国シュウギイン、そしてサンギイン両議員のミナサマ、ファーダ・シュウギイン議長、ファーダ・ニトベ、このような名誉ある場で、大使就任のご挨拶をさせていただくことを大変光栄に思います。そして、これをご覧になっていらっしゃる日本国民のミナサマにご挨拶ができること、大変光栄に思いまス……サテ、我々は、今より、地球時間で約一ネンと半トシほど前、本国を旅立ち、ミナサマが「銀河系」と呼ぶこの場所、そしてタイヨウケイという星系にあるこの惑星「チキュウ」へとやってきました……』

ヴェルデオは語る……彼らの本分である文明探査任務の途中、この銀河に、ある程度文明を発達させた種族の存在を確認し、この星へ調査にやってきたこと。

そしてＩＳＳと接触し、この文明がこれから宇宙へと進出しようとする高度な知性を持った存在であるという事がわかったこと。

彼らのそれまでの文明調査で、このような高度な知性を持った文明で、かつ、科学文明過渡期である存在の発見は、極めて珍しかったこと。そして、自分達と初めて接触した種族が『ニホン人』であったこと。その『ニホン人』が自分達とメンタリティ的に、共鳴しやすかったということ。そういった諸々を総合的に判断して、ニホン国と接触したということを話した……

……もちろん、この話は、いわゆる『建前』である。彼らの機密に関する事実を伏せるために『そういうことにしている』ということである。これは以前の交渉で、柏木と三島が作った『ダミー』の目的に準じた事を語っている。

だがこの話の中には、実は本当のところもあるのではないか？　と二藤部達は見ていた。

それまでの交渉や交流により、日本の各情報当局担当者は、『彼らは、彼らの視点で見た「科学技術過渡期にある文明」を探していたのではないか？』という一致した見解を見せている。

これは柏木が、先の各担当部署にした『イゼイラ人達が「知らない」「わからない」と言った日本や世界では当たり前のことを詳細にまとめて報告しろ』という指示により集められた資料から、はじき出された予想である。

この事例は現在でも頻繁に続いており、外貨を獲得した彼らの消費傾向からも裏付けられている。

例えば『布団などの寝具一式』が爆発的に人気があったり、ＰＶＭＣＧのようなものがあるのに、スマートフォンやガラケーを欲しがったり、フェルの例にあるように、日本では安物の時計を大事にしていたりと、日本政府はそういうヤルバーン乗務員の消費傾向に、かなり疑問を持っていたのである。

現在日本政府がブランド物製品の、ハイクァーン複製を特例で黙認しているのも、この事例を調査したいためでもあった。

最近の調査報告によると、以前は、工業製品に興味の対象が集中していたのだが、だんだんと彼らの興味を引く技術年代が下がってきており、今では堺《さかい》の刃物職人に弟子入りするイゼイラ人や、大田区《おおた》や東大阪《ひがしおおさか》にある部品製造の中小企業で体験アルバイトをするイゼイラ人なども出てきているそうである。

ただ、それがなぜ『日本』でなければならないのか？　……までは依然、謎である。

ヴェルデオは続ける。

『……ソして私達は、あの「アマトサクセン」という歓迎イベントで、ニホンの皆様の心を知ることができました。今ではお互いの理解が進み、「自由入国」までさせていただいていることに、ワたし達は大変感謝しておりまス』

そこで、ジョーク。

『そのせいなのでしょうか、今では私達の種族、イゼイラ人ジョセイと、ニホン人ダンセイのとある方が、大変良い仲になっていると聞き及んでおります。スバラシイことデス』

議場に笑いが巻き起こる。

テレビから『あのにーちゃんのことか？』とかいう声も漏れ聞こえた。

この話が流れると、『ヒュ〜』と、柏木とフェルを冷やかす声が警備本部のそこらじゅうから上がる。んで柏木は、

「そんなとこで言わなくてもいいじゃないっすかぁ〜大使ぃ〜」

と困惑顔。頰をかいて照れる。んでフェルは、

『司令モ、アトでお説教でス！』

と、照れながらプ〜ッとなる。

『コリャ、アトデ大変デスナ、フェル局長ドノ』

隣で艶に座るシエが、フェルへ滅多に使わない敬語を交えて、イヤミ一発。シエが敬語でイヤミを言うと、威力倍増だ。フェルはシエをポカポカと叩いていた。

その横では長谷部に熱いビーム視線を送るヘルゼン……長谷部は困った顔をしている。

……そして、まとめに入るヴェルデオ。

『我が国ハ、今後もニホン国の良き隣人として友好的な関係を堅持スルことを、我ら連合各国を代表シテ、お約束いたしまス。そしてこの「コッカイ」で決議された英断溢《あふ》れる我

が国との条約を盟約として扱う事を、お約束いたしマス。我が国は、今盟約に基づいて、日本の「主権」を最大限に尊重し、その意思を同じくすることをお約束致します』

……そう語り、演説を終えた。

演説を終えたあと、大きな拍手の中、ヴェルデオは議場を去る。

警備本部内でもテレビ内のヴェルデオに拍手を送っていた。警官、自衛官ともにみんな自分達の仕事が成就したことを喜んでいた。

フェルも、うっすらと目が潤む。シエも同じく。人差し指でぬぐった目に浮かべる物がらしくない。ヘルゼンは、オイオイと嬉し泣き……長谷部が「良かったですね」と話していた。みんな満足そうだ。

……しかし……

柏木だけは、体面上、顔は笑いながらも、目は少しも笑っていなかった。

ヴェルデオが最後に言った、『今盟約に基づいて、日本の「主権」を最大限に尊重し、その意思を同じくすることをお約束致します』という言葉がそうさせた。

（大使……その言葉は、二藤部総理達と話し合って入れたのですか？）

……そう、柏木には『ガーグ』に対しての、宣戦布告にも聞こえたのだ……

そして、この言葉を聞いた各国は……

この演説の模様は、世界主要各国すべてで放送された。

生中継であり、リアルタイムで放送された国もあれば、お国の都合で、録画されて放送された国もある。

様々な国で、有識者のコメントなどを交えながら放送された。

唯一、国民向けに放送されなかった国と言えば、北朝鮮《きたちょうせん》ぐらいであろうか。中国《ちゅうごく》ですら放送された。無論、編集付きの録画であるが。だが今の中国なら、動画や違法録画されたDVD等でいくらでも見る事ができる。

当然、各国首脳もこの放送を見ていた。そして柏木の予想通り、この『今盟約に基づいて、日本の『主権』を最大限に尊重し〜……』のくだりで、敏感に反応した。

〜　米国《アメリカ》の反応　〜

米国は、ドノバンを介してもたらされる情報により、この件もあらかじめ知らされていた。従ってさほどの混乱はなかったが、それを知らされていたのは基本的にドノバンとハリソン大統領以下大統領府の一部スタッフ、つまりハリソンが信頼を置くスタッフのみで、議会には知らされていなかった。

当然議会はこの『主権云々《うんぬん》』のくだりで、過敏な反応を見せ、駐米日本大使を呼んで、問いただすべきという反応も多くあった。特に下院では、所謂在米韓国《かんこく》人団体や在米中国人団体のマネーでやりくりしている議員も多いために韓国系米国人や中国系米国人議員などの動きも活発になっているという。そこに日系米国人議員も呼応して動いており、一部では今後の日米同盟を不安視する意見もあった。

その不安視する問題の中心は、東シナ海、南沙《なんさ》諸島海域を中心とした東アジアの動向で、この事により当然警戒される中国の動き……これは軍事問題に限らず、中国の出方次第では米国経済にも直結する問題でもあるため、日本の今後の動向もさることながら、このあたりの動向を最も注視しているようであった。

〜 ロシアの反応 〜

ロシアにおいても言わずもがなで、件の発言には敏感になる。

現在、ロシアと日本は、表面上決して悪い外交関係ではない。二藤部政権がヤルバーン飛来以前から進めていた、北方領土問題を含む平和条約締結に向けたロシア外交の事もあり、ロシアとしては日本の資源採掘技術の取り込みを図り、日本をなんとかだまくらかして、千島《ちしま》列島の開発を進めたい思惑があった。

だが今回におけるティエルクマスカと日本の、あまりに親密な状況を見て警戒感を抱くというのは特段不思議なことではなかった。

ロシアの有識者は……もし、日本が異星人の技術提供を受けた……と仮定したら、日本近海のメタンハイドレート等の資源を採掘することなど、いともたやすくやってのけるだろうと考えた。その埋蔵量は日本の年間総消費電力五〇〇年分に相当する資源である。そうすると、日本の視点に立ってみれば、別にロシアと交渉をする意味などなくなってしまう。それでなくても米国のシェールガス攻勢で窮地に立たされているロシアの資源外交は頓挫《とんざ》することになってしまう。

そして、実はロシアの周りは親日、反露国家が非常に多い。

これらの国々が勢いづけば、ＣＩＳ（独立国家共同体）圏内での、ロシアのプレゼンスにも甚大な影響が出かねない。チェチェン紛争のような民族問題が、さらに激しさを増すことも考えられる。この事を懸念していた。

〜　韓国の反応　〜

この国の場合は深刻である。現在の円安傾向で、正直、国家財政は実のところ破綻寸前である。韓国で唯一自慢できる三つの星の名を冠する世界的電気製品メーカーも、日本からの部品供給がなければやっていけない状態で、しかも円安と、この国の女性大統領の昨今異常とも思える反日行動で、日本との関係が最悪状態になり、二藤部政権も事実上ほったらかしのような状態であるため、何も行動が起こせない。

今までは、その件の電気製品メーカーのおかげで食っていた状態であったが、実はそのメーカーも韓国が行った株式自由化で、現在は完全な無国籍企業と化してしまい、実のところ『韓国企業』ではすでにもうなくなっているという現実がある。

この財閥企業、実はその株式の五〇パーセント以上、一時期は七五パーセントを外国企業が保有していた。これが『韓国企業』でなくなってしまった理由だ。

利益を株主に吸い上げられるだけで、税収も韓国的にはさほど得られないので、正直この財閥企業の存在は、現在の韓国にとって何もいいところがないのである。

それでなくても日本と国同士の関係が悪いところで、日本がティエルクマスカとの国交を正式に結び、その国境が事実上、東京都の真ん前ともなれば、日本としては完全に韓国など、経済的にどうでもいい国になってしまうのは必然とも言える。

実は現在、今国会で設立された『財団法人ヤルバーン経済協力機構』が、ヤルバーンの外貨獲得と、地球での経済活動のために、ヤルバーン乗務員と協力してヤルバーン資本のある事業を計画している。もし、その事業が軌道に乗ってしまうと、本気で韓国経済は吹き飛んでしまうのだ。

それに対して、韓国の政治家と経済界は大変な危惧《きぐ》を抱き、日本との関係改善を図ろうと、裏では色々やってはいるものの、その大統領が支持率稼ぎの『奇行』をやめる気配がないために、関係改善を全く図ることができない。正直、前途真っ暗な状態であった。

こんな状態であるのにもかかわらず、韓国のどこかの団体が、今度は相模湾の港湾施設や、ヤルバーン乗務員転送ポイントの真ん前に、政治的な意図を持つ少女の像を建立《こんりゅう》しようと画策しているらしい。それを見せてイゼイラ人らに、その少女達が受けた哀しい被害を訴えたいそうだ……

その事を知ったヤルバーン行政局のスタッフは『わけがわからない』と首を傾《かし》げているという。そりゃ当たり前である……彼らにはなんの関係もない事なのだから……

〜　北朝鮮の反応　〜

北朝鮮はヴェルデオの発言に対し、予想外の反応を見せた。

てっきり……『日本は異星から来た薄汚いネズミにも劣る異星人と結託して、我が共和国を消滅させようと画策している』とか『偉大なる同志によって、異星人ごときの科学力にも勝る我が共和国の科学力を駆使した必殺の無慈悲な攻撃をもって、必ずや一〇億万光年彼方に奴らを葬るであろう』ぐらいの能書きを期待していた日本政府だったが、実のところ意外な反応が返ってきた。

朝鮮中央放送は日本に対し『日朝平壌《ピョンヤン》宣言は未だ有効であり、誠実に我が国は対応する用意がある』だの、『異星人の来訪は、我が偉大なる同志も共和国を挙げて歓迎する』だのと、えらく鬱陶しいほどの好意的な反応を返してきた。

この反応の裏には、今や外国人にも知れ渡っているヤルバーンの『ハイクァーン技術』が欲しいという思惑がある。

なんせ地球における貧富格差の激しい国ワースト3の常連国家であるため、この技術があればなんでも解決すると思っているのだろう。なので、今回は気持ち悪いぐらいに下手に出てきている。更には日本にもやたらと水面下で接触を試みてきているのだ。

その中には、日本と北朝鮮が抱える日本人なら誰でも知っている問題の解決もネタにあげてきているが、日本政府としては、今やそんな問題など転送装置を使えば一発解決である。実際、現在ヤルバーン行政府と日本政府とで協議中であるため、今更交渉の題材にもならない事なのである。

忘れてはならないのは、ヤルバーンは基本、

『たとえ日本と友好的関係を持てたとしても、地球世界の内政には一切干渉しない』

という旨を二藤部達にも伝えている。これはティエルクマスカの法に基づくものでもあるのだが、この日本が抱える問題は、さすがにヴェルデオやフェル達を憤怒《ふんぬ》させ、この問題だけは解決に協力する旨を日本政府に打診している。

ティエルクマスカの人達は、家族や友人、恋人などを非常に大切にする種族である。なので、彼らの基準でこういう問題は、倫理的に最も『悪』とすることで、看過できなかったそうである。

〜　中東・アフリカ諸国の反応　〜

中東諸国は日本贔屓《びいき》な国が本来多い。それは言わずもがな、一番の石油貿易のお得意様だからである。あと、反米国家が多い中東アフリカ地域は、第二次世界大戦で米国とやりあった日本を未だに英雄視する傾向がある。だが彼らが今、最も困っていることは、その虎《とら》の子の原油相場が、ダダ下がりになってきているという現状である。

これもやはりヤルバーンの影響が大きい。

現在中東に限らず、他の資源輸出国家では、日本のみ『対日価格』とでも言うべき値段

で、原油・天然ガスが取引されている。これは言わずもがなで、福島《ふくしま》原発の影響により日本向けの燃料需要のみ、異常な言い値価格になってしまっているからである。

だがヤルバーン飛来後、その技術で日本はメタンハイドレートなどの独自資源開発を始めるのではないかという投資家の憶測が入った。しかも国会演説におけるヴェルデオの発言で、その疑念は頂点に達した……そう、ジャパンバブルと言われた原油市場価格のバブルが弾《はじ》けたのである。市場とは『憶測』と『妄想』で動くのだ。

そうなったら、もう中東原油産出国は日本を逃がすまいと必死に安売り攻勢をかけてくる。ある意味日本としてはありがたい話だが、それを面白く思わない者もやはりいるわけだ……そういう連中が、イスラム過激派と手を組む。そして『ガーグ』となる。

これも『色んな思惑』の一つなのである……

～　ＥＵの反応　～

ＥＵ諸国もおおよそ米国と同様の反応を見せていたが、各国で多少の温度差があった。

英国は、女王が以前の外国人招待事案の時に渡した親書をヴェルデオは受け取っていた。その親書の内容は定かでないが、極めて丁寧な言葉でヴェルデオは返書しており、概《おおむ》ね納得のいくものだったという。したがって現状は日本政府の動向を静観する姿勢を取っている。フランスも同様であった。

問題なのがドイツで、ドイツは日本に対し、ヤルバーンとの交渉を仲介するようにやたらとせっついてきているという。

と言うのも現在のEUは、ドイツなしではその維持が難しいというお家事情がある。

ドイツとしては、今の日本の円安状況が、どうにも気に入らない。

ドイツというのは、経済的にも、技術的にも、日本と競合する分野が多々ある。そこでの市場競争の低下を恐れているのだ。

なんせこんな状況である。当然誰しもが思う状況……もしやすると、ヤルバーン技術の恩恵を受けて、日本が一気に技術超大国になるのではないかとドイツは異常に懸念していた。そうなるとドイツ経済はパーである。まあ確かに現在その点、日本はティエルクマスカ技術の提供を受けてはいるが、日本がそんなものを一気に市場に出せばドイツどころか、世界経済を、いや、軍事プレゼンスまで混乱させかねないということは百も承知しているので、当面はドイツの懸念もあたらないのだが、長い年月で見た場合、ドイツの懸念もわからないでもない。

したがって、EU内部でも、日本を警戒するか、積極的に友好外交を行うか、割れている状況であった。

そして……

〜　中国の反応　〜

中国は案の定とも言うべきか、最大限の警戒をしていた。

一番警戒しているのは、日本における現在の政府が保守系政権であり、ヤルバーンが飛来する以前でも、中国の歴史恫喝《どうかつ》外交が通用しなくなっていた状況に輪をかけて今回の件である。

だが今の中国。軍部と中央に確執があるのが現状であるが、実のところ中央政府は日本に対して妥協案を含めた水面下の外交改善を積極的に求めてきている現実がある。だが軍部が『ガーグ』的な状況にある今、中央政府が画策するその水面下の行動に軍部の行動が伴っていない。

実際のところ、日本としては『わけがわからない』というのが本音である。

日本の情報当局が分析するに、もしかすると中国の中央政府は日本に『ＳＯＳ』を出しているのではないかという意見もある。

すなわち、例の『軍部のようなもの』の手にかかっていない中国の政治家は、所謂『まともな政治家』と見ることもできるからである。

実際のところ中国国内の混乱は、輪をかけてひどくなりつつある。

国民世論や有識者の間では、ヤルバーンと交渉を持つために『日本の一部を占領しろ』などという過激な論評も見受けられるようになってきた。

また、それとは逆に日本とヤルバーン—ティエルクマスカとの国交を『地球人類のために』妨害するべきだという論調も見られるようになっている。

軍部の『ガーグ』的な行動は、ドノバンのおかげである程度予測がつくようにはなったが、これを『中国全体』として捉えると、もう現在の中国は言葉通りの『カオス』であり、何が何やら、何が正しくて、何がウソなのかさっぱりわからない状態で『混沌《こんとん》』すぎて現状が『不明』という状況であった……

……そして、日本と領土に関する問題を抱える『中国』『台湾《たいわん》』『韓国』『ロシア』……中国と台湾に関しては、『日本との領土問題はない』ということになっているが……これらの国は、柏木が特に気にしていた『主権』の発言に過敏になっていた。

『彼らの脳内』では……

もし日本が、日本の主張する『主権』の場所……例えば『尖閣《せんかく》諸島』『竹島《たけしま》』『北方領土』のある千島列島を突然ヤルバーンに『租借するからそこを領土にしていいよ。そこにあるものは好きに使ってね』とでも言った場合、あの巨大宇宙艦で、ゴンゴンと来られでもしたら、彼らは撃退する手段を全く持たないため、いいようにやられ、事実上逃げるしかないわけで敗北確定となってしまう。

そんな事態になった時に、「領土の主権交渉を平和的にしましょう」なんて言っても遅いわけで、日本から「ウチの領土ですよ、なんでそんな交渉しなきゃならんのですか？　あなた方の誇る軍事力でどかしてみなさいな」と言われたら、どうしようもないわけであって、それを極端に恐れていた。

当然、彼らはその方面でも被害妄想に駆られて、どうにかするために動かざるを得ないわけでもあった……

……信任状捧呈式。

その本質の内容である『日本がティエルクマスカ本国行政権者の承認で国交を持った』という事実は、ヴェルデオの演説で、世界を今までにない次元へ引きずり込もうとしていた……そう、完全にパワーバランスが変革しつつあったのだ。

そのパワーバランスは、軍事力という小さな話だけではない。

経済、文化、科学、倫理、宗教、歴史、社会、考えられうる地球人類すべてのスキルに大きな影響を与えようとしていた。

その変革の中心は、東洋の島国。人類最古の現在まで続く王朝を持ち、しかも共和体制を施《し》く世界的に稀《まれ》な政治体制を持つ国、日本であった……

かつて、第四〇代アメリカ合衆国大統領ロナルド・レーガンは米ソ冷戦時代に、

『人類が一致団結するためには、外的な脅威が必要である。例えばエイリアンが地球に攻めてきたならば、人類は一致団結することができるだろう』

という旨の発言をしたことがある。

この言葉の意味は読んで字の如《ごと》くだが、現在、ヤルバーンという外的な存在は、脅威でもなんでもない。別に侵略をするわけでもなく、資源を奪い去っているわけでもない。

ただ、『日本という国限定で、深い交流を持った』というだけだ。

しかも極めて平和的に……

日本限定とはいえ、人類としては、本来喜ばしいことである。

だがこれが平和的に『日本だけ』と国交を持った途端、レーガンの言葉とは全く逆の状態になる。なんともはやである。

運命とはいえ、これが『ガーグ』を発生させている根本原因であることは、柏木や二藤部達もある意味わかってはいるが、だからと言ってそれを認めるわけにはいかない。難しいものである。

＊　＊

柏木はその後、官邸にいつものように登庁した際、二藤部と三島の下を訪ねて、国会演説の件を色々と尋ねた。やはり、内閣官房参与という立場上、その真意を聞いておきたかったのだ。

柏木が尋ねたのは、やはりあの『主権』のくだりの事だった。その点について二藤部は、はっきりと言う。

「ええ、そうです柏木さん。あの言葉はヴェルデオ大使と協議して、入れようという話になりました」

そして三島も、

「ははは、さすが柏木先生だ。あの言葉の意味を見抜いていたかぁ……」

「そりゃあ、私だって一応『ネゴシエイター』を自称していますからねぇ。わかりますよ……なんでまたあんな危なっかしい言葉を入れたんですか？」

するとニ藤部が、

「はは、柏木さんとしては……『なぜあんな他国に疑念を持たすような言葉を入れたのか？理解できない』……というところでしょうか？」

「ええそうですよ。もし私がビジネスであんな『虎の威を借る狐《きつね》』みたいな言葉で交渉したら、一発で交渉破談ですよ……あんなの、ある意味『脅し』じゃないですか。変な誤解をして、とんでもない行動に出てくる国も無きにしも非ずかも……って感じですよ。どうなんですか？　そこのところは」

するとニ島が、

「おいおい先生、俺だって一応経営者の端くれだぜ、それぐらいわかってらぁな」

「あ、そうでした、すみません。むはは」

「はは、まぁ確かにアレだな、ビジネスマンの柏木先生ならそう思って不思議じゃねぇよ。でもな、柏木先生、俺達ゃビジネスをやってるわけじゃねぇんだ。『政治』をやってるわけだよ」

「はい、確かにそうですが」

ニ藤部が三島の視線を受けて、話をバトンタッチ。

「柏木さん、政治の世界では、ビジネスの世界のように『誠意』や『信頼』で『信用』を得たりすることは、決して正しい手法であるとは限らないのですよ」

「？　と、言いますと？」

「政治の世界では……そうですねぇ、どう言えばいいでしょうか……そう、相手に『確信』を抱かせたら『負け』なんです……」

二藤部が言う。政治の世界で、もし『勝ち』という状況があるとすれば、それは相手に『疑念』を抱かせることだと。そして相手に『確信』を持たせたら『負け』だと言うのだ。

無論、『疑念』さえも抱かせない交渉ならばそれに越したことはないが、それは政治の世界では、なかなか難しい話である。相手と何かを話し、交渉事をすれば、必ず相手は多かれ少なかれ『疑問』『疑念』を持つものだ。二藤部はその意味を話す……

国と国同士が『疑念』を持つということは、これすなわち、相手を『警戒』するということでもある。

疑いを持った相手を警戒するという状況では、相手は『攻め』に転じない。

国が『攻め』に転じる時は、必ずなんらかの『確信』を持った時である。したがって『確信』を持たれたら、外交では確実に『負け』なのだ。

なぜなら『確信』を持った相手は、すなわち、こちらの手の内を知っていることになるからだ。

つまり『答え』を知っているのだ。そんな相手に外交なり戦いなりを挑んでも、勝てるわけがない。

ビジネスの場合『疑い』を持った相手とは付き合わない……が鉄則である。

なぜなら、他に色々と選べる相手がいるから、好き嫌いができるわけである。なので『誠意』と『実績』が要求され、それで『信用』と『信頼』を得る。これがビジネス世界での『勝利』である。

確かに政治の世界でも『誠意』『実績』が必要ではあるが、政治の場合は、時と状況では、相手を選べない場合がある。正に東アジア情勢がその最たる見本のようなものだ。日本はその場から動けないのだ。したがって、相手の出方を封じるために、相手に『疑念』を持たせるのも必要な事なのだという……二藤部は続ける。

「……ですので、そうやって相手を封じ込めることで、それに付随してくっついてくる『ガーグ』も封じ込める事ができます。逆にそうすることで、それでも出てくるガーグは、『穴の少ないモグラたたき』ではありませんが、どっちにしろ認識しやすくなりますから、叩きやすくもなります」

柏木はポンと手を打ち、

「ああ！　それでメルヴェンや、八千矛《やちほこ》を動きやすくすると」

「ご名答。そういうことですね。なので恐らく、他の国では『日本があの例の島を、ヤルバーンとともに攻めに来るのではないか』とか、そんな風に思っているところもあるでしょうね。でもそんな『疑念』は持たせるだけ持たせておけばいいんです。こっちのやる気がなければその『疑念』の状態は、ずうっと続きます。その状態を維持できるだけ維持させておけば、少なくとも相手は動きません。仮に動いたとしても、その『疑念』に基づく動きだから、こちらもわかりやすいし、対処もしやすい」

なるほど！　と柏木は思った。確かに現状では、捧呈式の時のように、日本とヤルバーンの間で共に何かすることがあれば、予想外の厄介事がアホみたいに起こる。

今回はテロに限ってのことだが、それ以外の何かもあるだろう。そうなるとヤルバーンの人員や日本の自衛隊や警察の人員を総動員しても、手が回らないのは目に見えている。

またフェルが、睡眠不足ハイモードになってしまう。

「なるほどですねぇ……そうか、それが政治かぁ……」

そう納得すると、三島が、

「んなもん、今回のことだけじゃねぇよ先生。身近なとこじゃ、国会で俺達がやってることもおんなじだぜ……あやふやなこと言って、意味不明なこと言って、やりもしねーこと言って、相手の様子や顔色を窺《うかが》って、腹の中を探りながら、本命をドンと突きつける……まぁ、少なくとも小綺麗な世界ではねーわな」

「ええ、そういうのは、私達民間人はそうそう頻繁に経験することのない世界ですからね。その経験のあるビジネスマンってのは、正直ブラックです……まぁ、ないことはないでしょうが……そんなことばかりやってたら、そのうち仕事なくしますよ」

「ははは！　それでいいんだよ先生。そんなのを日本国民がホイホイ許容してやってたら、この国はおかしくなっちまうよ」

「はは、確かに……でも私も『政府特務交渉官』なんて大層な肩書もらってますからね。三島先生みたいな腹黒さも少しは身につけないと」

と冗談交じりに柏木は言うが、「あ、そりゃねーよ柏木先生」と二藤部と三島は笑う。

「でも総理、三島先生、この件の真意は、ヴェルデオ司令も理解していらっしゃるんですか？」

「ええ。というか、どうやったら『ガーグ』の発生頻度を抑えられるか、認識しやすくなるかという点で、かなり議論しました。で、やはりさすがはティエルクマスカ連合国家と言われるだけのことはあります。ヴェルデオ司令が、過去の交渉データバンクを元に、いろんなパターンをデータで用意してくれました」

「なるほど、確かに彼らなら『外交』という点では、達人と言ってもいいでしょうし」

「そうです。で、今回の……まぁ『作戦』を出せたわけです」

「では、フェルのやった『メルヴェンお披露目作戦』というのは」

「はい、国会演説での、あの時までがそういうことです」

「なるほど、ははは、なら、ヴェルデオ司令やフェルも、相当荒唐無稽《こうとうむけい》なことをやったわけですね」

そう言うと、また三島が、

「先生のやり方がうつったんだよ」と揶揄《やゆ》する。

まあ今回の捧呈式は、政治の世界のことでもあったので、柏木は一人の観客になっていたわけだが、この二藤部と三島の話を聞いて、まだまだ学ぶべきことはあると感じる彼であった。

そして、フェルやヴェルデオに対しても、さすがティエルクマスカ本国から派遣されているエリートであるとも感心した……

＊　＊

その後、二藤部、三島、ヴェルデオ達の策はバッチリとはまり、世の不穏な勢力の動きは活性を鈍化させ、『ガーグ』の発生を予測する『ネガティブコード』も、信任状捧呈式のような異常な頻度ではなくなり、良い意味でも悪い意味でも安定化を見せる。

その後の大きな事件と言えば、事実上の『メルヴェン』初仕事となった『ブルーフランス航空ハイジャック・ポーランド上院議員殺人未遂事件』であった。

この事件が、初めてメルヴェンが日本領域を越える越境事案となる。日本とヤルバーンが本格的にテロ対策で協調態勢を取ったことが世間に知られるようになる事件となった。

この事件では、シエ達が航空機搭乗者と記念写真を撮りまくったために、シエの容姿が世界的に知られることになり、その妖艶な美しさと、活躍時の堂々たる振る舞いから世界的にシエ人気が急上昇で、肖像権無視のガレージキットフィギュアが出まわったり、ド・ゴール空港では、シエのイラスト入りTシャツが人気のおみやげ品になったりするなど、西洋人ウケしそうなダークヒロインっぽい雰囲気で、ファンクラブみたいなのもできつつあったりする。

だけどみんなシエの本名を知らないので、彼らの間では西洋人的なイメージで『キャプテンウィッチ（魔女隊長）』などというアメリカンダークヒロインみたいなニックネームをもらってたりする。

……ゼルエは『次はオレにも活躍させロ』と訴えていたとかいないとか……ゼルエなら、どんなニックネームを頂くのだろうか？

と、そんなニュース記事をインターネットで読んだフェルは……

『マサトサン、「うぃっち」ってなんですカ？』

「日本語で……『魔女』っていう意味だよ……ははは！　確かに、シエさんにピッタリのあだ名だなぁ」

『マジョ？』

「あ〜、そうだなぁ……なんて言えばいいのかなぁ……不思議な力で、ＰＶＭＣＧみたいなことができるような、そんな感じのねぇ、本来はあまり良い意味じゃないんだけど、今では普通じゃない能力を持ったフリュさんなんかを喩える時に使う言葉なんだよ」

『そうですカ、いんたーねっとじゃ、こんなのを「マジョ」と言っていますけど、マサトサンの言っている事と、だいぶ違うようですガ』

そう言うと、フェルは、宙に『ぴろりん』なアニメの魔女っ子画像を浮かべる。

「アハハハハ……まぁ、確かにそれも魔女と言えば魔女だけど……どっちかと言えばコッチかなぁ」

柏木はテレビの前に置いてあった、足に銃をくっつけ、デリンジャー拳銃の化け物みたいなのを持って、髪の毛で悪魔を造成したり、その時にやたらとストリップしたがったりするメガネ美人の絵を見せた。

『ウフフフ、確かに、ソッチの方がシエっぽいですよネェ………取り込んじゃオ』

フェルはその画像をＰＶＭＣＧに取り込む……あとで絶対シエに見せる気満々だろと柏木は思う。

確かに、ＰＶＭＣＧで鉤爪は出すわ、手に電光球出して相手をぶっ倒すわ、ブラスター造成するわ……イゼイラ女性乗務員は、魔女っちゃー魔女みたいではある……柏木は、（フェル、おめーの目が据わった時も、人のこと言えねーよ）と思ったが、口に出しては言わない。

「ア、なんですカ？　マサトサン、その目は……何か言いたそうですネ、イイですよ、お聞きしますヨ、そこにお座りでス」

……柏木の嫁予定者には、お見通しであった……

＊　＊

そんなこんなで、捧呈式も済み、一段落なある日の朝……

フェルも以前の休暇が捧呈式の対応で、事実上オジャンになってしまったので、休暇の取り直しということで、今日、明日と休みをもらった。

ヤルバーン人員の自由入国も日に日に活発になっていくわけで、今日はそんなこともあって、フェルは午後から、ポルとリビリィ、シエ、ヘルゼンにオルカスを加えて、ヤルバーンフリュ軍団で、東京のいろんな所を見物に行く予定であった。

ネガティブコードの監視も、今ではヤルバーンの他のスタッフに任せてもいいぐらいに安定しているということで、『ガーグ』対策も軌道に乗りつつある。

自衛隊に訓練されたヤルバーン戦闘要員は見違えるほどの進歩を見せ、以前、大見達が冗談半分で言っていた『レンジャー教育課程』を修了したイゼイラ人が、二人ほど本当に出てしまった……

そのイゼイラ人は、現在ゼルエの右腕として、ヤルバーン内での定期訓練教官の役を仰せつかっているという。

そういう事なので、フェル達幹部クラスにも休暇のご褒美が出たのである。

だが今日は平日であったりするので、カシワギサマはお仕事である。

フェルの作ったいつものおいしい朝食を食べつつ新聞を読む。

フェルは約束の時間までまだちょっとあるので、柏木のテレビゲームで遊んでいた。

モンスターをハンティングするＭＯＲＰＧなゲームである。アカウントネームは『フェルちゃん』。

『ヨッ……ハッ……オヨヨ……こんなノ……サルバ星の……ダルゥガに比べたら……なんてこと……ナイ…で・ス・ヨっと……』

なかなかに楽しいらしい。だけどその『ダルゥガ』とかいう異星生物……ゲーム中のモンスターを見て比較考察する。これで『なんてことない』と言うのであれば、そやつは、どんな生物なのだろうと思う……宇宙は広い……そして宇宙ヤバイと思ったりする。

視線を新聞に戻す。パラパラとめくり、流し読みする。あの捧呈式の影響は、やはり大きかったようで、最近は外交関係の記事がやたらと目立つ。

各国はなんとかヤルバーンとの繋がりを持ちたいのか、日本政府に色々と外交攻勢をかけてきているようである。とはいえ、ヤルバーンが依然、外国に対して門戸を閉ざしているので、なかなかに進展しない。やはりそういう点、ドノバンの功績は、アメリカとしては大きかったのだろう。最近は米国大使館への人の出入りが以前になく多くなっているようである。

そんなこんなで白木麗子からいつの間にか義務付けられてしまっている経済欄を読む。

以前、記事で読んだ航空機メーカーや重工業メーカーが『捧呈式』以降、軒並み株価がストップ高だという。これは米国に限らず、欧州でも似たような状況。

そして、それら企業に部品等を納入している企業もM＆Aが加速しているということらしい。しかもそれらの資本が……

「中国マネーかよ……」

柏木は呟く。そして日本でも……

ヤルバーン人員研修名目で技術調査滞在をＯＧＨ《オオモリ・グローバル・ホールディング》が受け入れて以降、ＯＧＨが音頭を取っている共同研究プロジェクトチーム関連中小企業のＭ＆Ａ活動が活発になっているという。今のところ、記事ではＯＧＨや君島《きみじま》重工、イツツジが資本協力を行い、外国勢の資本流入を阻止しているが、こういった企業の国際的な体制の弱さを根本から見直さないと、安保委員会の財政面で頑張っている麗子や大森《おおもり》、君島達の努力も無駄になってしまう可能性がある。ここは日本企業の、特に中小企業の弱さでもあり、ある意味、日本の経済的な弱点でもあったりする。

更にこういったＭ＆Ａ攻勢をかける連中も、見た目は日本資本であっても、その資本の大本供給先は日本かどうか疑わしいものである。

以前、日本で問題になった、野球球団買収時にインサイダーで有罪判決を受けたファンド会社の例もある……不透明な金の流れは、こういった事件が犯罪化するまで、その源流はわからないものなのだ。

こればっかりは自由経済社会であるかぎり、阻止は難しい。

テロや犯罪を防止するような、力業と法で正当性をもって阻止することが困難な世界なのだ。

金は一瞬にして国境を越える。国境を越えれば法も変わる。その法も国益の名の下では、絶対ではない。こればかりは難しい。おそらく検察なども動いて、内偵はしているだろうが……

「こういうのも『ガーグ』なんだろうな……だけどコイツらは戦える人が限定される。麗子さんや大森会長、君島重工さんに頑張ってもらわないと……」

またも呟いてしまう柏木。すると、

『大丈夫デスよ、マサトサン』

フェルがいつの間にかゲームを止めて、柏木の読む新聞を一緒に覗きこんでいた。柏木は記事を読んで、脳内世界に入り込んでしまっていたので、気付かなかった。

「おゥ、フェル。ありゃ、あのモンスター倒したの？」

『ハイ、お仲間さんの協力で倒せましたヨ』

「そっか、面白い？　あのゲーム」

『ハイです。ああいう「げーむ」の形態はイゼイラにもありますが、イゼイラの物は仮想造成させた空間の中で、自分自身が体を使って行うものや、脳エミュレーションシステムと、自分の脳をリンクさせて疑似体験したりするタイプが一般的なので、ああいう「画面」の中の映像を使って遊ぶものはありませン。なので、かえって新鮮ですヨ』

おいおい、そっちの方が面白いんじゃないのか？　と思ったりする柏木、ってか、一度遊んでみたいと思ったり……

「で、さっきの話だけど『大丈夫』ってどういうこと？」

『ハイ、ヴェルデオ司令の話ですと、今度ヤルバーンでも、日本や他国の外貨獲得のために「びじねす」をすることになっていますよネ』

「ああ、なんかそういう話だったね」

『その計画で、何かイロイロと考えているようでスヨ』

「なるほどね、あの『財団法人ヤルバーン経済協力機構』はそういう意味もあったのか」

『でスね、まあワタクシは貨幣経済はまだ勉強中でスので、詳しくはわかりませんガ』

柏木は、世が捧呈式以降、そして、メルヴェンの登場以降、日本とヤルバーン―ティエルクマスカ連合を中心に動いていくのを感じていた。

それはシエやゼルエ達の『力』だけの動きではない。柏木やフェル、ヴェルデオや二藤部達の『政治』だけの動きでもない。

大森、君島、麗子達の『経済』や、真壁《まかべ》達の『ソフトウェア』『ハードウェア』などの『技術』もその動き……いや、戦いに加わっていくだろう。

「本当に……全力だな、こりゃ……」

柏木は背伸びをして髪をかきあげ、大きく息を吸って吐く……

だが、フェル達の活躍で、今はなんとか平穏である。

『ガーグ』の動きは少なからずあるものの、概ね『平穏』だった。

フェルや柏木は、そのいつ終わるかわからない平穏を、今だけは楽しみたいと思った……

七人のメルヴェン

『貨幣』……いわゆる通貨の事である。さらに言えば、要は『お金』の事だ。このお金というもの、その本質とはなんなのだろうか？

原始時代、知恵を持った人類は、他人と他人とで意思をもって物品を交換するということを覚えた。所謂『物々交換』である。原始資本主義の始まりだ。

こういう行為をする生物は、地球上ではヒトしかいない。この原始資本主義がヒトという生物にもたらしたのは何かと言うと、ヒトに森羅万象に対する『価値観』という概念である。すなわち、物々交換というものは、『価値と価値の交換』ということになる。

例えば、毛皮一枚とバナナ三本を交換することと、リンゴ七個と交換するのはどちらが得かということである。

普通に考えれば、同じ食べ物ならリンゴ七個の方が得である。そりゃ誰しもそう思う。だが毛皮を売りたい人は、本当はバナナと交換したい。バナナでなければダメなのである。バナナ命なのだ。だけどバナナなら、三本としか交換できない。

さて、この毛皮の人にとって、バナナ三本とリンゴ七個どちらが得か？　つまり『価値のある物』かということだ。

毛皮の人は初志《しょし》貫徹《かんてつ》。毛皮をバナナ三本と交換。

次にそのバナナ三本を、魚四匹と交換してくれと言う人と、パイナップル五個と交換してくれと言う人が来た。

毛皮の人の脳内相場データでは、パイナップルの方が価値があるっぽかったので、パイナップル五個と交換。更にパイナップル五個が、ちょっと離れたあるところでは、毛皮二枚分の価値があった。早速そこまで出向いて交換。その人は結局、毛皮一枚が二枚に増えた。

また元の場所に戻って、その一枚余った毛皮でバナナ三本と交換すると、毛皮の人は欲しかったバナナ三本を純利益として得たことになる。

まあこれがリンゴやら毛皮やらの話ならまだいいが、土地や家といった大きい物、サービスや技術といった話になったら、おいそれと物々交換というわけにはいかない。

そこでコミュニティの元締めや、国のような組織が、物流を厳格な決まりと罰則で管理して、物の価値を他の物で代替えしようという考えが生まれた。

銅の板一枚は、リンゴ一個の価値。銀の板一枚は、リンゴ一〇個の価値、金の板一枚はリンゴ一〇〇個の価値という風に。

コレに関しては、江戸時代の日本が全く同じ考え方であった。つまり、江戸時代の日本は、『米』が貨幣の価値基準として動いていたので、これと同じ考え方だったのである。

なので武士は米で給料を貰《もら》った。従って武士の経済的な位を『石高《こくだか》』と表現するのだ。

武士は貰った米を換金して日常生活品などを購入していたのである。

つまり『物の価値』や『行為の価値観』の代替えとして、物流、取引を円滑に行えるツールとして発明されたのが『貨幣』すなわち『お金』ということ。

資本主義の大原則とは、今も昔もこの原始資本主義から何も変わってない。

例えば、『八百屋が、野菜を売ってお金を稼いで、パソコンを買いました』ということも、実のところ結果的に言えば、間接的に『野菜とパソコンを物々交換してる』ということとなんら変わりがないわけだ。なので、良い物で数が少ない物は高いし、たくさん作れる物は安いという当たり前の原理が成り立つ。

でもそこは人間の意地汚さで、『作れるところ』や『作れる人』『組織』『地域』、そしてその『需要』によって、同じ物でも価値が変わるというところに目を付けた。

そしてさらには『みんなが欲しがってる物なら買い占めて、出納をコントロールすれば、いくらでも高い値が付けられる』と考えた奴がいた。

これが言うなれば、今の先物取引の原点である。

「お前！　これから作るその品物、これだけ予約な!!」というまだありもしない物の予約権の取引という奴である。

人というものは知恵が回るだけに、このような想像と予測で取引することも覚えた。

これもすべて結局は『物の価値』の概念があるからこういうことになるわけである。

今の地球社会の営みは、すべてコレである。

社会主義者や共産主義者がこの考え方から脱出しようと試みたこともあったが、結局彼らは、この『価値観』の本質がわからずに敗退した。

一時期日本でも問題になった仮想通貨を名乗るアイテムの破綻《はたん》も、この本質を理解していないために破綻という目にあうのである。

通貨というものはその通貨の『価値』や、それを価値として認める『価値観』を共有し、保証するたくさんの人と、その人々を統括する強大な権力組織が必要なのである。

それがないものなど通貨として存在し得ないのだ。

＊　＊

……とまぁそんなことをお勉強中の、柏木さん家《ち》のフェルさん。最近は時間を見つけては、柏木が家庭教師となって教えている。

フェルが「教えてくれ」と言うので、こういった経済・社会と、国語の勉強もかねて書き取りなんかもやらせている。

ティエルクマスカ―イゼイラとの正式な国交が開け、恙《つつが》ない日々を過ごす日本国民とヤルバーンの人々。彼らとて所謂普通の日常というものはあるわけで、年がら年中あんな胃に穴が開きそうなことをやっているというわけではない。フェルも本格的に日本へ滞在し、日本国民との共存を目指すわけであるからして、この地球世界での諸々について『調査』以外に『勉強』もしなければならないというわけである。

そろそろ春になろうかという季節。そんなとある日の事。

コタツ布団をとっぱらった机で、正座して柏木の作ったわかりやすいコピーの教科書を書き取るフェル。

書き取るノートには、表紙に雷撃が得意な可愛《かわい》らしい「ゲットだぜ！」なモンスターが描かれて【こくご】などと表記されている。昨今日本語を学ぶ外国人に大変重宝されているそうである。

『エっと……さ・き・ぶ・つ・と・り・ひ・き』

漢字を書いて、横に読み仮名を書くフェル。なんとなくカクカクした文字である……まああまりウマイとは言えない。と言ってヘタというわけでもない。

フェル達の母国語のアルファベットっぽさ漂う感じの日本語文字である。

「あ～違う違う、それは『さき【もの】とりひき』ですよ」

『ア、そうか。間違えてしまいましタ……ニホン語を書くのは難しいデすネ』

「まぁねぇ、俺達日本人でも、『よーもこんなたくさんの文字覚えるわ』って思うからなぁ」

フェル達イゼイラ語の文字は、アルファベットが三六文字。他、記号が色々。数字が一〇文字……イゼイラ人は、地球の多くの地域で使う十進法が基準のようである……その文字のデザイン、字面は、三角形が基盤になったような文字で、地球に存在した文字にあえて喩えれば、『洗練された古代アッシリア文字』のような雰囲気を持つ。

『マサトサン、この「サキモノトリヒキ」という制度、オモシロイですね』

「やっぱフェルもそう思う？」

『ハイ。うまく使えば沢山の貨幣が入手できまス。でも、失敗したら大変なことになりますネ』

「お、よくわかってるじゃないか。実はその制度って、日本発祥なんだよ」

『ソうなのですか？』

「うん、元々はフェルも大好きなお米を取引するところがオオサカというところにあって、そこで米の出来高なんかを帳簿上で売買し始めたのが始まりなんだよ」

『ヘー』

「でまあ、そのオオサカにあった『堂島米会所《どうじまこめかいしょ》』という先物取引所が、結局そのお米がありもしないのに、あるように見せかけたり、『今年はこれぐらい米ができるだろう』と思ってたらできなくてお米の取引ができなかったりして、最終的には潰れちゃったんだよ。そういう感じで、今の先物取引の良い点悪い点を先取りしたところだったわけ。画期的な経済システムだったんだけど、それを色々改良して、今の世界的な先物取引市場があるわけで、この堂島米会所は世界の金融関係者にも尊敬されてるし、この地球の経済教科書にも載るような所になったんだよ」

『ソれはスゴイですね。デモ……フ～ム、ワタクシはその現物がないのに予想だけで「トリヒキ」するという感覚がよくわからないのですが……オオサカのニホン人サンは、せっかちサンなんですね』

「ははははは！　確かに大阪の人はせっかちだよなぁ、良いところに目をつけるね～」

柏木は大阪の『想楽《そうらく》』社長、高田《たかだ》とも取引がある。確かにそんな感じである。何より柏木自身、大阪在住経験も長い。フェルの言うことがなんとなくハマって笑ってしまった。

まあ確かにこれは事実で、大阪弁の『まいど！』や『ほな！』などという独特の挨拶言葉も、『まいどおおきに』が省略されて『まいど』になり、『ほんならさいなら』が省略されて『ほな』になった。

今でもMの字マークのハンバーガー店を『マクド』と言い、アイスコーヒーを『冷《れい》コー』と言うのもそういう感覚からである。

大阪人の商人気質《あきんどかたぎ》、時は金なり、効率優先主義の地域性が生み出した言葉である。

そして大阪人の誇るこの三次元宇宙で、最も長く大きな意味を持つ、最も短い究極の言葉が……

『どや』

である……この『どや』を訳すと、以下の通り。

「どうも◯◯さんこんにちは、景気はどうでっか？　え？　あきまへんか、そりゃお互いたいへんでんな。え？　ウチはどうかって？　そんなんアータ決まってまんがな、え？　わかりまっしゃろ、こんな景気でっせ、ええわけおまへんがな。鼻血もでまへんわ。で、お宅、昨日いきましたんやろ？　何？　何ってアンタ、ゴルフでんがな。ワシなんか昨日二五〇も叩きましてんで、何しにいったんかわかりまへんわ、あんなん家で『そこまで〇って委員〇』でも見てた方がマシでっせ、ほんまにもうあきまへんわ……（以下一〇〇〇字ほど略）」

という感じである。テレパシー並みの究極の言葉である。この言葉をケースバイケースで使いこなしてこそ大阪人と言える。

「ということでフェル、貨幣経済の勉強と日本語文字を覚える勉強のダブル方式、どうですか？」

『ア、ハイ。大変良いデすね。日本の文字は大分覚えましたヨ』

イゼイラ人は頭が良い。確かにフェルはこの短期間でかなりの日本語文字やら単語やらを覚えた。先程の『さきぶつとりひき』も間違え方としては良い傾向だ。『物』の読み方を覚えてはいる。経済の基礎もかなりわかってきたようだ。

無論柏木も一応商売人であるわけで、中小企業規模のことなら教えられる。それ以上の学術的なミクロ経済やマクロ経済のような小難しいことはヤルバーンの方でも財務省の官僚や、真壁の紹介で著名な経済学者や経営者などを呼んで、定期的に講習を行ったりしていた。無論それにはフェルも参加している。

『コレをちゃんとお勉強しないと、例の計画ができませんからネ、ガンバリますヨ』

「結構結構、とはいえ俺の教えれるものっちゃー、日本語と青色申告の仕方ぐらいだけど。

むはは」

『青色申告？　ソれは「ゲンセンチョウシュウ」というのとは違うのですカ？』

「お、なかなか勉強してるなフェル。源泉徴収というのはね、フェルも、もう知ってると思うけど、かつて地球に存在した悪名高い独裁国家のナチス・ドイツが発明した税の徴収制度でね……」

フェルが一流の経理になる日も近い……かもしれない。

そして世の『ナチスガー』と叫ぶ政治家が政治をやってる国でのサラリーマンから税を徴収する制度として、旧ナチス・ドイツが考案したものを後生大事に使っているというのも、なんとも皮肉な話である……

＊　＊

「村田《むらた》、例の法人設立の件ですけど、進捗《しんちょく》状況はどのような感じですの？」

株式会社イツツジグループ・常務取締役・五辻《いつつじ》麗子は自宅のテラスでＰＶＭＣＧを稼働させ、華麗なタッピングで書類仕事をこなしていた。

バイオリンの独奏でも聞こえてきそうな大きなお屋敷。ＰＶＭＣＧで造成したキーボードの横にはマイセンのティーカップ……お金持ちである。

「はい。当初は政府が株式を五〇パーセント保有する第三セクター方式で行う予定です。社員の方は、イゼイラの方々がまだ地球社会の貨幣経済について勉強中ということもありまして、当面はわが社とＯＧＨ、君島、そして各官庁からの出向という形で行う予定となっております」

　麗子の秘書、村田がタブレットを指でスライドさせながら報告する。彼女の側《そば》にいるなら執事……といきたいところだが、さすがに今の日本、そんな奴ぁいない。

「三セクですか……う～ん……将来的な完全民営化の方は、政府から確約できているのでしょうね？」

「それが、そう簡単にはいかないようでして」

「どういうことですの？」

「はい……完全民営化した場合、やはり『ガーグ』方面での懸念がありまして、その問題がどうしてもクリアできません。やはりなかなか簡単にはいかないようです……」

「なるほど。やはりそれがありますか……そうですわね、市場に放り出してしまえば、もうそこは自由経済社会ですからね」

「はい。それと、いくらイゼイラや他の種族の方々が科学技術的に優れているとはいえ、経済となるとまた話は別ですし……いかんせんこの世界は勘と経験も必要ですから、そうおいそれとは……」

「確かに。優秀なシステムと科学技術でなんとかできれば、不況なんてとうの昔に駆逐できてますものね」

「そういうことでございます……ですので現状では実質、三セクとはいえ国営企業にならざるを得ないという感じでございます、常務」

「国営企業ですか……わたくし達のような典型的な資本主義経済の回し者みたいな立場の人間が、国営企業の創設に手を貸さねばならないとは、なんとも皮肉なものですわ」

「ははは、まことにもって……しかしまあ、将来的な国への投資と思えばよろしいのではないかと」

「まっ、そういうことですわね」

麗子はそう言うと、よっこらしょとテラスの椅子から腰を上げて、

「さて村田、例の物は用意できまして？」

「はぁ……用意をさせていただきはしましたが……本当によろしいので？」

「わたくしとて自分の今の状況はわかっておりましてよ。ボディガードとて四六時中わたくしに張り付いているわけにもいきませんでしょう、それに……どうせモメるのはわかっている事ですし」

「ええ、まあ……あまり考えたくはないのですが、私としては……しかし私が持ってきたアレ、下手したら法に触れますよ……」

「そうなのですか？　わたくしの知識では、触らなければいいということですけど？　ウフフフ」

「はぁ、確かにそうですが……ちゃんと見張らせていただきますからね」

「はいはい、どうぞお気の済むようになさいませ」

法に触れるとか、ボディガードがどうとか、あまり考えたくないこととか……何やら物騒なことを言っている麗子と村田だが……

ということで麗子は自宅の地下にある秘密研究室に入る……と言っても倉庫を昨日改造しただけの場所であるが……扉に【勝手に入ったら死刑】とか、わけのわからない札がかかっている。全然秘密じゃない。

「常務、これでございます」

麗子の目の前にあるのは、ボルトアクションライフル『ステアー・マリンカ』。

村田が趣味の射撃で使う、彼の所有物だそうである。オーストリアのステアー社製狩猟用ライフルだ。狩猟用としては珍しいハンドガードが銃身先端まで伸びた軍用イメージの意匠を持つ民生用ライフルである。その機関部は『二つで充分っすよ』で有名なSF映画のプロップガンにも使われた。

「さて、やってみますわよぉ～……では村田、このライフルに弾を込めてくださいな」

「は、はぁ……」と訝しがりながら、村田はライフルに弾を込める。

「できました、常務」

「はい、ご苦労様。ではでは……」

麗子はマリンカをＰＶＭＣＧでスキャニングしようとするが……警告音を鳴らして、【固定セキュリティにつきスキャニング不可】と出た。

「まあ、そうでしょうね」

と納得する麗子。

「ですが、わたくしの予想では……村田、弾を抜いてくださいな」

「かしこまりました」

村田はマリンカから全弾抜き取った。

麗子は再びマリンカをスキャンする……すると……ピロリンと音を鳴らし、

【スキャニング終了。造成可能──】

「えええ！　じ、常務、こ、これは！」

驚く村田。彼もPVMCGがどういうものか麗子から聞いていて知っていた。なので驚くはずである。麗子や大見、美里《みさと》や美加《みか》が以前ヤルバーンに招待された際、リビリィに頼んで、もらったPVMCGは民生用で、武装セキュリティが最も低いレベルで固定のはずである。本来殺傷用武器などは造成もスキャンもできないものなのだ。それが『弾を抜いた』状態だと、簡単にスキャニングでき、造成できるようになった。

更に驚くことに、弾丸の実包も簡単にスキャニングできてしまった。つまり、銃本体と、弾丸を別々に仮想造成すれば、『ライフル』として立派に使用可能となるのだ。

「やはりそうでしたか……」

腕を組んでニヤつく麗子。

「どういうことですか？　常務」

「ええ、わたくしの予想では、おそらくこのPVMCGはスキャニングする対象の、システム全体の物理的作動プロセスをシミュレーションして、危険物かどうか判断する仕組みなのでしょうね。ですから銃本体だけだと、ＰＶＭＣＧは『ただの鉄と木でできたよくわからない機械』と判断するのでしょう。実際、弾の入っていない銃など危険でもなんでもありませんから。弾丸にしても実包単体だと『可燃物の入った、ただの金属の筒』なのでしょうね」

これは、柏木が以前、白木を通して教えてくれたデータから予想したことだった。包丁やナイフ、はてはコンパウンドボウまで造成できるのに、違法圧力のエアガンは、ある一定以上のガス圧だと造成できないと聞いたからだ。

確かに柏木はＦＧ－42Ｉを造成した際、マガジンを付けたまま造成してしまった。柏木のＰＶＭＣＧはＶＩＰ用なのでセキュリティ判断が民生用と少し違う。だがそれでも『準空気銃』レベルでＦＧ－42Ｉ改造のセキュリティが掛かってしまった。

もし、麗子と同じ方法で造成したらどうなっていたのだろうか？

麗子は続ける。

「柏木さんが〝コンパウンドボウ〟を造成できた時も、おそらく弓本体だけの造成だったのでしょうね。あとこのＰＶＭＣＧは一旦造成した物には責任を持たないようなシステムになっているのでしょう。おそらくこのライフルに、この弾を込めれば撃てると思いますわよ」

「ですが常務……そうなるとえらく無責任なシステムですな、このＰＶＭＣＧのセキュリティは……」

「あら、そうかしら？　わたくしはそうは思いませんことよ」

「え？」

「だってそうでしょう」と、そう言うと麗子は以前データを取った包丁を造成し、「この包丁で肉を切ってお料理することと、生きた動物を裂いてシメること、何か変わりがございまして？」

「あ、そうか」

「ええ、そうです。そんな人のする行為までいちいち判断できるわけないでしょうし、そんな事まで監視するようなシステムでは、生活インフラの道具として成り立ちませんわ。それに……おそらくティエルクマスカでは、こういった〝銃〟のような形態の武器がもう存在しないか……そんな理由でこういった系統の武器のデータがないのでしょう。なのでわたくし達地球人の知識を使えば、こういう裏技で銃器を作ることもできるのでしょうね」

「確かに、彼らの武器は、元々発射装置本体とエネルギーソースが一体化されているようなものばかりですし、そういう武器のシステムデータもありますでしょうから……彼らの武器ならセキュリティデータとして、あらかじめ登録されていてもおかしくないでしょうしね、なるほどです」

複雑な顔で納得する村田。

「さて、これがわかれば充分です。話は早いですわ……さすがにこのライフルのデータは危険すぎますし、村田の言う通り、法にも引っかかってしまいますからね。それにわたくしも銃など撃ったことはございませんから、このデータは消してしまいましょう……あ、でも村田、あの頼んだ物は買ってきていただけましたでしょうね？」

「はい……あちらに……」

そこには、何やらわけのわからない物がたくさん置いてあった。

まぐろ解体包丁に長ドス、ゾーリンゲンの高級アーミーナイフに、十字《じゅうじ》手裏《しゅり》剣《けん》や棒《ぼう》手裏剣、はては正体不明の透明ドーム状半球カプセルに、巨大な建物解体用の破砕鉄球。鉱山採掘用のダイヤモンドドリルの先端……そして、ピコピコハンマーに定価三二万円のＭ１３４ミニガンのエアガンまで置いてあった……何をする気なんだと。

「さて、いざとなればこれで『話し合い』に行かなければならないかもしれませんですわね、オホホホ」

「い、いや常務、そういうことはない方が良いわけなんですが……」

「え〜え、モチロンですわ。ない方が良いですわねぇ〜……でもぉ？　まぁ、前例を鑑みれば……ねぇ？　ホホホホ」

麗子は一体なんの話をしてるのだろう……意味深な『話し合い』という言葉……麗子のようなタイプが面白がることと言えば、大体一般的にはロクでもないことと相場が決まっている……

＊　＊

「では柴野《しばの》先生、この件については横浜市《よこはまし》が協力してくれるということでよろしいですね」

「はい総理。一般産廃の方は問題なく。むしろ市長の方は極めて積極的でした」

「では東北の瓦礫《がれき》の方は、現状の集積地までヴァルメが中継して回収ということですね」

「はい。大阪の方は例の市長と知事コンビの了解を得ました。あの泉佐野《いずみさの》市の埋立地を活用して集積させます。こちらもヴァルメを利用するということです。四国、中国、九州、沖縄、北海道の方も、目処《めど》が付きました」

「結構です。これで『ヤルバーン経済協力機構』の方も、まともな仕事をやったと言えるようになりますよ、はは」

経済産業大臣の柴野秋則《あきのり》は、『財団法人ヤルバーン経済協力機構』の進捗報告を行うため、二藤部の下を訪れていた。

「そうですね総理。これで財団法人の方を、そのまま三セクの方へ移行させ、おいおいヤルバーンの方で独自法人として運用できれば御の字です。まあヤルバーン側への完全移行は何年先になるかわかりませんが……」

「それはゆっくり時間をかければいいでしょう。ところで、あのヤルバーンの科学局でしたか？　そこのジルマ・ダーズ・テラー局長という方、なかなかのアイディアマンですね」

「ええ、まさかあのような形で向こう側から提案してもらえるとは思いませんでした。やはり彼らは相当日本側の状況を良く研究していると思います……ですが……ハハ、あの方、地球時間で一六四歳ですよ……肉体年齢的には地球人換算で八〇歳前後ですか？　元気なご老体です」

柴野が頭をなでて「参った」というような表情を見せる。そして二藤部が、

「で、その副局長のニーラ・ダーズ・メムルさんでしたか？　確か局長さんの孫娘さんだとか。そちらの方は……」

「はい、地球年齢で三二歳、肉体年齢的には一六歳前後です。イゼイラ人の基準では、まだ『児童』らしいですが、その優秀さ故に地球で言うところの『飛び級』で副局長に抜擢《ばってき》された方だそうです。こちらの見た目は可愛らしい娘さんですが、これがまた祖父さんに負けないぐらい優秀な方でして、ジルマ局長の優秀な右腕としても活躍されていらっしゃるようで」

「はあ、いろんな人材がいるようですね、ヤルバーンには……」

「まったくです、総理」

二藤部と柴野は一体なんの話をしているかと言うと、先般、国会で承認された『財団法人ヤルバーン経済協力機構』の進めるヤルバーン外貨獲得のための事業計画の話であった。で、一体どういう事業をしようというのだろうか？

これは色々と日本側、すなわち『財団法人ヤルバーン経済協力機構』が提案書を持っていって検討したわけだが、その中には『観光』『運輸』『エネルギー』など色々と各省庁からアイディアが上がってきていた。だがそのどれもがイマイチパっとしない。つまり、どれもやれば大儲《おおもう》けできるものではあるが、ただ、それをやってしまうと当初の予想通り日

本の競合企業が甚大なダメージを受ける物ばかりだったのだ。

唯一有力だったのが『観光』であったが……実入りが少ない。で、そこで逆にヤルバーン側の科学者であるジルマとニーラが提案したのが、

『産廃回収と再生』

であった。コレを彼らが提案した際、日本治外法権区会議場でのジルマやニーラの発言を振り返ってみると……

＊　＊

『フ～む……ニホンのお役人さんの発言を聞いとると、みなさん何か変な誤解をしておるようじゃナ』

ジルマはアゴに生えた羽毛状のヒゲをモシャモシャとさわりながら話す。

容姿は、ちょっとしおれた羽髪が、某相対性理論の学者のようなジジイである。

「誤解？　と、言いますと？」

と役人の一人がジルマに尋ねる。

『ウム、どうもニホンのみなさん方は、ハイクァーンを無から有を生み出すような奇跡の装置と思っとるようじゃが……それはちがうぞ』

「いや、ですが私達の理解ではそうとしか……」

『アのなお主、そんな都合のいいモン、この世にあるわけないじゃろうが』

そう言うと、ジルマはヨイショと立ち上がり、上座まで行き、ホワイトボードにペンで何かキュッキュと書き始める。

なんと日本語である。さすが科学局局長、日本語文字もとうに習得済みのようだ。これには日本側スタッフも驚いた。

『まずじゃナ、ハイクァーンで物を作る時には元素が必要なんじゃ。前にフェルフェリアの嬢ちゃんが言っとったそうじゃが……ワシらは長いあいだ船で旅するから現物での補給がままならん。なので、いろんな場所から……そうじゃのう、廃棄物や同胞の遺体、排泄《はいせつ》物、宇宙の星間物質や色んな惑星衛星から採取した物質をハイクァーンで原子レベルに分解して保管するんじゃ』

日本側スタッフは全員生徒となってジルマの話を聞く。

『例えば、「炭素」を例にとっても、人のクソを元素化した炭素も、「かーぼんふぁいばー」から分解した炭素も、炭素は炭素じゃ、わかるな？』

「ええ」

『うむ、そういったいろんな場所から集めた元素を自由に結合させて物質を生成することができるのがハイクァーンなんじゃ。そしてな、ハイクァーンのもう一つの特徴として、元素をいじって他の元素に変換させることもできる……例えば、そうじゃなぁ……ニホン人にわかりやすい所で言えば「金」じゃな、金なんかはお主らの科学力でも元素変換できんことはなかろうが、いわゆる貨幣経済的に言う「こすと」がかかりすぎるんじゃろ？　じゃがワシらの技術を使えば、例えば地球なら廃棄物としてどこでも入手できる〝スイギン〟なんかを金に変えることなんて簡単にできル』

水銀にガンマ線を照射して、原子核崩壊させることで金が生成可能なことは、現在の科学でもよく知られている。だが実際これをやるとなると、どえらい歳月とカネがかかるので事実上意味がないのである。それを簡単にやってのけるハイクァーンというティエルクマスカの科学力と技術は、ほとほとトンデモナイものなのである。

そんなことを思いながら日本側スタッフは、メモやノートへカキカキと局長の講義を聞く。

『つまりじゃ、ワシらのハイクァーンも相応の「こすと」がかかるわけじゃよ。もしなんでもかんでもポンポンと作ることができれば、ハイクァーン配給権なんていらんじゃろ、相応の「こすと」がかかるからそういった「配給権」で造成をコントロールしとるんじゃ』

「ということはジルマさん、あなたがたがハイクァーンで物を作る時のコストというのは、我々の貨幣経済的に換算すると……」

『うム、お主、なかなかいいところに気がついたな、そういうことじゃ。つまりアンタらの「こすと」の概念で言えば……異常に「安い」んじゃよ。もうそりゃぁオカネという単位では「ネダン」も付けられないぐらいにな。それでも、こすとがかかるのはかかる。なのでハイクァーン使用権という制約をつけて、みんな平等に配給制にしているのがワシらの国なんじゃ』

日本側スタッフは納得した。ならば何か打開策はあるだろうと。

『そこでジャな、ワシらから提案なんじゃが……ってかワシの孫娘のアイディアなんじゃが……ニーラや、オマエのアイディア、日本のみなさんに聞かせてあげなさイ』

ジルマは可愛い孫娘を手招きして呼ぶ。

『はイ、おじーさま』

ニーラは背丈は一五〇センチ程、小柄なツインテールっぽい羽髪スタイルで、見た目は可愛らしい少女である。

日本側スタッフはその容姿にビックリして参加者リストを見直す。

どう見ても日本人的に言えば高校一年生ぐらいだ。だが参加者リストには『副局長』と書かれている。日本側スタッフは顔を見合わす。

トテトテとジルマの横に行き……いや、行こうとした途端につまずいて真正面からビタッ！　とバンザイするようにコケた。

持っていた日本側の書類と、日本で買ったという、とても大事にしているキャラクター筆箱と筆記用具、キャラクターノートをぶちまける。

筆箱に筆記用具、ノートには可愛い口のない猫キャラの絵が描かれていた。

『ふエ〜……』

半泣きになるニーラ。日本側スタッフが総出で、あわてて書類や、筆記用具をかき集めてやる。どうもドジっ娘《こ》属性があるようだ……日本側スタッフは少し不安顔。

で、ジルマから紹介を受ける。ティエルクマスカ敬礼をして、ペコリと頭を下げるニーラ。少しバツが悪そう。

『えっトえっと……先程はみなさんゴメンナサイ……えっと、では私の考えた「ジギョウ」について説明しまス』

ニーラはＶＭＣモニターを造成させて、あるデータを日本スタッフに見せる。

『えっト、これはですね、私が「いんたーねっと」や日本政府から提出してもらった資料なんかを調べて調査したデータなんですけどぉ、ニホン国では、今、ゴミや廃棄物の再生利用を、国策としておこなっていますよネ？』

そう言うとスタッフはウンウンと首を縦に振る。

『でもでモ、私の調べでハ、そのゴミや廃棄物の再生率が、たくさんできてる自治体でも、ゴミの総排出量の三〇パーセントぐらいなんですよぅ。で、で、そのホトンドが燃やされちゃってるんでス』

フムフムと耳を傾けるスタッフ。

『ナのでなので、そのゴミをですネ、えっと、私達に預けてくれれば、元素分解して、みなさんのご希望の、いろんな素材に構成しなおしますから、その構成しなおしたマテリアルを、オカネを出して買って欲しいんです』

ニーラは言う。特に、今日本で問題になっている、ヤルバーンが地球にやってくる前に起こった大規模地殻変動災害で発生した膨大な瓦礫やゴミなども、元素分解して素材に構成、構築しなおすのでそれを買って欲しいと。

この話を聞いて日本スタッフは騒然となった。それもそうだ。今の日本、一番頭の痛い問題だったからだ。日本スタッフの一人が興奮気味にニーラに尋ねる。

「ち、ちょ、ちょっと待ってくださいニーラさん。今、その震災瓦礫は私達の世界で『放射能』と呼ばれる有害なものに汚染されているという問題も抱えていますが、それもどうにかできるとおっしゃるわけですか？」

『えっと、ハイ。多分ワタシ達の科学用語で「ヂレール核裂線能力物質」のことをおっしゃってルと思うんデスけど、できますヨ。元素分解する際に、ヂレール核裂線能力物質だけをマイクロ転送除去して、地中一〇〇〇キロメートルぐらいに転送したりして埋めちゃったり、宇宙空間へまとめて、ポイッて捨てちゃったりできまス』

その言葉を聞いて、日本スタッフはさらに色めき立つ。

『えっと、えっと、で、ニホンのみなさんは、この「ヂレール核裂現象」を利用したエネルギーを使っているみたいですけど、そのエネルギー生産施設が大災害で壊れちゃって、大変なことになっていますよネ？』

スタッフはこれまた全員総出でウンウンと頷く。頷く角度が段々と大きくなる。

『ちょっとだけ時間がかかるかもしれませんけどぉ、この施設も、施設ごと元素分解しちゃっていいなら、やっちゃいますけど……』

この言葉を聞いたスタッフはもう会議どころではなくなった。

途中で椅子を倒さんばかりに立ち上がって、部屋を飛び出ていく者。スマートフォンを取り出して大声で話し出す者。てんやわんやの大騒ぎとなった。

『エ？　エ？　……私、何かイケナイこと言ったのかな？』

そのサマに呆然とし、手をばたつかせてオロオロするニーラ……会議途中でニーラをほったらかしにして大騒ぎする日本人を見て狼狽してしまう。

また半泣きになりそうになった……その横でおじいちゃんがニコニコしていた……

＊　＊

「……とまぁそういう感じでして、担当者の話では、あの時は本当にショックだったと」

柴野が笑いながら話す。

「ええ、私もその報告を受けた時は耳を疑いましたからね……さすがティエルクマスカか、イゼイラと言いましょうか、本当にそんな事ができるなんて……」

「はい。これであそこに住む住人を帰してやることができます」

「……」

二藤部は少し沈黙する。

「総理？」

「ん？　あ、すみません柴野先生……そうそう、ではその話は別にして、ヤルバーン側は、産廃やゴミなどをハイクァーンで元素還元や変換したあと、自分達が必要とする元素を差し引いた分をマテリアル化して、再生造成。それを販売するという事業の方向性で良いというところなのですね？」

「あ、はい。それでほぼ決着かと。あとは引き続き観光事業の方も、政府指定の観光業者と連携して継続するということで」

「なるほど、しかしそのニーラさんという方も考えましたね。もし彼らが地球にあるいろんなものを利用して、ハイクァーンで資源を作れば、地球の経済は大混乱になる……」

「はい、なので今まで使っていた不要なもの、廃棄する物を使わせてもらって、その『再生化料』を取るというやり方、ウマイと思います」

「そうですね。これなら市場に対し、そんなに影響を与えることもないでしょう。何せ廃棄物を元々あった原材料に戻すだけの話ですし、不法投棄するようなゴミや産廃も立派な資源に還元されて儲けになるかもしれないのですから、世の企業や産廃業者も願ったり叶ったりでしょう」

「うまくすれば各自治体の予算にも還元できる可能性があります。なので、どの自治体も協力的なのでしょう」

「では、その方向性でお願いします」

「はい……ですが……」

柴野が手を額に当てて少し渋い顔をする。

「？　何か問題でも？」

「ええ。大阪の集積所予定地なのですが、少々厄介事が残っていまして……それを解決しなければならないのですが……」

「厄介事？　まさか『ガーグ』がらみとか？」

「まあ……あれがガーグなのかどうかは見方にもよるのでしょうが、ガーグと言やぁガーグでしょうし、なんとも……一応、金《かね》で解決できないこともないのですが、それをやってしまうと色々問題もあるようでして……」

「？」

「で、ですね、そちらの方はイツツジグループのヤルバーン事業担当者から、コッチに任せて欲しいという話ももらってはいるんですが」

どういうことだ？　と、二藤部が少し怪訝《けげん》な顔をした……

＊　＊

大阪府泉佐野市　りんくうタウン。

関西国際空港《かんさいこくさいくうこう》開業と同時に、大阪府企業局が都市計画事業の一環で大阪の副都心として計画した街であったが、二〇〇二年頃まではその分譲地の四五パーセント程しか土地が埋まらず、大阪府都市計画事業の大失敗作として有名な街……と言うか『空き地地帯』であったが、二〇〇三年に大阪府が定期借地制度を導入した結果、以降、企業進出ラッシュが起こり、今では九五パーセントの土地が埋まる成果をあげている。

だが、残り五パーセントほど、りんくうタウン北側の広大な土地がまだ埋まりきっておらず、府としてもなんとかここを埋めたいと思っていたわけだが、そこへこの度のヤルバーン事業計画の件で、イツツジグループがこの残り五パーセントの土地を買い上げて、ヤルバーン再生資源用産廃の集積所として稼働させる予定であった。

更に港も近いため、ヤルバーンで高精度の資源化された再生マテリアルを輸出するための基地としても使用する予定であったのだが……

「なるほどなぁ、こーいうことかよ。ありがちなパターンだなぁ」とニヤついて話す白木。

「こういう連中と交渉っての、やった事ないからなぁ」と頭をかいて鬱陶しそうな柏木。

『平和的ニ解決デキないものでしょうカ』と不安そうなフェル。

「フェルフェリアさん、こういう連中は口で言っても聞きませんから、一度体で教えて差し上げるのがよろしいのですよ……」と人差し指を立てて、フェルに教える麗子。

麗子と柏木達は今、そのりんくうタウンにある施設建設予定地視察のため、大阪までやってきていた。

関係者として柏木とフェル。付き合いとして麗子は婚約者の白木を引き連れている。

建設予定地にはどでかい櫓《やぐら》が組まれ、敷地は有刺鉄線とトタンの高い壁で囲まれている。

敷地の中は、外から窺い知ることができない。

もうそこらへんに巨大な横断幕やら、ペンキで塗りたくったようなデカイ文字で、

【産廃集積地建設反対！】【街を汚すな！】【りんくうをゴミ捨て場にするな！】

などと書かれているが……よくよく見ると小さい字で……

【日本政府は従軍慰安婦に謝罪しろ！】【独島は我が領土！】【宇宙人は帰れ！】【地球連邦万歳！】

などと書かれていたり、ははては……

【天皇陛下万歳！】【八紘一宇《はっこういちう》】【日本に宇宙人はいらない！】

などなど。で……

「はぁ……なんじゃこいつら……」

額に手を当てて呆れ果てる柏木。

「ほんに……言ってることがメチャクチャじゃねーか、ククク。おもしれー奴らだぜ」

笑いをこらえる白木。麗子はフェルをチョイチョイと手招きして、

「フェルフェリアさんフェルフェリアさん。ほれ、これをお読みになって、ウフフフ」

『エ？　これデスか？　えっと、い・ぜい・ら……』

そこにはこう書かれていた……【イゼイラの鳥頭は焼き鳥でも食ってろ】

『トリアタマ？　なぜ私達の頭髪が、ヤキトリと関係するのですカ？』

「ウフフ、あのですね、『鳥頭』というのはね、ゴニョゴニョ……」

麗子はフェルに耳打ちするように話す。

フェルの顔の眉間に、段々とシワが寄っていくのがわかる……

そして究極にシワが寄った後、徐々に平静な顔へ移行し……目が据わって、ゴールデンアイボスキャラモードへフェルは移行していった……

そう、鳥頭……所謂『バカ』という意味である。

『鶏《にわとり》は三歩歩けば物を忘れる』という日本の諺《ことわざ》である。それをフェル達の頭髪にかけたものだ。

（あ～あ、しらねーぞオイ……）

と柏木は思う。だがもう遅い。この時点で平和的解決は不可能になった。

「でよぉ麗子、この究極のバカども、なんなんだこいつら」

白木も呆れるのを通り越して、もうこの状況を楽しんでいるようだ。

「ええ、所謂『居座り屋』っていう奴ですわね」

「居座り屋ぁ？　ってことはUEFや右翼とか左翼とか、そんなのじゃないのか？」

「当たり前ですわ、なぜ【独島は我が領土】とか言ってる連中と【天皇陛下万歳】が同居できますのよ」

「そりゃそうだけどよ、街宣右翼にゃアッチ系、多いんだぜ？」

「まあそういうのもいるでしょうけど、調べはついていましてよ。今回は別」

「じゃなんなんだよ」

「ヤ・ク・ザ、つまり暴力団ですわ。進道会《しんどうかい》系城島《じょうじま》組の連中」

するとと柏木が、

「え……進道会系城島組って言ったら、関西で一番デカい広域暴力団じゃないですか！」

「そ。そいつらが地域住民を装って居座ってるわけ。ここに集積所建設反対なんてウソもウソ、結局おカネですわね。退去料、入札談合、色々考えられますわね」

「なるほど……」

「で、左翼系組織を装って、居座ってるという寸法でございますわ」

だが、と白木は、

「それで【天皇陛下万歳】や【八紘一宇】はねーだろぉ、クククク……」

「ま、その程度の頭の中身ということですわ、ウフフフ」

するとジッと目を据わらせて聞いていたフェルが、

『ケラー・レイコ、つまり、アノ連中は「ガーグ」とみてよろしいのデスね……』

「まぁ、似たようなものかしら？　どっちにしろ社会悪であることは確かですわね」

『ワかりました。で、私はどのような事をすればヨろしいのですか？　この城塞をジルフエルドブラスターで吹き飛ばすのが一番手っ取り早いとおもうのですガ』

さすがに冗談だろうが、フェルは相当言葉通り『鶏冠《とさか》』にきているようである。

柏木は、この暴力団連中に同情した……ってか、ジルフェルドブラスターってどんな武器なんだと。

「ま、どっちにしろこの土地は今流行の言葉で言えば『法的にも履歴的にも我が社の土地』ですからね。例の計画を軌道に乗せるためにも、チャッチャとカタをつけませんと……あまり大事《おおごと》にするのもなんですし」

「でも麗子さん、ここはやっぱり警察呼んでですね……」

「何を言っていますの？　柏木さん。それでこのあほうどもに『あぁ～私達の街がぁ～うぇ～ん』『国家権力がぁ～』なんて芸をマスコミの前でされてごらんなさいな、あのアバタ顔の弁護士議員あたりに、二藤部様を叩くエサをあげてしまうようなことになりますのよ。そうすればまた計画は延び延び、それこそ本物の『ガーグ』の跳梁《ちょうりょう》を許してしまうことになります。おカネで解決しても、味をしめてまた別の所で同じことをやりますわよ。それに改正された暴対法のある今、おカネで解決したら我が社も奴らと同罪になってしまいますわ」

　そう言うと白木は、

「そうだぜ柏木、ああいう連中はそういった『弱者犯罪』のプロだ。いつのまにかヤクザが本物の左翼にすり替わっていたって事もありうる……マジメな話、早いことケリつけねーと、こういうところからほころびが出るもんだぜ」

「でもなぁ……ヤクザだろぉ～？　お礼参りってのも考えないと」

『ソちらの方は心配いりませんヨ、マサトサン』

「え？」

『アトでケラー・ヤマモトにご連絡して、シエとゼルエ局長に、私達に何かあったら、その「ジョウジマグミ」の本拠地へ、デルゲード部隊で強襲……』

「あ～！　わかったわかった、わかりました……（フェルに『鳥頭』は禁句だな。お～コワ）」

……そういうことで麗子達一行は、一旦ホテルに戻り、麗子の考えた策をみんなに披露。次の日の夜中に作戦を決行することにした。

柏木はとりあえず山本に連絡し、事の詳細を伝えると……

「まあフェルフェリアさんがいるなら大丈夫だろ、ほどほどにしといてくださいよ。終わったら連絡ください。大阪府警を向かわせますんで」

とそんな感じ。一応『ガーグ事案』として取り扱う了承を得た。

白木は新見《にいみ》に報告して手続きを行った。

これを二藤部と三島に報告した時の両者の反応は……

「一応～……ガーグですからね……いいのではないですか？　……ガーグなのかな？　コレ」と二藤部。

「新見君よぉ。先生達に程々にしとけって言っとけよぉ」と三島。

これで安保委員メンバーの白木と柏木監督の下、国内の事案であるため、『八千矛主導のメルヴェン任務扱い』として『日・ティ共同災害安全保障協定』の範囲内での対応が可能となった。


……で、次の日……

白木から連絡がいった大見が合流。

その後、フェルから連絡がいったシエとゼルエが日本人モードで合流……相変わらずシエはエロい。そしてゼルエは怖い。

柏木、白木、大見、麗子、フェル、シエ、ゼルエ……さしずめ『七人のメルヴェン』である。

「一応話は聞いているが、俺まで駆り出すかよ」と大見、だがやる気マンマン。

『タノシソウダカラ付キアッテヤル』とシエ、日本人姿でシャーと鉤爪を研いでいる。

『ソういうこった。ここんとこ体が鈍《なま》ってたからナ』とゼルエ、準備運動は万全。スタンライフルを調整中。

「まあ……なんちゅーか、一応『ガーグ案件』になったんで、オーちゃん達がいないと格好つかないんだよ、ごめんなぁ」

「まぁいいさ。どっちにしろあの場所をどうにかしないと、例の『事業計画』が前に進まないんだろ?」

「そうなんだよ。イツツジさんとしちゃ、結構深刻なんだぜ」

『フム、ソノアタリハワカッタ……デ、フェルモ参加スルノカ?』

「え?」

柏木はそう言うと、フェルの方をパッと見る。

フェルサンは目を据わらせて、右手に光球を出したり引っ込めたり……準備万端である。

「……ハイ、ソノヨウデス……」

するとゼルエが、

『で、ケラー・シラキのダンナはどうするんだ？』

「あ？　私ですか？　なぁ柏木、ＦＧ－42Ｉ、お前のＰＶＭＣＧでもう一挺《ちょう》造成してくれよ。確かアレ、スコープ付けられただろ、それで援護でもするわ」

「え？　白木、お前も参加するのか⁉」

「しないわけにゃいかねーだろ、一応監督責任者の一人だからよぉ……まぁ、この中じゃ一番足引っ張るから、後方支援でもさせてもらうわ」

『後方支援』ってなんなんだよと思うが……

「ハイハイ。ハァ……あ、そうそう、麗子さんは？」

「わたくしなら心配ご無用ですわ、準備万端でございます。オホホホ」

柏木は口を波線にして納得する。

「あー、でもまあ……一応私が連中に『退去勧告』はしますからね。じゃないと交渉官の立場ないし……」

でも無駄っぽい気がする。

（って、なんで俺がいつの間にか音頭取ってるんだよっ‼　元はと言えば麗子さんが……‼）

と心の中で叫ぶ柏木……なかなかに往生際が悪い。

『ケラー・シラキ』

フェルが白木のそばに行って話しかける。

「ん？　なんですか？　フェルフェリアさん」

『ケラーのゼルクォートをお貸しください』

「え？　はぁ……どうぞ」

白木は腕から民生用ＰＶＭＣＧをはずすと、フェルに渡す。

フェルはポーチから小さなメダル状のものを取り出すと、白木のＰＶＭＣＧに浸透させるように埋め込んだ。

『ケラー、このチップでケラーの民生用ゼルクォートをバージョンアップさせましタ。これでパーソナルシールドが使えますヨ』

「パーソナルシールド？　あ、前に柏木が使ったとかいうアレですか」

『ハイです』

「そりゃ助かります。すんませんね」

ペコリと礼をする白木。

『ケラー・オオミ、貴方も……』

「ああフェルフェリアさん、私は大丈夫です。八千矛任務部隊は、全員『局員用ＰＶＭＣＧ』を新たに受領しておりますので」

『ア、そうですカ、わかりましタ。では、ケラー・レイコも……』

そう言おうとすると麗子は、

「あ、フェルフェリアさん、わたくしも結構ですわ、ウフフフ」

『エ？　デも……』

「お気持ちだけで充分でございますわ。でも、わたくしは大丈夫ですの。ま、その時のお楽しみということで」

『ハ、ハァ……』

フェルは首を傾げる。パーソナルシールドなしでどうやって？　と……そして。

『マサトサン』

「ん？　なんだい？」

『エット……』

そう言うとフェルは柏木のＰＶＭＣＧに何やらデータを送り込んできた。

「お？　何これ」

『ハイ、マサトサンのお使いになる「えふじーよんじゅうに」というジュウに使う「びーびーだん」を、少し改造したデータです』

「え？　ＢＢ弾を改造？」

『ハイです。発射したタマが加速している場合、帯電した状態を維持するような仕組みにしておきましタ。これでスタンブラスターと同じような効果を得られまス。同時に、ゼルクォートの「武装レベル２」を解除しておきましタ』

「ハハ、そうか、ありがとうなフェル」

これも柏木に対するフェルなりの思いやりなのだろう。柏木はフェルの頭をポンポンと優しく叩いてやる。ニコニコで嬉しそうなフェル……でもまだちょっと目は据わっている。

そんなフェルの顔を見ていると、柏木もフェル達イゼイラ人のことを『鳥頭は焼き鳥でも食ってろ』と言うような連中に対し、だんだんとムカっ腹が立ってきた……

さて、柏木達は一体何をやらかそうというのだろうか？　まあ、大体わかろうというものだろうが……

麗子の作戦……というより、ただの金持ちの道楽という話もあるが、その作戦を再度確認する皆の衆。

＊　＊

……そして夜中がやってきた。

集積地建設予定地にレンタカーでやってきた七人。

バタバタと車の扉を開け、舗装されていない地面をジャリと踏みしめながら降りる。

『七人』と言えば、エルマー・バーンスタインの曲を颯爽と流したいところだが、夜中のこの構図ではそれも似合わない。どっちかと言えば早坂文雄《はやさかふみお》と言うところか。

柏木はいつものダブルなスーツ姿。手には拡声器を持つ。

フェルはいつものイゼイラ制服姿。まだ目が据わっている。

白木は都市迷彩に軽めの綿パン姿。両手をポッケにニヤケ顔。

麗子は何やら探検隊のような格好……探検帽を被り、煌びやかな扇子でパタパタと扇《あお》ぐ。

東南アジア官民合同事業の時に着ていたものだ。

大見はデニムのジャケットにジーンズ姿。さすがに迷彩服というわけにはいかない。シエはいつもの日本人モード。モデルウォークが色っぽい。

ゼルエの日本人モードは……コッチの方がヤクザである。

で、柏木達のやろうとすること……それは……

「……テステス……あ～、株式会社イツツジグループの所有する土地を占拠するみなさん。聞こえますかぁ!?　……あなたがたは長期にわたって法人の所有地を不法に占拠しています。たぁだぁちぃに退去しなさい！　……これから一時間の猶予を与えます！　もぉし！退去しない場合！　日・ティ通商条約第一五項に従って、日本国政府認可の下、『行政代執行』を行いまぁす！」

柏木は、拡声器を口に当て、時たまピィ～と音を鳴らしながら、大声で話す。


『行政代執行』……それは執行する対象となる義務者が、行政上や法的な義務を履行しない場合に、行政庁の命令によって義務者が本来行わないといけないことを行政権限で強制的に行うことである。通常は法令に従わない者、例えば、公共の場所を不法に占拠し、私物化する連中や、ゴミ屋敷のような公共的に迷惑となる存在の排除など、行政権限や裁判所命令など色んな形で行われる強制行為である。

今回の場合、私有地への不法占拠にヤルバーンとの条約履行障害行為、犯罪隠匿《いんとく》行為の可能性と、ま、いろいろある。

それを『ガーグ』と認定し、柏木達安保委員会メンバーが執行者の権限を持ってやってきたわけだ。

……小難しいこと抜きに話せば、早い話が『殴り込み』であったりする……

すると、見張り櫓から何人かこちらを覗きこむ。柏木は……

『ハイ、これ！　代執行令書ね。こっちもさぁ、手荒なことしたくないのよ、とっとと出て行ってくんないかなぁ！』

そう言うと、櫓からヘルメットにマスクをした男数人が頭を出して、

「はぁ～？　こっちは汚い汚いゴミを持ってこられたら困るから、こうやって占拠してんの。住民のためにやってんの、アホなこと言っとらんと、とっとと帰りや～ヒヘハハハハハ！」

「国家権力の横暴はんたぁ～い！　へへへへ」

「七人ポッチでなぁにができるのぉ～？　そこの別嬪のおねーちゃんなら大歓迎やけどなぁ～」

シエのことだろう。そして……

「あ、おいお前ら、あそこ見ろや、鳥頭がおるで……コラァ～こんな時間、鳥目で見えるんかぁ～鳥小屋でおとなしく寝とけやぁ～ヘハハハハ！」

とうとう連中は言ってはいけないことを言ってしまった……

フェルの目は完璧に据わった。目は据わっているが、フェルの脳内では『ドッカーン！』

な状態である。

（あ〜あ、言っちゃったよ……）と頭をかく柏木。フェルの肩をとって、どうどうとなだめる。

（死んだな……こいつら……）と頭をかく白木。念仏を連中に唱えてやる。

（こりゃ遠慮はいらんな……）ＰＶＭＣＧの設定を始める大見。

（トリアタマ？　ソウイウト、フェルハ怒ルノカ……）今度言ってみようと思うシエ。

（ナんだかよくわからんが、そろそろかな？）と七つの傷を持つ男のような感じになるゼルエ。

『マサトサン……』

「はい？」

『アレはなんという生き物ナノデすカ？』

「え〜っとですな……」

そう言うと、麗子が、

「ヤクザという悪者ですわよ、フェルフェリアさん。遠慮なんてしなくてよろしくてよ……

柏木さん、交渉決裂ですわね、もうよろしいのではなくて？」

「わかりました……では麗子さん、お願いしますよ、はは」

「はい、承りました。ではでは……」

柏木は、ＦＧ－42Ｉスタンバージョンを二挺造成し、その内の一挺、スコープ付きを白木に投げて渡す。

白木はそれをパッと受け取ると、バイポット（二脚）を降ろし、ボルトをバシャッと下げる。

大見はスタンラピッドガン。ゼルエはスタンライフル。シエは鉤爪を両手に造成させる。

そしてフェルは右手を帯電させた。

それを見たヤクザ側は「な、なんじゃありゃ！」「あいつら何をする気だ！」と慌ただしく動き始める。

麗子は「さて」と正面バリケード門まで歩みを進め、ＰＶＭＣＧを作動させると……

クソ馬鹿デカイ『鉱山採掘用ダイヤモンドドリル』を空中に造成させた。

「な、何する気じゃ！」

ヤクザは慌てて、怒鳴る。

「こうするのですわよっ！」

麗子はギュンギュンとドリルを高速回転させると、それを「そ～れ」なジェスチャーと同時に、バリケード門に叩きつける。

作戦として話は聞いていた柏木と白木、大見も、さすがにその光景を見ると唖然とした。

シエやゼルエ、フェルまでも、あまりに無茶な行為にポカーンとしている。

フェルは思わず、

『ケ、ケラー・レイコ！　あなたのゼルクォートって確か民生用じゃ……モしかしてハッキング！』

「オホホホ、違いますわよ、フェルフェリアさん、ま、あとで教えてさしあげますわ」

『ハ、はいです……』

その光景を目にして、据わった目も普通になったフェル。

ドリルは、門のぶっとい鋼鉄製のカンヌキをブチ折ってバキバキと粉砕していく。

「オホホホホホホ！　それそれそれ〜！」

ドリルを左に右に、自由自在に振り回し操る麗子。

正面バリケード一帯は、完全に破砕された。

「よし！　行くぞ！」

真っ先に突っ込むのは大見。その後からシエとゼルエが続く。

「んじゃ、俺はここで。よっこらせ」

白木は見通しの良さそうな位置に陣取りＦＧ－42Ｉのバイポットを立て、スコープを覗く。

「じゃ、俺達も行くかフェル」

『ハイです。マサトサンは援護してくださいネ』

「あいよ、こういうのはフェルの方がプロですからね」

フェルと柏木も突入。

「では崇雄《たかお》、援護よろしくお願いいたしますわ」

「はいはい、どうぞ行ってらっしゃい」

『行政代執行』という名目の、居座り暴力団排除作戦が始まった……

＊　＊

不法バリケード内の全容は、予想外に大掛かりであった。

暴力団連中がいつの間にか勝手に倉庫を造り、急造感はあるものの、立派な何かの施設になっていた。更に中には百人規模の人員がいるようだ。

その人数にも驚きだが、相当な規模での組織ぐるみの犯行だと思われた。従って踏み込んだはいいが、結構な乱戦になってしまう。

日本刀やゲバ棒を持って襲いかかるチンピラども。そんな連中をゼルエはバッタバッタと素手とスタンライフルで葬っていく……いや、気絶させていく。

『ナんだ、こんなもんか？』

ゼルエは余裕である。

シエは切れ味するどい鉤爪で、櫓の脚をズバッと切断……ミシミシと音をたてて、櫓はドカッと倒れる。

中にいたアホは外に放り出され、気を失う。その後から大見が、ノびたチンピラを片っ端から拘束。そしてシエとゼルエを援護。スタンラピッドガンが二人の背中を守る。

フェルはその身軽さと、スーツのパワーでカカカッと倉庫の二階へ壁を蹴ってショートカットで駆け上がる。すると二階入り口で守りにつくチンピラを、帯電させた右腕から発射される光球で一瞬の内になぎ倒す。

「フェル……すげ……」

柏木も階段を上って急いで二階へ。大見はフェルのその姿に、以前北海道で言っていたシエの言葉を理解した。

そしてフェルが二階に到達した直後に……なんと『銃声』が複数回響いた！

『アアッ！』

フェルの嫌な声が聞こえる。

「え⁉　銃声⁉」柏木は戦慄して「フェル！」と叫び、二階へ突入する。

『大丈夫デス！　マサトサン！』

柏木はドラム缶に身を隠すフェルに近寄る。

「怪我はないか⁉」

『ハイです。いきなりだったのでビックリしましタ』

柏木はフェルの体を眺めて……なんともないようで安心する。パーソナルシールドもあるので、大丈夫かとも思う。

「しかし銃声ってどういうことだ？　ただのチンピラヤクザじゃなかったのかよ」

『マサトサン、あれを見てくださイ……マサトサンのおウチで見た「えあがん」と同じ形です』

「何！　え!?　あれは、ＡＫじゃないか！」

アヴトマット・カラシニコフ47型。現在のロシアでは民間企業となったコンツェルン・カラシニコフ社が製造している銃である。一般にはＡＫやカラシニコフライフルの名で知られている。日本では、過去の新興宗教団体の大規模テロ事件で有名になった代物だ。

ロシアや旧共産国で使用されるアサルトライフルで、コピー品も数知れず。世界で最もユーザーの多い銃である。付いたニックネームは『世界で最も小さな大量破壊兵器』。

構造が単純で、わざと精密に作らず、その『あそび』の多い設計から、泥にまみれようが、砂に埋まろうが正常に動作する恐るべき兵器でもある。

中国ではライセンス品モドキのコピー、56式でも知られる。

この日本ではありえないその銃を目撃し、戦慄する柏木のＰＶＭＣＧに通信が入る……外で頑張っている大見だ。

『おい柏木！　今の銃声じゃないのか!?』

「ああ！　オーちゃん、連中ＡＫ持ってるぞ……って、おいおいおいおいおい……後から出てくる奴、全員ＡＫ持ってるじゃねーか！」

『何っ！』

「こりゃアタリ引いたぞ……『ガーグみたい』じゃなくて本物の『ガーグ』だぞこいつら！

「……白人まで交じってやがる」

その白人は、やたらと巻き舌な発音でしゃべっているようだ。

その通信内容を聞いた全員が、目尻を鋭くさせた。

「麗子！　退《ひ》けっ！　こいつらガーグだ。ヤクザとつるんでやがる！　素人じゃ無理だ！」

白木は広い敷地の中、どこからともなくゾロゾロ湧いてくるヤクザや正体不明な白人相手にFG－42Iをバンバンと放つ。

サバゲーで鍛えた狙撃の腕は無駄ではなかった。麗子の後退を援護する。

連中もタタタッとAKを撃ち、反撃してくる。

一人の白人ガーグが、麗子を狙って撃ってきた！

「麗子っ！」

白木が叫ぶが……刹那、麗子のPVMCGが警告音を鳴らした……すると彼女の周りが一瞬光ったかと思うと、ドーム状の物体がズバッと彼女を覆う。

AKの七・六二ミリ弾は、そのドームに当たりはするが、ビシビシと鈍い音をたてて弾丸を弾く。

「オーホホホホホホ！　無駄無駄、無駄ですわよ！」

手を口に当てて、弾丸の雨の中、高笑いする麗子。

『ナニッ！　民生用ゼルクォートデ、シールドダト！』

それを見ていたシエが、目をむいて本気で驚く……右手で顔が腫《は》れ上がったチンピラの襟元を掴んでいる。

『オいおいおい、どういうことだ？　レイコ嬢、何をしたっ⁉』

ゼルエもありえない状況に驚く……彼の周りには、気を失ったチンピラが五人程、その屍《しかばね》……いや、醜態を晒《さら》していた。

「麗子！　お、お前、何をしたんだ……」

「何をですって？　簡単ですわ。米国・ショーンセキュリティ社製の防弾超硬質アクリルガラス製ドームを仮想造成しただけでございますわ……こんな豆鉄砲、なんともございませんですことよ」

それを聞いて「オイオイオイ」と呆れ返る白木……そんなもの普通の奴は入手できねーよと……さすがお金持ちである。

『ミ、民生用ゼルクォートデ、ソンナ使イ方ガアッタトハ……』と本気で驚くシエに、『アぁ、あのお嬢様、並じゃねーな』とゼルエも同感。

白木がとりあえずホっとすると、柏木に通信。

「おい柏木！　こりゃただの行政代執行じゃすまなくなったぞ！　警察呼ぶからな！」

『わかった！　それと、八千矛部隊も回してくれるように連絡してくれ！　コリャ普通じゃないぞ！』

「ど、どうした⁉」

『今、倉庫二階をフェルと制圧したが……大量の密輸武器を発見した……』

＊　＊

「一〇ケースはあるぞ……ＲＰＧも見つけた……」

『なんだと！』

「とにかく早く頼む」

『わ、わかった』

柏木はその証拠品を前に再度戦慄していた。

この日本で、こんなブツがこれだけ大量に押収できてしまうとは……普通ではない。

『マサトサン。この先っちょの大きい筒はなんなのデすか？』

「それはね、ＲＰＧ－７という対戦車ロケットランチャーだよ」

『あーるぴーじー？』

「うん、この地球で歩兵が戦車を攻撃する時に使う武器だよ……」

『センシャをですか？　それハ……さすがにパーソナルシールドでも防げないかもデス』

「そうだね……ガーグの連中、この場所をヤクザとつるんで、武器密輸の基地にしていたのか？」

最近日本でも、暴力団から押収される武器の中に、ロケットランチャーやグレネードランチャー、手榴弾にアサルトライフルなども含まれてきている。そういったニュースを良く目にしていた柏木は、その入手ルートが、こういうところからなのかと思った。

（もしや……捧呈式の時に使われたバレットもこういうところから？）

当然考えて然《しか》るべき疑問であった……

＊　＊

「オーッホッホッホッホ！　それそれそれそれ！　もう終わりですかしら⁉」

麗子はいつの間にか『M134ミニガン麗子カスタム』なエアガンを二挺造成。弾帯も別途造成してエアガン本体にそれを装着。柏木が持つFG－42Ⅰ並みな威力のガトリングエアガンを両手に抱え、高笑いしながら撃ちまくっていた。

ヴォアアアァァァァ……っという不気味な回転音を唸《うな》らせながら、放水するようにガーグ連中へ、所謂『いけないパワー』のBB弾を浴びせかける。

しかもそんなことをやりながら、空中に十字手裏剣やら、棒手裏剣やら、ナイフやら、まぐろ包丁やら、ピコピコハンマーやらを造成させて、逃げるヤクザを追尾攻撃させていた……さしずめ『フルアーマー麗子さん・デンドロビウム』である。

ガーグ連中やヤクザどもは、全員悲鳴を上げて転げまわっていた……相当痛かったのだろう。当たり前である。

そして麗子……さすがお金持ちである……

シエやゼルエも、もう形無しだ。麗子の独壇場《どくだんじょう》であった……

そんな感じで麗子のハイな姿を見物する白木、シエ、ゼルエの三人。そうしていると、パトカーのサイレン音が彼方から聞こえてくる……とはいえ、もうあらかた片付けてしまっていた。

……が……


ドガッ！　と倉庫のドアをぶち破り、大型トラックが飛び出してきた！

「麗子！　よけろっ！」

叫ぶ白木。ハッとする麗子。彼女も運動神経は良い方である。ミニガンを投げ出して「トオッ！」と一回転してトラックの暴走から身を躱す。

するとフェルと柏木がそのブチ破られたドアから飛び出してきて、

「おい！　そのトラックを止めろっ！」

『ソのとらっく！　大変なものをツんでいます！　止めてくださイ！』と叫ぶ。

「どうした柏木⁉」と大見も叫ぶ。

「いいから、止めるんだ！」

トラックは最初にブチ破ったバリケードから道路へ飛び出て逃走しようとしていた。

すると……

「わかりましたっ！　止めればよろしいんですねっ！」

麗子が華麗にＰＶＭＣＧにサッと触れ、ＶＭＣモニターを展開。

そして、爆弾マークの描かれたアイコンを……逃げようとするトラックに狙いを定めてプチっと押す。すると……

『あさま山荘事件』で活躍したような巨大破砕鉄球がトラックの真上に造成され、それめがけて勢いよく落下した。

あたりに響き渡るような、なんとも表現しにくいドデカイ金属音とともに荷台が粉砕され、トラックは横転。金属板がモミクチャになるような音と、横倒しで引きずられるトラックの金属摩擦音が和音を奏でてしばし滑走すると……エンジンから煙を噴き上げて停止した。

「よっしゃ！　お手柄！　麗子さん！」

『スバラシイです、ケラー・レイコ！』

麗子を称える二人。

「どういたしまして……ところで柏木さん、あのトラックがどうかしましたの？」

「ええ、行ってみればわかります」

『ハイ、あの「とらっく」には、最低最悪のものが積まれていましタ……』

柏木は少し深刻な表情だ。フェルも同じ。

その言葉に全員が訝しがり、トラックに駆け寄る……

「こ、こりゃぁ……」と大見。メチャクチャ渋い顔だ。

「ああ……俺も現物は初めて見るぜ」と白木。

『チキュウニモ、コレガアルノカ……ユルセン……』とシエ。

『アぁ、こいつだけはあってはならねぇ……』とゼルエ。

「まさか、こんなにたくさん……どうやって……」と麗子。

積み荷は麗子の放った破砕鉄球で道路一面にぶちまけられた。その中身は……

麻薬だった……末端価格にして一〇〇億はいくだろう量の、大量の麻薬だ。

「こんな量のブツが大量に市中へ出回ったら、冗談じゃすまなくなる」

白木が腕を組んで、らしくない渋い顔で話す。

「ああ。この量なら、自治体が一つ滅ぶな……」

大見も同じく眉間にしわを寄せる。

『カツテ、大昔ノ話ダガ、ダストールノ植民惑星ガ、一ツコレデ滅ンダ……コレハコノ宇宙ニアッテハナラナイモノダ……』

シエは、その目に哀しげな表情を浮かべる。

そう言うとシエはトラックの運転席に行き、窓をドガッと蹴り破り、中の運転手の胸ぐらを摑むが……その運転手はとっくにノビていた。

シエは「チッ」と舌打ちすると、その手を離す。

そんなことをしていると、大阪府警のパトカーがサイレン鳴らして群れをなしやってきた。後続には、陸上自衛隊のトラックも随伴している。そう、新設八千矛部隊だ。

「やっとご到着か。ここは俺達の出番だな。おい大見、行こうぜ」

「ああ了解だ」

大見と白木は、到着した大阪府警の『組織犯罪対策部』担当刑事へ話をしにいった。

二人が刑事に安保委員IDを見せると、その刑事は軽く敬礼をしていた。

府警はそこらじゅうに転がる気絶したヤクザや白人を拘束、逮捕。逃げた者もかなりいたようで、緊急警戒線をすぐさま張ったようだ。おそらく今、関西中で検問が行われているだろう。

府警も、その押収した武器と麻薬の量を見てさすがに驚いていたようで、これだけの量のブツを押収するのは前代未聞だという話であった。

その後、柏木達は、中央区の府警本部まで同行して、事情聴取に付き合うが、これに関しては三島の根回しもあって、すぐに終わる。

その時でも、フェルはネイティブイゼイラ人姿だからいいとして、ゼルエとシエ日本人バージョンの事情聴取には、府警刑事もちょっとびっくりしていたという。なんせ容姿だけ見れば、ある意味マンガみたいな日本人二人だ。訝しがられて当然と言えば当然かもしれない。

で、麗子は？　……と言うと、府警が来る前に、フェルが転送装置ですぐに自宅へと転送した。その理由は、今回七人の中で、唯一の民間人が麗子だったからである。

さすがに民間人で、あの行為は色々とあとがややこしいので、あの代執行は麗子を除く六人でやったことにして、彼女はすぐに家へ帰したわけである。

まあフェルやシエ、ゼルエがいれば、どうとでも言い訳はつく。それにあれだけの大手柄を立てさせてもらった府警としても、彼らを無下にはできなかった。

警察では、銃、麻薬、偽札事件の解決が、一番出世ポイントが高いのである……

＊　＊

さてその後、現場検証も終わったりんくうタウンのその土地は、きちんと整備がなされて、集積所の建設が始まった。

イッツジ主導の下、きちんと競争入札がなされ、落札した建設会社が下請けに仕事を依頼する時も、イッツジが見積もりの検査を行い、正当な金額で行われているかチェックするという厳しい業務管理の下、建設が行われた。これは手抜き工事をさせないためである
……これでやっとヤルバーンの外貨獲得事業が軌道に乗ることになる。

その集積所建設地にはイゼイラの技術者も参画し、かなりの高度な施設が建設されているようである。その建設速度もかなり速く、りんくうタウンにはヴァルメが数機定期的に飛来し、ハイクァーン技術で化学処理施設などを３Ｄプリンターのように一瞬に建設していく様子も見られ、りんくうタウンのちょっとした名物にもなっていた……

……柏木はその後、二藤部と三島に官邸へと呼ばれる。

少し知恵を貸して欲しいということだった。

「総理、三島先生、おはようございます」

「よう先生、おはようさん」

「おはようございます、柏木さん」

総理執務室へいつもの調子で顔を出す柏木。

「先日はご苦労さんだったみたいだな、柏木先生」

「いやぁ～、なーんか五辻常務の道楽に付き合わされたみたいで、なんともはやです……いつの間にか私が音頭を取らされてるみたいになっちゃって、たまんないですよ。はは」

柏木は渋い顔をしながらも笑顔で応える。

「ははは、安保委員会じゃ、『七人の安保』やら『七人のメルヴェン』やらという噂もたっていますよ」

わりと映画をよく見る二藤部も笑って応える。

「私としては、『仁義なきナントカ』じゃないかって……あ～いやいや、政府関係者が言う映画じゃないですね」

「え？　私は好きですが、その映画」

「ありゃ、そうですか」

そう言うと三島が、

「だけど、お手柄だったぜ、柏木先生。確かにちょっと無茶かもと思ったが、まさか本物のガーグだったとはな」

「えぇ、私もヤクザのカネ目当てな居座り事件と思っていましたが……武器だけではなく、まさか麻薬まで出てくるとは……それに犯人がアレですからね」

アレとは……巻き舌発音な外国人のことである。

「こりゃ同じようなパターンが日本の他の場所にもあるかもしれねぇ」

「結果論ですが……自治体が対応しなくて良かったのかもしれませんね」

その理由は、自治体が対応し、各地方警察の事件扱いになると、用意周到に証拠を消され、逃げられてしまう可能性があったからだ。

こういう事件の解決は、とにかく時間がかかる。時間をかけるという事は、連中に『考える時間を与える』という事でもある。

二藤部達の話では、あれから城島組にも大々的な家宅捜索が入り、組長以下組員全員逮捕。事実上、城島組は解散状態になったという。

進道会にもマル暴ではなく、公安の手が入り、相当な脅しをかけたという。

このあたりは暴力団と警察の関係で、マフィアのように徹底的に潰すというわけにはいかないのだ。

なぜなら、極道には極道なりの倫理と道理がある。これを潰してしまうと、極道はただの悪党になり、マフィア化する。そうなると半グレのような手がつけられない凶悪な組織に変貌《へんぼう》する可能性があるからだ。

矛盾した話ではあるが、世の悪を凶悪化させないために極道という存在は、非合法ながら必要であったりするのである。

極道とは、表の世界と裏の世界の壁のようなものだ。この壁が崩れるとマフィアとなり、裏の世界が表の世界に流れ込んで善良な市民生活に甚大な影響を及ぼす。

これが日本の、他国の『マフィア』と違う、裏の世界なりのルールなのである。

「そうそう先生、話は変わるけどよ、産廃再生事業の件、報告書読んだかい？」

「はい、なかなかおもしろいアイディアですね。ニーラ副局長ですか？　直接お会いしたことはありませんが、なかなかの方だそうで」

「ああ、なんでも日本人的な容姿じゃ、そこいらにいる女子高生みたいな感じだそうだが、産廃再生のアイディア出したのそのお嬢ちゃんらしいぜ」

「確かにこの事業が成立すれば、日本や世界のゴミ問題も相当改善するでしょうね……ただ……」

柏木は鞄《かばん》から報告書を取り出し、該当するページをパラパラとめくる。

「これですが……あの原発を施設ごと元素化してしまうアイディア。これがちょっと引っかかるんですが……」

柏木は頭をかき、少し悩む。すると二藤部が……

「やはり柏木さんもそこに悩みましたか」

「ええ、このアイディア、日本としては明日にでもやりたい物ですが、今の地球じゃ、色々問題ありますね。悩みどころです」

「今の日本のエネルギー問題を考えた場合、原発依存度を将来的には減らすとしても、そのアイディアがあれば、原発を安全に使うことができるので、願ったり叶ったりな申し出なのですが……確かにその技術を公表すれば、明日にでも日本中の原発を再稼働させることができます」

「ええ。ティエルクマスカのこの技術があれば、原発も全然危険なものではなくなりますが……」

この報告書を柏木が読んだ時、柏木の偏った知識がフル回転した。

その知識が導き出した結果は……

「この技術があれば……核兵器も『使える武器』になってしまうってことですよね？」

二藤部と三島はウンと頷く。三人の見解は一致していた。

もしあの原発で、このティエルクマスカの技術を使い、原発を分解して放射能も簡単にその言葉通り『除染』してしまうことができたら、それは核兵器自体を使える武器にしてしまうということになるのだ。

第二次世界大戦まで、そう、核兵器登場以前まで、この地球世界で世界最強の攻撃力を持つ兵器は『戦艦』であった。戦艦イコール国力と言っても良かった。

後にその座は航空母艦に取って代わられるが、その空母にしても、現在でも国力の象徴とも言える兵器である。なので原爆登場前までは、世界はこぞって建艦競争にあけくれた。

事実、この日本ですら当時は優秀な軍用艦艇を国産する能力が、アジアで唯一あったために『大国』と言われたのである。だが原爆登場以降、世界は弾道弾開発に力を注ぐ。

そして大陸間弾道弾の登場によって、デタント時代が幕を開ける。

広島《ひろしま》や長崎《ながさき》へ落とされた原爆によって、人類は『核兵器とは使えない兵器』だということを知ったのだ。だがその威力は絶大で、『勝者』も作らないが、また『敗者』も作らない。つまり使用した双方が滅ぶ可能性のある兵器ということでもあるのだ。

その『使えない兵器』、つまり今の世界の安定を司る、黙示録世界に登場する神の雷槌《いかずち》のような役目を果たしているのが『核兵器』なのである。

とにもかくにも、その『使えない』原因が『放射能』である。

核兵器のもたらす放射能は、戦争の本来の意味である『敵の制圧と占拠・占領』を不可能にする。そんな兵器は軍事作戦的に兵器として意味がないのである。

敵国を叩き潰して利を得るのが戦争だが、その利を得られない戦争にはなんの意味もない。

すなわち『脅し』にしか使えないのだ。

なので北朝鮮も核兵器を欲しがる。イランも欲しがる。パキスタンやインドは世界の反対を押し切って配備した。

ティエルクマスカの技術は、そんな核兵器を『使える兵器』にしてしまう。

放射能を除染どころか、除去するような技術を原発災害に使えば、世界は……特に核保有国はどういう反応をするだろうか？

下手をすれば、ヤルバーンが原発を解体したその時が、終末世界のカウントダウンになりかねない案件であったりするのだ。

ともすれば、日本がその歴史の歯車を回すスイッチを押してしまうということになりかねない。

世界で唯一の原爆被災国であるこの国がそんなことになれば、それこそ本末転倒もいいところになってしまう。

政情不安な国や、隣の大国がこの事を知れば……である。

かの国々の弾道弾発射ボタンの重さは、自由主義諸国のそれよりよっぽど軽い。なので二藤部も軽率に『それはスゴイ！　ただちにやりましょう！』とは言えないのだ……

……頭の痛い話である……

「柏木さんが私達と同じようなお考えを持っているということは、やはりそういうことなのでしょうね……」

「ええ……しかし今の日本、そこまで考えられる国民がどこまでいるかと言えば、そうはいないでしょう」

「まあそんな話をうっかりしようものなら、野党はすぐやれ、明日にでもやれ、と言いかねません」

「難しいところですね……」

三人はしばし沈黙してしまう……

ティエルクマスカの技術は、世界に対する影響をソレほどのものまでにする物だということを改めて認識させられる。

結局この件はもう少しヤルバーン側と『地球世界の政治的側面』も考慮して協議することとした。当面は、一般産廃やゴミと、放射能濃度が規定値以下である瓦礫の再資源化で事業を進めることにする。先の点については、『ヤルバーンには優秀な放射能低濃度化の技術がある』という程度の発表に留《とど》めることにした……


その後『財団法人ヤルバーン経済協力機構』は株式会社化し……

『株式会社イゼイラ資源再生開発研究機構』

という第三セクターとして正式に発足した。

日本中の国内業者や自治体で処理しきれない産廃が続々と各自治体の収容基地にやってくる。しかも物珍しさもあって、操業開始直後のっけからフル稼働状態である。

麗子さんもウハウハだ。さすが商売人というところか。

慈善事業だけではない。ちゃぁ～んと儲けも頂いてしまう。


さて、この事業、説明すると以下のようなシステムになっている。

一：産廃業者がトラックに産廃、ゴミを積んでやってくる。
二：そのトラックの荷台ごとスキャニング装置にかけて、どういう元素に還元できるか計測する。
三：計測データを顧客に提示し、再資源化できる物などをメニューにして渡す。
四：顧客は欲しい資源にマルを付けて提出。
五：産廃やゴミを、各施設に設置したヴァルメでハイクァーンを利用し変換。
六：マテリアル化した再生資源を、業者は手数料を支払い持ち帰る。
七：マテリアルを持ち帰らない業者からは手数料を取らず、ヤルバーンが必要とする元素を徴収した上で、残りのマテリアルをイッツジを通して世界へ販売。

そんな感じである。

更にこの施設を国民市民に周知してもらうため、業者だけではなく一般にも開放しており、市民らが持ってきた生ゴミや普通のゴミなどを資源化して、３Ｄプリンターのごとくキャラクターグッズなどに形状変換して販売する『物質出力サービス』なども行っており、娯楽施設としても楽しむことができる。

官民と、ヤルバーン―イゼイラ協力してのアイディアであった。

特に『物質出力サービス』は大盛況で、連日ゴミを手に持った家族連れが列をなしてやってくるといったところ。そりゃそうだろう、異星人の超技術を身近に体験できるのだから、誰だって行きますよと。

各自治体では、観光資源化しようと色々考えているようである。

世界からもオファーが殺到し、特に隣のややこしい国の企業は、でかい顔で頼みに来ているという……

当面は、イツツジなどの安保委員会指定業者を通しての取引が義務付けられている。

しかしこれによる『ゴミ回収詐欺』のような犯罪もまた出てきているわけで……人をだまくらかして、貴金属を得られる電子機器などを強引に回収していくようなアホが出てきているという話だが、それもこういう新しいことが始まれば、多少は覚悟しなければならないリスクでもあったりする……困ったものである。

柏木もフェルと一緒にゴミを手に持って、千葉《ちば》県の施設に、視察ついでにやってきていた。で、相当並んで、変換してもらったグッズは……

フェルはブローチで、柏木は『梨《なし》の妖精』のフィギュア……

『マサトサン……ナンですか？　その変なオ人形は』

「いや、今流行なんだけど……」

フェルは、ゆるキャラというものをイマイチ理解していないらしい。

自分は近所のゆるキャラ化しているというのに。

「フェル、でもこれでヤルバーンも日本の貨幣や海外の貨幣を入手できるようになったね」

『ハイです。とても嬉しいですネ。これで得た「ガイカ」は、とりあえずヤルバーン行政府が保管して、きちんと貯《た》めてから乗務員に支給することにしますヨ』

「ああそうか、ヤルバーンにはハイクァーンがあるから、給与という感じで支給しても意味ないもんな」

『ソういうことですね』

「いいなぁ〜イゼイラは……そういう点、給与の心配しなくていいもんな〜」

『ソウデスねぇ〜　確かにその点は言えていると思いまス。なので今、ヤルバーンでも新しい企画が持ち上がっているのですヨ』

「ん？　どんな？」

『ヤルバーン乗務員を貨幣経済へ慣れさせるために、日本円だけを使える「オミセ」……国交祭のようなものを常時行えるショップをいつでも開けるようにしようっていう計画が持ち上がっています。そこでヤルバーンに来たニホン人の方に、手作りのものを販売しようという計画でス』

フェル達は、国交祭で行われていた物々交換ショップを日本円という貨幣を使ってやろうというのだ。それでこういった貨幣経済社会での『オカネ』の重要性を学ばせようということだそうだ。

「おお！　それは面白いな。是非やったらいい」

『ハイです』

そんな話をしながら、柏木は施設にある喫茶店に入る。

喫茶店内はフェルがやってきたと、一時騒然となる。

「ははは、ここでも有名人だな、フェルは」

『モウ慣れましたでス。ウフフフ』

ウエイターにコーヒーセットを頼む柏木。フェルは、ホットレモンティーとチーズケーキ。柏木はコーヒーをすすりながら……

「そうそうフェル、捧呈式の時、約束していたことだけど……来週ぐらいに行こうか」

『エ……？』

「ほら、一緒に旅行に行こうって言ってただろ。やっとホテルの予約とれたよ、ちょっと待たせたけどな」

『ア！　そうでしタ！　……ハイです！』

メチャクチャ嬉しそうなフェル。

「おいおい忘れてたのかよ……ははは、まぁあの時のフェルはモード変わってたからなぁ」

『ア、ソ、そんなことないデスヨッ。ちゃ～んと覚えていましたヨっ』

「はいはい、わかりました。そうですね、ははは」

『デ、で、マサトサン！　どこに連れて行ってくれるのデすか!?』

「それはね……まぁ俺の思い出のある場所でもあるんだけど……」

城崎にて

『城《き》の崎《さき》にて』

志賀直哉《しがなおや》の著名な短編小説である。

東京山手線の電車にはねられた『自分』という存在が、養生のために兵庫《ひょうご》県の城崎《きのさき》温泉を訪れ、そこで見る事象に死生観を感じる作品であるが……

ある人物は、小学生だか中学生だかの時に、その作品を学校の宿題で読まされた時、のっけから、

「いや、どーやったら山手線にはねられるんだよ……」

やら、

「いや、東京で怪我して養生に行くなら、箱根《はこね》や熱海《あたみ》でいーじゃん」

やらと……日本の大文豪の書かれた恐れ多い作品に、妙な能書きを垂れてクレームを入れていたわけであるが、その変な屁理屈《へりくつ》を垂れていた人物こそ……

我らが政府特務交渉官『柏木真人《まさと》（37）』の幼き時代なのである。

まだ青きクソガキ時代、こういうひねくれた考えは誰しも持つものである……多分持つ……持つだろう。

こんなのが『関西造形芸術《かんさいぞうけいげいじゅつ》大学』なる学校へ進学し、芸術とやらを学ぶわけであるか

ら、何か間違っていると思わないでもない……いや、それ故に進学できたのか？　という話もあったりするのだが……


　ということで千葉の新設産廃再生集積地の喫茶店での話……

　柏木が捧呈式の時に言った『旅行に行こう』という話。

　目を輝かせてフェルが言う言葉。

『デ、で、マサトサン！　どこに連れて行ってくれるのデすか!?』

「それはね……まぁ俺の思い出のある場所でもあるんだけど……」

　ウキウキして聞くフェル。

「オオサカの隣に『ヒョウゴケン』という自治体があるんだけどね、そこの北部地方に『キノサキオンセン』という温泉地域があるんだ。そこに行こうかと思ってるんだよ」

『？　キ・ノ・サ・キ・オンセン？？』

「うん、『温泉』ってフェル、わかる？」

『オンセン……オンセン……』

　フェルはＶＭＣモニターをピコっと造成し、チラチラと検索する。

『エっと……地中の熱で熱せられた地下水……のことですカ？』

「端的に言えばそうだけどね。日本ではその熱せられた地下水を利用して、大きなお風呂にして入る娯楽があるんだよ」

『オフロですか！　大きなオフロ……大きなオフロ……』

フェルの脳内では、ポワ～ンと、柏木の家にあるものの二〇倍ぐらいの風呂桶《おけ》に入ってウフフしているフェル自身を想像する……

『大きなオフロ……いいですねぇ～……そんなのがニホンにはあるですかァ……』

フェルも風呂は大好きである。と言うか、柏木の家で初めてその素晴らしさを知った。

と言っても、フェル達には衛生カプセルに入るという習慣があるので、どうも風呂の方はリラックス空間のような意識があり、体を清潔にするというイメージはあまりない。

柏木の家でも、フェルが風呂に入っている時は『ア～……』やら『フゥ～……』やら『ウ～ン……』やらと、やたらめったら艶めかしい声を遠慮なしなデカイ声で唸り倒すので、結構、男としてはヤバイ状況があるわけだが……

まあそういうのもあって、『温泉』なるものを日本調査の一環として、フェルに体験させてやろうと考えたわけだ。

「まっ、ちゅーわけでフェル、来週は空けといてね。三泊四日で旅行ですから」

『ゼッタイ空けるですヨ。何があっても空けるデス。ガーグが来ても知らないフリ……』

「い、いやフェル、さすがにそれはマズイ……」

と言う柏木も、もし重大な予定が入ってしまったら、多分その時点で死んでるだろうと思ったりもする……

＊　＊

　ということで、柏木はその日を休業にするという旨を、執務室から各関係方面にファックスで流す。最近は本業の方もなんとかできるようになってきたので、軽めのネゴシエーション的な仕事なら、依頼をこなしている。

　従ってこれをしておかないと、プライベートな時間でもガンガンと電話をかけてくる得意先もいるので大事なことなのである。無論、大見や白木、麗子に真壁、山本といった安保委員会の仲間にも流しておく。ヤルバーンの方には、ヴェルデオやシエ、ゼルエ、ポルにリビリィにもPVMCGでメールで送っておく。

「ま、こんなとこか……」

　……すると、ファックスを流し終わった途端、電話がかかってきた。

「はい柏木です」

『どうも、柏木さん。五辻ですわ』

「ああ、麗子さん、先日はお疲れ様でした」

『いえいえ、こちらこそ大変有り難うございました』

「どうです？　麗子さん、りんくうの方の施設、うまくいっていますか？」

『はい、おかげさまで。連日満員御礼でございますわよ。みなさまの奮闘あってのことですわね、オホホ』

「ははは、そうですねぇ……まあ結果的にはうまくいったわけですから」

『そうですわね、有り難い事ですわ……それはそうと柏木さん、フェルフェリアさんと、ご旅行だとか？』

「ああ、ファックス見てもらえましたか？　とまぁそういうことですので、その期間は臨時休業させてもらいますよ」

『なるほどなるほど、で、どちらまで？』

「兵庫県の城崎温泉まで行こうと思いまして」

『あらあら、えらく遠出なさるのですわね。で、どちらにお泊まりなのかしら？』

「え？　どうして？」

『どうしてって？　決まってますわよ、「緊急連絡先」を教えていただきませんと、オホホホ』

「ああ、そうか、そうですね……えっと、ちょっと待ってくださいね……え〜城崎温泉ホテル金……」

柏木は城崎で有名な大型観光ホテルの名前と住所と電話番号を麗子に告げた。

『ああ、あそこですか、いいところじゃないですの。ホテルの施設で……確か遊園地のような場所もあるところでしたわね』

「知ってるんですか？」

『そりゃあわたくしですわよ？　日本中の観光施設は、ほとんど回っておりますわ』

「あ、そうか、そうですよね」

……さすがお金持ちである……

『ハイ、わかりました……ではごゆっくりお楽しみくださいな』

「すみません。少しの間ご迷惑おかけしますが」

『いえいえ。ではどうぞごゆっくり、ごきげんよう』

そんな感じで、関係者に予定を周知させる。

（さて、あとは総理と三島先生か……）

それから、総理執務室へ。多分、二藤部はいないと思うので、秘書さんにでも書類を渡しておくかと思っていると……

「よお、先生どしたい」

「ありゃ、三島先生、どうしたんです？」

「どうしたもこうしたも、総理帰ってくるの待ってるのよ。もうすぐ帰ってくると思うけど、なんか用かい？」

「ああ、いえ、これを渡しておこうかと思いまして」

「ん〜？　……おう、これな、ははは、やっと行けるようになったか」

「ええ、なかなかホテルの予約が取れませんでして、やっとです」

「そうかそうか。じゃぁ、ちょっと待ってな」

「え？」

そう言うと三島はそそくさと総理執務室を小走りで出ていき……すぐに戻ってくる。

「ほいこれ、持って行きな」

そう言うと、分厚目の紙袋を手渡される。

「え！　これって……いや先生、こりゃあマズイですよ……受け取れないっすよぉ……」

「いいんだよ、こっちでちゃんと処理しとくから、な、持ってけって」

「いやいやいやいやいや」

その紙袋を押したり返したり。

「あのな先生、おめーさん一人じゃねーんだからよぉ、フェルフェリアさんが一緒だろぉよぉ、男の甲斐性《かいしょう》ってのもあるんだぜ、おまけに相手は外国の議員さんでＶＩＰさんだろぉよぉ、先立つもんいるって……な、持ってけって、必要経費だ必要経費、んな心配しなくていーから」

「あ～……そうですかぁ？　……じゃぁ遠慮なく……すみません三島先生」

深々と頭を下げる柏木。こういう遠慮なやりとりはお約束である。この場合、受け取らない方が相手のメンツを潰してしまうのでバツが悪い。

しかしコレ……ここだけの内緒の話であったりする……まあしかし、そこらへんはうまくやってるのだろう……領収証はいらないらしい……

というわけで餞別《せんべつ》……じゃなくて官房機密ナントカをもらった柏木。

結構な大金であったりする。

そんなこんなで、近々の仕事を済ませ、帰宅する。

フェルは旅行が待ちきれないのか、まだあと二日もあるのに、もうキャリーバッグへ自分の荷物を詰め込んで、キチンと用意していた。

そして何回もパンフレットを見たのか、結構な年季が入ってしまっている。

『マサトサン』

「はい？」

『コのあいだ、この「キノサキ」という場所、思い出の場所って言っていましたけど、マサトサンは行ったことあるのですカ？』

「うん……と言っても、もう二十云年も前の話だけどね。俺の親に連れて行ってもらって、初めて『ホテル』っていうものに泊まったのがそこだったんだよ」

『ソうなのですカ……ウフフフ……早く明後日にならないかナァ～♪　ウフフフ』

「ははは、そんなに楽しみなんだ」

『モチロンでス。そのオンセンというオフロをとことん調査しますヨ』

ウキウキのフェル。

『マサトサン、で、参考までにお聞きしたいのですガ、どういうルートで、そのキノサキまで行くのですカ？』

「それなんだけどなぁ～　悩んでるんだよ、実は東京からだと結構かかるんだよなぁ……」

『ト、言いますト？』

「うん、東京駅から新幹線で新大阪まで……ざっと二時間半だろ？　で、新大阪駅からJ

R特急に乗って、二時間五〇分……で、諸々含めて六時間ぐらいかかるからなぁ……」

『結構かかるですネェ……』

「まぁね、でも、今回はそのコースでは行かない」

『転送装置使うのデすか？』

「うん、伊丹《いたみ》空港に指定転送ポイントがあるから、そこへ行って……ちょっと寄りたいところがあるから、そこに寄ってからね」

柏木は少しほくそ笑む。

『？』


そんなこんなで、アッという間に二日後……

朝の六時に家を出る。

フェルは待ちきれなかったのか、昨日は宵の口から寝てしまい、朝四時起きであった。

その間、荷物を三回チェックしたらしい……いや、荷物忘れてもＰＶＭＣＧで造成すればいいだけではないかと思ったりもするが……

「さて、行きますか」

『ハイです』

ニコニコなフェル。彼女の服装は、春とはいえまだ肌寒いため、薄めのセーターに細身のジーンズ。その上から軽めのジャケット。日本の服装であったりする。

そして今日は、翼のように広がる件の特徴的な羽髪をキャップ帽を被って後方でまとめ、伊達《だて》メガネをかけている。

これはフェルがやはり有名人でもあるので、容姿的に軽く目立ってしまうため、ちょっとした変装である。まあこれで普通のイゼイラ人っぽく見えるかな？　……ってな感じ。

柏木はジャケットにカジュアルYシャツ。下はジーンズ。

こういう格好をするのも久しぶりだ。というわけで柏木とフェルはキャリーバッグを転がしながら家を出る。マンション屋上に行き、転送。一旦ヤルバーン日本治外法権区へ。

ヤルバーンのフェルの家で朝食を摂《と》った後、転送カウンターへ赴き、さらに転送、伊丹空港転送ポイントへ到着する。

それまでの所要時間、六〇分。ヤルバーンでの朝食と所用の時間で五五分程とったので、実質、たった五分である……東京、しかも自宅から大阪伊丹空港まで五分である……これがヤルバーン―ティエルクマスカの技術だ。

本音を言うと、東京駅から新幹線に乗って、新富士《しんふじ》を通過する時に見える富士山をフェルに見せてやりたいと思っていたのだが、それを捨ててでもフェルを連れて行きたいところがあったので、今回はこういう手段をとった。

転送装置を使用した『国内移動』は、実のところ日本の一般国民にはまだ許可されていない。無論それは日本の交通機関各社への配慮である。

なんせ日本じゃ、リニアモーターカーで名古屋~東京間が将来四〇分とかで沸いている時に、ヤルバーンの転送装置を使えば、伊丹~東京間が数秒である。

そんなものを一般国民が使った日にゃぁどうなることかという話だ。

その気になれば、東京~ニューヨーク間も数秒だ。日帰りどころか東京から「あ、ちょっとティファニーで朝メシでも食ってくるわ」ってな感じで行けてしまう。

日本人で、転送装置での移動を許可されているのは、対策会議メンバーと、安保委員会メンバー、そして許可を受けた政府職員、政治家、その他国民のみである。

柏木の場合もまぁ……言うなれば職権である。だが『職権乱用』ではない。なぜなら、朝食を摂ったのは、『フェルのお家』だからだ……そう、フェルが家に帰っただけの話である。それに柏木が付きあったのだ、うん、なので正当なのである……なかなかやることが役人の作文のような屁理屈である。

『イゼイラ重要人物の引率等に鑑み、迅速な移動を要するため、諸般の事情等諸々の懸案事項を踏まえた上で転送装置を利用した移動を効率的かつ限定的に行い、東京から大阪まで迅速に行動し、件の人物の福利厚生案件を円滑に進行させるための……云々』

だが柏木としてもなかなか面白かった……実はフェルのヤルバーンの自宅へ行ったのは、今回が初めてだった。

フェルが自宅へ招待するなり……いきなり何か『ハッ!』と気づいて、慌てて自分の書斎らしき部屋へ飛んでいき……

『今、入っちゃダメです！』

と、なんか勝手に騒ぐ。何をしてんのかと思えば、机に飾ってあるデッカイ柏木のホロプリントを慌てて片付けていたのだ。

でも……日本で購入したというベッドも、なぜかダブルベッドだったりするので隠す意味があまりなかったりする。

なかなかに、所謂『女の子』らしい部屋で、色々と日本で買ったぬいぐるみなどで飾られていたり、日本の放送を見るためのテレビが置いてあったり……しっかり今流行の第四世代ゲーム機も置いてあったりと、まるで日本人の部屋のような感じだった……

……と、そんなやりとりもあってので、ヤルバーンのフェル宅で朝食を摂った後、転送装置を利用して伊丹空港に到着した。

伊丹空港は今や、ヤルバーン転送ポイントに指定されて以降、とても活気づいている。

一時期は閉鎖するだのしないだのとモメまくっていた空港だが、ヤルバーンの転送ポイントに指定されてから、一瞬にしてそんな不協和音は消え去ってしまった。伊丹空港でも、今や普通にイゼイラ人やら他の種族やらを見かけることができる。そこから飛行機に乗って、いろんな地方へ出かける者もいるようだ。空港カウンターにいたイゼイラ人を見て、

「なぁフェル、あの人達、なんで転送装置で他の場所に行かないんだ？」

『それは「ヒコウキ」という乗り物に乗ってみたいからデスよ』

「そうなのか？」

『ハイ、フィブニー効果で飛ぶ乗り物が珍しいのでスよ』

『フィブニー効果』というのは、イゼイラ科学用語で、地球で言う航空力学上の『揚力』の事だ。

ちなみに以前フェルに聞いた話によると、デロニカやヴァルメなどが飛行する場合、通常空間では『空間障壁』『空間振動パルス』という素人が聞いてもなんのこっちゃわからない効果で空を飛んだり、浮いたりできるらしい。ヤルバーンも『斥力《せきりょく》物質生成技術』という、それらの延長線上にある技術で、いつまでも空に浮いていられるということだそうだ。

「所変われば品変わるってか……へぇ～……フェルも飛行機乗りたい？」

するとフェルは顔色をムっと変えて、

『ゼ・ッ・タ・イ・嫌《や》で・スぅ～～～～～』

と口を尖らせてプイと横を向いてしまう。

「えええええっ？　なぁんで？　フェルもデロニカとか乗ってきたじゃん」

『デロニカは飛ぶ原理がわかってるからいいのデす。デモ、地球のヒコウキでスけど、あんなデロニカみたいな大きさのものがフィブニー効果だけで飛ぶなんて、アぶなっかしくて見てられないでス！　止まったら落ちちゃうじゃないですカ！』

「いや、まぁ、そりゃそうだけど……ははは」

旅客機がフィブニー効果で飛ぶという理屈はわかっていても、そんな不安定な原理で飛ぶ物に喜んで乗る人の気が知れないとフェルはおっしゃる。

実はフェルの言う事もわからなくはない。実際地球人もなんで飛行機が空を飛ぶのか、完全にはわかっていないのだ。揚力で飛ぶという理屈や、ベルヌーイの定理だの作用反作用の法則だのと、そんな理屈のほんの一部でまだ解明できていない部分もあるらしい。

実のところ『飛行する原理』というものは完全に解明されていないのが地球科学の現実である。フェルから言わせれば、飛行機イコール絶叫マシンと同義なのだろう。シエなんかは全然平気だったのに……まあ離陸時のGにしかめっ面はしていたみたいだが……

「そんなこと言わずに一度乗ってみなよぉ、大丈夫だからさぁ……」

『エエエェェエエエエ………マ、マサトサンが一緒ならいいですヨっ……』

マサトサンが一緒なら、フィブニー効果への不安も消えるそうだ……

そんな話をしながら『大阪モノレール・大阪空港駅』へ。

フェルとしても、こういったプライベート全開な時を過ごすのも久しぶりなので、飛行機の話にしても、いつもとはまた違った『局長』や『議員』という自身の立場を忘れた普通のフリュの姿を見せていた……それにしても、フェルであるかどうかは別にして、周りの日本人はやはりイゼイラ人となると、どうしても目線をチラチラと。おまけに付き添うのが日本人で極めて親密っぽいので余計にそんな感じである。それでも最近はそんな視線もあまり気にならなくなった。

フェルはモノレールが珍しいのか、席には座らず、立って外をずっと眺めていた。

何かキョロキョロしている。

窓に顔をムニュっと押しつけ、下を見たり上を見たり……トテトテと運転席まで行って、口を尖らしながらジーっと運転手を凝視したり……挙句にPVMCGを操作して、何やらデータを取っているようだ。フェルさん色々と珍しい様子。

柏木は思わず笑ってしまう。まあ、別に人様に迷惑をかけているわけでもなさそうなので、いいんじゃないかと。

そしてモノレールがある場所に近づくと、フェルは段々と顔色を変えた。

柏木はニヤニヤとニヤついている。

顔色を変えて、トテトテと柏木の下へ戻ってくるフェル。

『マサトサンマサトサン！』

「はいはい」

『ア……あの、もしかしテもしかして……この場所って……』

「ははは、気がついたかい？」

『エ！　じゃあやっぱり！』

「ああ、ここはね……」

そう、『大阪府豊中《とよなか》市・千里中央』だった……

モノレール『千里中央駅』を降りる二人。そこから、あの商業施設へと歩く。

『アア……ココは……』

フェルも忘れはしないその場所。直接行ったわけではないが、ヤルバーンのヴァルメコントロールルームでモニター越しに見たその風景。

当時は人っ子一人いなかったこの場所だったが、今は普段通りの人で賑《にぎ》わう。

ちょうど出勤時間なので、少し向こうにある大型高層マンションから出勤する人達がモノレール駅の方向へ歩みを速めている……フェルは地方物産展などがよく開かれる広場まで走り、上へ下へその風景をぐるりと見回す。すると柏木が、

「フェル、ちょうどこのあたりにフェルの操っていたヴァルメが降りてきたんだ」

『ハイ、そうです……そして……あのフリュの方を……』

「はは、そうだったね……まぁそれはもういいじゃないか」

『エ？　……えぇ、もう今は懐かしい思い出デスね』

フェルもニッコリ笑う。

「で、ここで俺は空き缶を投げて……あの瞬間が今に繋がってるんだよなぁ……」

柏木は、空き缶を投げるポーズをしてフェルに見せる。

『ソウですねぇ……』

フェルも何か感慨深げ。そう言うと彼女は柏木の腕をキュッと取ってきた……

「ん？　おりょ？　……」

柏木は何かのプレートを発見する。それに近づくと……

【ファーストコンタクト記念碑・人類が異星人と初めて接触した場所】

などと書かれていた。そこにはヴァルメの彫り物も刻まれている。

「ははは！　ちゃっかりしてるなぁ」

柏木が、今回の旅行でこのコースを取ったのは、これが理由だった。

フェルと事実上、初めて出会ったこの場所に彼女を連れて来たかったのだ。

そんな少し前の、でももう随分昔のように感じるその時の思い出にふけっていると……

「あの……すみません……」

誰かが柏木を呼ぶ。

「え？　……はい？」

その方向を振り返る柏木。すると……

「……………ああ！　やっぱり！」

その声の主は女性だった。下階コーヒーショップ店員の制服を着ている。

「ああっ！　……も、もしかして！……」

柏木も、ハッと思い出す。顔まではっきりと覚えていないが、その特徴的な制服に見覚えがあった。更に……

『アア……あなたハ！　……』

フェルは、はっきりと見覚えがあった。そう、あの柏木とヴァルメが対峙した時、その前にフェルが目をつけてしまった女性だった。

「やっぱり！　……今バイト仲間から、イゼイラ人さんと一緒に男の人が上の広場にいるって聞いたんで飛んで来てみたら……アハハ、やっぱりそうやった！」

その女性は嬉しそうに関西弁で話す。そして柏木の腕を無理やり両手で取り、ブンブンと上下に振る。

「で、コッチのイゼイラ人さん……もしかしてフェルフェリアさんとちゃいますか？」

伊達メガネをかけてるとはいえ、金色の目をしたイゼイラ人と言えば、彼女しかいない。

『エ？』

フェルは柏木の顔を見る。すると彼は、コクンと頷く。

『ハ、ハイ、そうでス……』

「あー、やっぱり！　ウチ、ファンですねん。握手してください！」

『ハ、ハァ……』

……ということで、その女性は自分の働くコーヒーショップへ二人を連れて行く。

そして彼女と色々話した。無論、あの時、あの日のことだ……

彼女の名前は、櫻井《さくらい》真澄《ますみ》と言うそうだ。名刺を貰った。

千里中央からは少し離れた〝関西総合大学《かんさいそうごう》〟の学生さんで、アルバイトとしてこの店で働いているらしい。柏木とフェルも名刺を渡した。

「へぇ～、柏木さんって政府のお仕事してはるんですかぁ……」

【内閣官房参与　政府特務交渉官】という肩書の付いた名刺を見て、櫻井は感心する。

「ええ、まあ、非常勤ですけどね」

へぇー、ほぉー、と感心しきりの櫻井。

「あの時のことですが、警察の方から聞いたのですけれど、あのあとすぐに警官隊を呼んでくれたのはあなただったそうですね、その節はありがとうございました」

「いえいえ、アタリマエのことしただけですわ、お気になさらずに」

手をピラピラ振って話す櫻井。

「フェルもあの時のことを話してさしあげたら？　これもメルヴェンさんのお引き合わせかもしれないよ……フェルもこれで気持ちの整理がつくんじゃないか？」

メルヴェン……イゼイラでは『愛と友情の創造主』である。

『ハ、ハイ、そうですネ……ケラー、いえ、サクライサマ……』

「はい？」

『実ハ……』

フェルは櫻井にあの時のことの詳細を話した。

ヴァルメ……当時はベビーヘキサの名前で呼ばれていた飛翔物体を操っていたのは自分

だったと。そして櫻井をヤルバーンへ転送しようかどうか悩んでいたこと。

その踏ん切りがつかずにいた時、柏木が櫻井を助けたこと。

「へ!? ……そ、そうやったんですか！」

『ハイです……あの時は本当にご迷惑をおかけしましタ……なんとお詫《わ》び申しあげたらよいカ……』

「お詫び？　何言うてはりますのん、お詫びやなんてそんな……確かにあの時はかなりビビリましたけど、あれから家に帰って、なんかメッチャわくわくしてきて、もう友達に話しまくりましてん、おまけにあのＵＦＯを操ってたのが、大ファンのフェルフェリアさんやったなんて、むしろ驚きと感動ですわぁ」

『エ？　……』

「しっかし、そんなことやったんなら、もうちょっと頑張っときゃ良かったなぁ……もうちょっと気合入れて頑張っとったら、ヤルバーンに一番先に行けたん、私やったんやなぁ……ヘタレやなぁ私……」

なんか腕を組んで唇を噛《か》み、わけのわからない後悔をする櫻井。

ポカンとするフェル……今まで悩んでたのは一体なんだったのかと。

「……ククク……ハハハハ」

思わず噴き出す柏木。彼女のヘタレ具合で、結局フェルとこんな関係になったのかと思うと、笑わずにはいられなかった。

『……ウフフフ、そうですねサクライサマ、ウフフフ』

フェルも思わず笑ってしまった。

……運命とはそんなものだ。

もし彼女がもうちょっと気合入れて頑張って、ヤルバーンに行っていたら、ファーストコンタクターの誉《ほま》れは彼女のものになるはずだった。もしかすると柏木は、今もずっとビジネスネゴシエイターとして働き、山本と会うこともなく、二藤部や三島と知り合うこともなく、そして……フェルやリビリィやポル、シエやゼルエやヴェルデオとも知り合うこともなく……何より、フェルと体を許し合う関係になるようなこともなかった。

無論、フェルもそう思っていた。何か不思議な縁を感じながら、ニンマリするフェル。

フェルはそんなことを思うと、櫻井の前でおもむろにVMCモニターを展開し、監査局局員を呼び出す。

そして、イゼイラ語で何かを話し、フェル達の座るコーヒーショップのテーブルに何かを転送させた……

ピカッと光るそのさまに、櫻井は腰を抜かす。店にいた客や、櫻井のバイト仲間も腰を抜かす。

そしてテーブルに転送されてきた物は、綺麗な箱に入った民生用PVMCGだった。

『サクライサマ、もしあの時、貴方がヤルバーンに来ていたら、これをお渡ししていたでしょウ。なので今、あの時のお詫びの意味も込めて、コレを貴方に差し上げまス』

「え？　……え？　これって、もしかしてヤルバーンに招待された人が、イゼイラ人さんと交換してもらったって噂の？」

動画投稿サイトなどで、ヤルバーン招待客が嬉しがってＰＶＭＣＧの動画をアップしていたのを櫻井はよく見ていたので、これがどういうものか彼女は知っていた。

『ハイ、貴方と私がお友達になった証ですヨ』

「うわぁぁぁぁぁぁ……ほんまにぃ？　……メッチャ嬉しいです！　……やったぁ………」

櫻井にとっても、今日この日は最高の一日になったようだ。

「フェル、良かったな」

『ハイです……マサトサン、アリガトウです』

「え？　何が？」

『ココに連れてきてくれたことでスヨ……』

「はは、そうか」

そんな二人をチラチラ見る櫻井。

「え？　え？　もしかして柏木さんとフェルフェリアさんて……」

柏木は片目を瞑ってシーというポーズ。櫻井はデヘへな目線。

「じゃ、私達はそろそろこの辺で……」

柏木が席を立つ。

「え、もう行くんですか？」

「すみません、もっとお話ししたいんですが、時間があまりなくて……これから新大阪まで行かなきゃならないんですよ」

「そうですかぁ……もっとお話ししたかったけど、しゃーないですね」

「ははは、貴方も仕事があるんじゃないんですか？」

「あ、そやった。アハハ……」

フェルは櫻井にＰＶＭＣＧの使い方の基礎と、マニュアル表示モードを教える。

そして、すぐ腕にはめさせてバイタル登録。ヤルバーン招待客にも教えた注意事項を教えた。これは大事なことである。

櫻井もそんな代物なら、家に帰ってから色々やってみるという話。

彼女も今後はこのＰＶＭＣＧを存分に使って、学業に卒論に就職活動にと活用していくことだろう。


櫻井は店の玄関で、二人が見えなくなるまで見送っていた。

広場の階段を上り、再度振り返り手を振る柏木達。二人は『北大阪急行千里中央駅』の方へ向かって歩く。

「フェル、偶然とはいえ、良かったじゃないか」

『ハイ、何か胸の奥の奥につっかえていタものが取れたような気がしますス……旅行に来て、とても良かったでス』

なんとなく清々《すがすが》しそうなフェル。

「おいおい、まだまだこれからなんだぞ、ははは」

『ウフフ、そうですネ』

そんな話をしながら日本でも珍しい構造の鉄道駅、千里中央駅に到着。

千里中央駅は地下にある駅だが、半吹き抜けのような構造になっており、その上階両脇に食堂街が駅の長さに比例して並ぶという変わった構造をしている。つまり、食堂街から駅構内や電車の天井を拝めるのだ。

二人は切符を購入し、北大阪急行電車に乗る。

北大阪急行は、大急電鉄と大阪府が出資してできた三セク会社で、その路線は【千里中央】―【桃山台《ももやまだい》】―【緑地《りょくち》公園《こうえん》】―【江坂《えさか》】までである。これ以降は『大阪市営地下鉄御《み》堂筋《どうすじ》線』に管轄が切り変わる。乗り入れと言うよりは、大阪市営地下鉄御堂筋線の延長路線で、江坂以降を別会社にしている感じの路線だ。

江坂の次は東三国《ひがしみくに》、その次が新大阪である。

電車に初めて乗るフェルは、これまた席には座らず、窓の外をずーっと眺めていた。

こういう乗り物から見える風景が楽しいのか珍しいのか、時たまＰＶＭＣＧを作動させて、何やら色々とデータを取っているようだった。

……しかし大阪の鉄道に乗って外の景色を眺める異星人がいる風景というのも、これはこれで珍百景であったりする。

ということで新大阪駅へ到着……新大阪駅ともなると、イゼイラ人の姿もチラホラ見受けられるようになり、駅の大型お土産店でも虎の球団ブランドのたこ焼き味のお菓子などをぶら下げたイゼイラ人もいたりする。

虎縞《とらじま》模様のメガホンを買っているイゼイラ人もいたり……何に使うのかわかってるのだろうかと。

フェルも口を尖らしながら辺りをキョロキョロと、それはもう物珍しそうに見回す。完全に田舎者モードになっていた。

『マサトサン、この「エキ」は人が多いですネ』

「うん、オオサカで一番いろんな地方の人が集まる駅ですからね。はぐれないようにね」

『ハイです』

フェルは柏木の腕をしっかり取り、テクテクと歩く。

「今日のお昼は電車の中になりそうだなぁ……弁当でも買っていくか」

『エキベンというものですネ』

「お、よく知ってるなフェル」

『ちゃァ〜んと予習済みデス』

エッヘンと胸を張るフェル。ということで弁当を買う二人。

柏木はサンマの棒寿司《ぼうずし》にお茶。フェルは……カレーライス弁当にレモンティー……

「フェル……ま、まぁいいか……」

苦笑いな柏木。なぜなら今日は金曜日だからだ……金曜日の義務である……

レジ袋を持って福知山《ふくちやま》方面のホームへ。そこで特急が来るのを待つ。

しばし待つと特急電車が到着。今回は奮発してグリーン車である。

『はりゃぁ～このデンシャの座席は、今までのモノと違って豪華デスねぇ……』

「グリーン車っていう等級なんだよ。一番いい車両なんだ」

『ヘェ～……』

フェルを窓際の席に座らせてやる。

イゼイラには、こういった鉄道のような大量輸送可能な陸上トランスポーターがないそうだ。普通なら未来社会の構図……と言うと柏木世代なら、チューブの中を走る鉄道っぽいものやらを想像しそうだが、イゼイラにはそういうものがないらしい。

大阪モノレールの時から珍しそうにアッチ行ったりコッチ行ったりしていたのは、『鉄道』自体を見たことがないので、珍しかったからなんだとか。

そんな話をしていると、特急は新大阪を発車する。その時点で、もう一二時を回っていたので、さっそくお昼にする二人、先程買った弁当を開けて食べる。

無論フェルは大好物のカレー弁当なので文句なし。

柏木の棒寿司も一口食べて、気に入っていたようだ。

『モグモグ……マサトサン、この「デンシャ」というトランスポーターは電気モーターで動いてるデすよネ』

「ああ、そうだよ」

『見たところ、エネルギーバンクのような物が見受けられないのですが、エネルギーソースはどこに積んでいるのデスか？』

「駅のホームで、電線みたいなのが張ってあっただろ、あそこからこの車両の天井についている接点装置みたいなので、電気をもらって動いているんだよ。さっき乗った電車や、モノレールも同じ理屈」

『ナルホド、独立したエネルギーソースで動いていないのデスか』

「この車両はね。まあ自動車みたいな内燃機関で動いているのもあるよ」

柏木はディーゼル機関車や、蒸気機関車のような物もあると教えた。

『ス、水蒸気で動くですか？　ウソデすぅ～～～』

そんな湯気で動く機械があるものかと訝しがるフェル。

「え？　イゼイラには蒸気機関の歴史はないの？」

『ハイ、ないでス。ジョウキで機械が動くわけないでス』

信じようとしないフェル。ここでも柏木は違和感を覚える……

（いや、自動機械の歴史で、この蒸気機関を通らないはずはないと思うんだけどなぁ……）

『どうしたデスか？　マサトサン』

「ん？　あ、いやいや……」

そう言うと、柏木はＶＭＣモニターを作動させ、蒸気機関車Ｄ51の画像をネットで呼び出して、フェルに見せる。

「フェル……イゼイラの歴史で、これに似た乗り物のデータはないの？」

『ウ～ン……ナイです』

「そうか……」

そもそも、鉄道のような乗り物自体がイゼイラ史にはないという。

イゼイラ史の最初の大量輸送できる自動機械としての乗り物は、のっけから航空機だったそうだ。それ以上はよくわからないという。

（最初から航空機って……変わった工学史を持つ文明だなぁ……）

『マサトサン』

「ん？」

『ソの、「ジョウキキカンシャ」という乗り物の動力機構、今度機会があれば調べさせてもらえマすか？』

「ああ、わかったよ。そうだなぁ、どこかの交通博物館にでも行けば日本じゃ普通に見れるんじゃないかな」

フェルも柏木の話に興味を持ったようで、調べてみたいらしい……

……そんな話をしていると、時間も早く過ぎるもので、特急電車は福知山線・福知山駅停車後、山陰《さんいん》本線へ入る。

「この近くに、大きな自衛隊の基地があるんだよ」

陸上自衛隊・福知山駐屯《ちゅうとん》地である。関西の自衛隊基幹駐屯地だ。関西のベビーヘキサ騒動の際も、ここから自衛隊が出動していった。

フェルはそれ以降は、窓から見える豊かな緑の山々や河川に目を見開いて感動していた。

『マサトサン、綺麗な景色でスねぇ～……』

「はは、そうだろ。この辺りはこういう景色がずっと続くからね」

山陰本線、円山川《まるやまがわ》沿いに続く山々や河川の景色はいいものである。

フェルにはさすがに理解できないだろうが、自動車メーカーの古いロゴを掲げた商店や、たまに見えるとても古い蚊取り線香の看板を掲げる家、不自然なほど綺麗な店の横に、メチャクチャ古い商店が同居する町。

発展した日本であって、そうでない日本。

所謂イナカというものだが、そんな風景が心を癒やす。

円山川の川幅が広くなってきた。もうすぐ目的地に到着する。

『トーキョーは、発展した街でしたが、こういう風景を持つニホンもあるのですネ……』

「これが言ってみれば日本の本来の風景だよ。日本っていう国は、都市部とこういう田舎の風景が極端に分かれているところが多いんだよ。東京だって大都会だけど、ちょっと離れれば箱根や館山《たてやま》みたいな場所もあるし、大阪でも、大阪の都会な部分って実はほんのちょっとで、少し行けば富田林《とんだばやし》や高野山《こうやさん》、そしてここみたいな風景になる」

『ソうですか……コレはきちんと報告書に書かないト……』

「ああ、ちゃんと報告してくれよ、ははは」


……そして目的の駅に到着。『JR城崎温泉駅』である。


この場所では、まだイゼイラ人をあまり見かけないのだろうか、フェルが駅を出るやいなや、みんな一気にフェルへ視線を注ぐ。

これはフェルという個人ではなく、イゼイラ人だからである。案の定、記念写真を求めてくる観光客や、お土産店の店員など。みんながそんな感じであるから、柏木も断るのにえらい苦労をする。フェルは別に構わないのだが、こんなことで時間を取られる柏木はたまったものではない。

「ははは、いやぁ、ここでもフェルは人気者だ……大変だなこりゃ」

『ウフフ、私は嬉しいですよ。これも国交の成果でス』

「まあなぁ……」

そんなことを話しつつ、とりあえず駅前の商店街を見て回る。いろんな魚を売る商店がやはり目立つ。日本海はカニが名物だ。

日本海名物ズワイガニの旬は、冬と思われがちだが、実は春先のズワイガニもうまい。カニの季節が終わるギリギリ、春先のカニはうまいのだ。

ということで、そういう店にもカニがやはり売っている。これがなければ日本海側ではない。

『ア、コレハ小さいヴァズラーですネ！』

「え……ええ？　ヴァズラー？？」

ヴァズラー……例のヤルバーンに搭載されている『エ』の字型戦闘兵器のことだ。この名前は、イゼイラに棲息《せいそく》するという大型肉食性甲殻動物と同じだという。

『ヴァズラーじゃないですか、コレ』

フェルはズワイガニを手にとって、両手でピラピラと遊ぶ。

「い、いや、そのヴァズラーって生き物……カニみたいなデザインなの？」

『良く似てますヨ。ヴァズラーはもっと大きくて……そうデすねぇ……アレぐらいの大きさはあるデス』

フェルは近くに停めてある七五〇ｃｃバイクを指さす。大きいのになれば、軽自動車ぐらいのサイズもいるという。

「ウ、ウソォ……」

肉食性で、大きさがナナハンバイクか軽自動車サイズのカニ……イヤすぎる……

『ヴァズラーも、焼いて食べたらオイシイんですよぉ～』

いや、食うんかい、と思う柏木。

フェルは店のあんちゃんから、「はいよ、イゼイラのねーちゃん」と蒸したてズワイガニの足を一本いただく。

『♪⁇☆〜‼』

非常にウマかったらしい。ということで、期日指定して東京に四杯送ってもらうことに決定。二藤部や三島達にも送ろうとフェルは言うが、それはダメと柏木に言われる。巷で言う贈収賄になりかねない事だからである。こういうことをやってしまうと、どこから情報が漏れるかわからない。それを説明すると、フェルは少し残念そうな顔。

まぁでも、隣の拡声器おばさん、所謂、木下《きのした》のおばちゃんには買っておくことにする。

で、聞くと、やはり味はヴァズラーに似ていたらしい……

「さて、とりあえずはホテルへチェックインしてからだな」

そう言うと柏木はタクシーを停め、日和山《ひよりやま》方面にあるこのあたりでは一番大きい観光ホテルへ向かう。

このホテル、このあたりでは有名で、なかなか予約が取れない人気のホテルだ。

タクシーの運転手も、イゼイラ人を乗せたのは初めてだそうで、饒舌《じょうぜつ》になる。

この運ちゃんも、まさか自分の人生で宇宙人を自分のタクシーに乗せるなど、ゆめゆめ思わなかっただろう。

しばらく走る……柏木も懐かしさを感じる……所謂『少年』だった頃。大阪に住んでいた頃。初めてホテルというところに連れて行ってもらった思い出である。

だがやはりここにも時代の流れというものはあるようで、当時『ブルーきのさき』と言われていたホテルが破綻し、会社更生法が適用されて、大手の観光ホテルチェーン傘下に入った。大阪にいた頃は、コマーシャルでも有名なホテルで、そのコマーシャルテーマを今でも覚えている……ちょっと寂しさを感じたりする。


そんな思い出をしばし回想しながら、件のホテルに到着する。

『フワァ〜、綺麗な「ほてる」でスねぇ〜』

「ははは、そうでしょー」

『ナニか遊ぶところもイッパイあるです！』

「デスデス」

ウキウキ度マックスなフェル。もう子供のようにうろつきまくっている。

(でもスゴイ度で言えば、ヤルバーンの宿泊施設も相当なものだと思うけど)と柏木。

「まぁまぁフェル、とりあえずチェックインしないと」

『ア、ハイです』

そんな感じでフロントへ。

「いらっしゃいませ」

フロントマンが丁寧にご挨拶。

「あ、予約を入れていた柏木と申します」

「はい、少々お待ちを」

…………

「東京の柏木真人様ですね。ご予約承っております。えっと、ロイヤルスイートのツインですね」

「え???　……いや、ちょっと待ってください。私は普通の和室でお願いしたと思うのですが……」

「いえ、当方では和室をキャンセルなさって、ロイヤルスイートで承っておりますが……」

「はぁ……?」

どういうことだ?　と。

「あ、あの……そのお部屋、一泊お幾らですか?」

「はい……」

聞けば……かなりな高額。

「ええぇっ!　そりゃ何かの手違いですよ。部屋変えてもらえませんか?」

「ですがお客様、そうおっしゃいましても……もう三泊四日分の代金はお支払いいただいておりますが……」

「はぁ???」

どういうことだと…………

すると…………

「ホホホホホ、遅かったですわね、柏木さん」

「えらい待たせやがったな、はははは！」

「え？？？！！！」と振り返る柏木。

フェルも『ほぇ！？！？』な表情で後ろを振り向く。

「れ、れ、麗子さん!? ……それに白木!!」

「はっはっはー、ビビったかこの野郎」

「オホホホ、作戦大成功ですわね崇雄」

「おうよ、むははははは！」

手の甲を口に当てて高笑いする麗子に、爆笑する白木がいた。

「どどど……」

『エ？ エ？ ナ、ナゼケラーがこちらに？』

狼狽する二人。

「ナゼもナニもございませんでしょ。ここに泊まるって教えてくださったのは柏木さんじゃありませんか」

「え!? ……あ……」

そう、官邸の執務室でファックスを送っていた時、緊急連絡先なんて言って麗子は柏木の宿泊先を聞き出していたのを思い出した。

「あ、そうか、ハハハ……そういうことですか。ハァ……しかし、なーんでまた……白木まで……」

そんなことを言いつつ、柏木はその特級の部屋のキーを貰い、とりあえずロビーのソファーへ。

「いやな、麗子がよぉ、あのヤクザの一件でさ、せっかく解決したのに打ち上げしてねーってんで、その計画立ててる時におまえらの旅行の話だろ？　ならついでに付いて行ってそこで打ち上げやろって話になってさ」

と白木。

「そうでございますわよ、あの一件だけじゃありません。捧呈式の打ち上げもやってませんでしょ、それはちょっといけませんわ」

「え？　ち、ちょっと待ってください……んじゃもしかして、ここに来てるの麗子さん達だけじゃぁ……」

「あったりマエでしょう」

「はぁぁあ？」

そう言うと、何やら知った顔がゾロゾロと玄関方面から上がってくる。

「え？　え？　オーちゃんに美里ちゃん！　……美加ちゃんまで！」

『シ……シエ！　エ？　リビリィにポル、ヘルゼンにオルカス？』

「よぉ、柏木、やっときたか」と大見。

「遅かったわねー、もうちょっと早く来ればみんなと回れたのにー」とピラピラ手を振る

「あ、おじさんとフェルさんだー」と美加。フェルの横のソファーへボソっと座る。美里。

『オ、カシワギ、ヤットキタカ』と今日はダストール姿の色っぽいシエ。

『ヨォー、ケラー、久しぶり！』といつも明るいリビリィ。

『コンニチハ、ケラー、お久しぶりでス』と、イカ焼きを手に持つポル。

『ア、お久しぶりですー』と行き遅れ感が少し薄らいだヘルゼン。

『こんにちはケラー、あの会議以来ですわね』と大人なオルカス。

「あ……なんと、まぁ……大所帯な……」

呆然とする柏木。

『コレはまた……たくさんデすネ……』

フェルもまた唖然とする……

「あ……でもあの打ち上げってんなら、ゼルエさんは？　山本さん達も……」

ふと疑問に思い尋ねる柏木。

『ゼルエハ、アレデ妻帯者ダカラナ。向コウハ向コウデ予定ガアルソウダ』

「あ、なるほど、家族サービスって奴ですか」

『ウム、レイコガ誘ッタソウダガ、都合ガ合ワナカッタ。ヨロシクト言ッテイタゾ、カシワギ』

「そうですか……」

「山本さん達は……まぁ公安警察だからな、そうそう勝手な休みはとれねーよ」

と白木。だが、おめーはどーなんだと心の中で突っ込む柏木。

『ヘルゼンガ、ナーンカ残念ソウダッタガナ』

『ナナナ、何言ってるんですカ！　局長!!』

なぜかうろたえるヘルゼン。

「……って、白木、こんなに大勢どーすんのよ。部屋とか……」

「何言ってやがる、誰が段取りつけたと思ってんだよ。麗子だぞ……」

「そうですわよ、柏木さん。今日は……」

麗子の話では、このホテルのスイートルーム全部屋を彼女の名前で借りきったという。

「えええええ!?　大丈夫なんっすか？　そんなことして！」

「こんなオフシーズンのスイートルームなんて誰も泊まりゃしませんわよ。なんてことありませんわ」

「い、いや、そうじゃなくて……お金の方とか……」

「柏木さん、誰に向かっておっしゃっていらっしゃいますの？　これはまた久しぶりにお説教をしなければならないようですわね、オホホホ」

「いや……はぁ……さいですか……」

金持ちのやることはケタが違う。なんと全部オゴリだそうだ。

麗子の話では、例の回収施設が思いのほか好調に操業しているということで、これぐらいのお礼をしないと五辻家の沽券《こけん》に関わるという話。

（だけど、何も俺にくっついてくることないじゃんかよ〜）

なんか残念なような、嬉しいような……複雑な気分であったりする柏木。

フェルはまさかの驚きの後、みんなとの旅行になって嬉しそうだったが……

みんなでキャイキャイ言ってはしゃいでいるようだ。

（ははは……ま、いいか）

フェルの嬉しそうな顔を見て、まあこういうのもアリかなと。

そういうこともあるかと納得した。


とりあえず部屋へ荷物を置きにいかないと始まらないということで、件の部屋へ従業員に案内されて行くと……

「こ……これは……また……」

『ふワあぁぁぁ……』

……スイートルームである……そう、スイートルームなのだ……

やはり普通の部屋とは違う。日本海を望む場所にベッドが二つ。しかもそのベッドの前にガラス張りのジェットバスがある……ソファールームもそんな感じ。ちょっとした成金マンションのモデルルーム規模だ。

すべてが大きなガラス張りのような窓から日本海を望む……畳敷きの部屋で、奥の方に、小さなテーブルとイスが四脚ほどある部屋とはワケが違う。

だけど、このジェットバスがヤバい。ベッドルームからガラス張りで丸見えである……

ちなみにコレは事実である……どっかのラブホではない……

「こ、これは……値段相応なお部屋と言うか……」

他のみんなもこんな感じで、大見一家は家族団欒《だんらん》できるデラックス和洋室。シエ・オルカス・ヘルゼンで同じくデラックス和洋室。リビリィとポルで、柏木と同じスイート。白木と麗子も同じスイート。そんな感じだそうである。

更にこのスイートやデラックス利用者専用のラウンジがあり、事実上、これらすべての空間が貸切状態となっている。


……さすがお金持ちである……


時刻はなんだかんだともう夕方の五時。夕食の時間は七時に設定してあった。

その日は千里中央に寄ったりと色々あったので、結構お疲れであったりする。

でも良い疲れ方だ。

そんな感じで柏木はソファーでしばしくつろぐ。

フェルは隣のベッドルームで、ぽいんぽいんと何かやっている。寝心地でも確認してるのか？　思わず笑ってしまう。何回かぽいんとやった後、ベッドに寝っ転がって柏木の方を、金色の目でジーッと見るフェル。

「？」

ニタっと笑って、プイと向こうを向いてしまう……何考えてんだかと思う柏木。

しばし部屋でくつろいでいると、ワイワイという感じでコンコンとドアをノックする音。開けるとみんなが浴衣《ゆかた》に着替えてやってきていた……シエの浴衣姿がこれまた……リビリィも意外になかなか……

「柏木、メシの前に風呂でも行っとくか」

「おー、そうだな白木……フェル～ご希望のオンセンに行こうか」

『エ！　オンセンですカ？　おっきいオフロ？』

「そうだよ、フェルはこれが楽しみだったんだろ？」

『ハイです！』

そう言うと、チャチャッと二人も浴衣に着替える。

フェルは、浴衣の着方を美里に教わっていた。彼女の浴衣姿もこれまた……なかなかである。

そして、みんな連れ立って大浴場へ。

そりゃもう錚々《そうそう》たるものである。金色瞳でそれぞれ水色・ピンク・真っ白な鳥の羽を持つ五人に、真っ赤な髪と薄青白い肌に、綺麗な鱗《うろこ》模様が体側面に生えるエロいラミア美人。そんなのを連れて大浴場に行く姿は、それは他の宿泊者を圧倒する。ここにゼルエがいたらどうなっていたかと思うと、それはそれで面白いかもしれない。

だが、今思うと麗子達がいてくれて良かったと思う柏木。もし柏木とフェル二人だけなら、フェルが女風呂に行った時、慣れない大浴場で不便があったかもしれない。麗子や美里がいる方が、かえって良かったかもしれないとも思った。

ということで、フリュ陣営は連れ立って女風呂へ。

『ン？　カシワギ達ハイッショニコナイノカ？』

相変わらず場の読めないシエ。

麗子や美里、美加が「いやいやいや」と手のひらを左右に振る。

フリュ陣営、服を脱ぎ脱ぎ大浴場へ。

羞恥心《しゅうちしん》というのも宇宙共通なのか、タオルを前にフェル達は浴場に入る。

『フワァァ、おっきいお風呂ですネぇ！』

宇宙人のみなさんは大感動のご様子。

フェルはてっきり柏木の家にあるような風呂桶の二〇倍ほどを想像していただけに、そのプール並みの大きさの湯気立つ風呂にビックリ。カコーンという音が風情である。

ヘルゼンやオルカスも驚いているご様子。

だがそれ以上にビックリなのが、浴場にいる日本人女性のみなさん。そりゃそうだ。いきなり鳥の羽を頂いて、尾てい骨に尾羽を少し生やし、アッチの毛が風切り羽で、細く伸びておへそらしきものがない異星人が風呂に入ってきたのである……普通びっくりするだろう。

で、そこでやはり豪快なのがリビリィ。

前なんか隠さない。手ぬぐいを肩にかけ、堂々たるご入場である。

ちょっと筋肉質な体形は、別の意味でこれまたエロい。おまけに肌がピンク色である。

さらにその上を行くのが、我らがキャプテン・ウィッチ@シエ局長。

マッパになっても、いつものモデルウォークは相変わらず。

丸出しで腰を手にあて、少し左に腰を曲げ、浴場を見回す……『前を隠す？　ナニソレ』と、そもそもそういう羞恥心がハナから念頭にない。

バレットの弾丸を食らったお腹のアザも綺麗になっていた。

この中では、地球人にその体形的な意匠がまだ一番近いシエだが、体の側面に見事に生える鱗状の模様に、青白い肌はちょっとヤバイ。真っ赤な髪に真っ赤な……である。

そのボディラインは今更説明の必要もなかろう。浴場全域にそのDカップバストと絵に描いたようなウエストとヒップが『文句あんのか。あ？』と言わんばかりのオーラを放つ……ソレを見る麗子的にはちょっと悔しい。美里はもう少し若ければ勝負できたのにと悔しがる。但し胸部だけ。美加は牛乳をもっと飲もうと心に決めた……

その想像だにしない女湯の構図に、浴室では歓声やら奇声が乱れ飛び、大浴場の外まで聞こえてくる。

……無論、男湯の方にも聞こえてくる。

「まぁ……そうなるだろうなぁ、ククク……」

白木は浴槽に浸《つ》かり、手ぬぐいを頭に乗っけて予想通りの展開にほくそ笑む。

「だよなぁ。壮絶だろうな、女湯は……」

浴槽の縁に両腕をかけ、首をコキコキする大見。

「まぁ……結果、白木達に来てもらって良かったってことかなぁ……」

と柏木。首まで湯に浸かり極楽気分。野郎どもはしばし無言。

三人揃えばいつも花咲くバカ話も、この癒やしの空間ではしばし沈黙。

だが隣の女湯では、日本人客も交じってキャーキャーと、これまぁ一鶏鳴けば万鶏歌うが如し。

日本人客の勇者一人がシエに声をかけ、話せたのをきっかけにイゼイラ人フリュ勢の髪や肌をネタにてんやわんやの大騒ぎである。

麗子や美里が場を制するのにえらく苦労したりする。

『アら？　フェル局長、一人で熱心に体を洗浄していますわネ』

三十路《みそじ》のオルカスがふと気がつく。フェルが一人、フンフンフン♪　と鼻歌を歌いながら、体を泡だらけに……いや、泡魔人と化してゴシゴシ擦《こす》る。

『クックック、今日ノ夜ノタメノ戦闘準備デハナイノカ？』

湯槽《ゆぶね》に浸かるシエが長い御御足をセクシーに組んで、頭に手ぬぐいを乗っけて言う。

『アらまぁ……なるほど……』

『エ、なになに……戦闘準備って？？』

ヘルゼンの耳に手をあて、ゴニョゴニョと話すオルカス。

ヘルゼンは、顔を真っピンクにして『いいなーいいなー』を繰り返す。

しかしある日を境に、ヘルゼンも行き遅れ感がかなり低下したそうだ。なぜだろう？

『オルカス、オマエハ誰カイナイノカ？』

『ハア、私はもうあきらめました……監査局はそんな外に出ることもありませンし、出会いなんて……そういうシエはどうなのです？』

『フ〜ム……ソレヲイワレルト私モツライガ……』

『ニホンのデルンも見る目ないですネ！　シエ局長ほどのフリュ、そうそういませんよ！』

ヘルゼンが援護射撃する。確かに、そして確実にその通りである。マッパで無敵な女性などそうそう……

そんな異星人の会話を横で聞く麗子と美里と美加。

「み、美里さん。異星人女性の方々も、わたくし達と同じような悩みをお持ちですのね……」

「そ、そのようですね……なんともまぁ庶民的な……」

「で、美里さんいいのですか？　美加ちゃんが話の輪に交ざっていますわよ」

「え……」

『ミカハ、マダ良イデルンハイナイノカ？』とシエ。彼女の頭をなでている。

『実ハいるんだろ～オ姉さん達へ、正直に言いなさイ』とニヤつくリビリィ。

『ソうです。これも調査デす』とポル。

「え～いないですよぉ～」と美加。

（はぁ……まぁ……これも勉強よねぇ……）

……な、お母さんであった……

＊　＊

「ふぃ～良い湯でしたな」と柏木。

「何年ぶりかだな、こんなにゆっくりしたのは」と大見。

【ゆ】と描かれたのれんをパっと弾いてロビーに出る。

先に風呂から上がっていた白木は名物の、無料サービスであるアイス黒豆茶を飲みながら、ラックの新聞をマッサージチェアに座り読んでいた。

手揉《ても》み機能が上下にうぃんうぃんと動いている。そこに、世界を股《また》にかける国際情報官の姿は微塵もない。温泉に遊びに来た、ただのオッサンである。

柏木と大見も紙コップを取り、サービスのアイス黒豆茶をクイッとあおる。

スリッパをペタペタさせながら白木の横のソファーに二人はドッカリ腰掛ける。

「白木ぃ～なんか面白いことでも書いてあるか？」

なんとなくダレた感じで尋ねる柏木。

「あぁ？　……あぁ、ククク、これだがよ。ほれ、ちょっと読んでみろよ」

白木が読んでいたのは朝晴《あさはる》新聞。取材姿勢は、どっちかというと左寄り。

まあ、日本では保守層からやネットなどでの叩かれ役で、よくネタにされる新聞である。従軍慰安婦問題の発端にもなった新聞であったりもするが、世の日本教育者連盟な人々や、アッチ系の大学教授などには大人気な新聞でもある。

そこで、世の教育者のみなさんが推薦する有名な社説がこの新聞には載っているわけだが、白木はその部分をポンポンと叩いて柏木に渡す。

「どれどれ……」

目を通す柏木……

▼日本は今春の増税からの買い控えも、眼前の再増税への懸念もまるでないかのように異星人景気に沸いている。彼ら自身の領土であり住居であり大使館でもあるヤルバーンへの観光、彼ら相手の商売と観光誘致合戦、彼らやその持ち物を模した様々な新商品に、技術や思想を活用した新ビジネス。まさに花盛りだ。特に、彼らが日本円を得るために始めたリサイクル済み廃棄物の変換再販売などはその最たるものだろう。▼一部からは、世界初の廃棄物の全量再資源化の達成だとする声まで出ている。確かに良いニュースだし、放射能の除染も画期的な速さで進むだろう。だがちょっと待ってほしい。彼らがいつまでも相

模湾上空に居続けてくれる保証などどこにあるのだろうか。▼彼らの大使館であるヤルバーンは『ふね』であり、彼らは『ふなのり』である。船と船乗りは母港に帰るからこそ船であり船乗りであるのではないだろうか。▼遥《はる》か彼方から飛来してすぐのころは混乱を見せたものの、飛来当時のまま相模湾沖に停泊し、技術の大きな遅れを意識させないほどの友好関係を築き、国交を結び、今では諸外国同様の気軽さで双方に往来できるようになり、官民の技術交流もまさに気のおけない隣人と呼べるほど活発になった。いまだに諸外国に関心を示さないのが少々不思議ではあるものの、日本政府や小紙では想像もつかない彼らの都合があるのだろうから、今は深くは言うまい。▼日本は彼らと仲良くなったが、彼らの都合はその技術と同じくらい想像がつかない部分がある。なんの故あって信任状捧呈式の過剰な演出がなされたのか。なぜ秘密裏に逮捕するだけに留めて平穏を演出しなかったのか。そしてフランス行き旅客機に現れたメルヴェンを称する神出鬼没の治安組織。筆者にとってはまるで往年のＳＦ大作や国際救助隊を名乗る人形劇を見るようだ。極めつきが、全世界が驚愕した遥か彼方の彼らの本国から送られてきた正式な信任状である。▼五千万光年離れた本国からの信任状が届いたという従前の技術では信じがたい事実が示すように、地球基準の距離の概念など彼らには通用しないのであるから、ある日突然、彼らに属する物体が、転送光線を出す小さな船とビルの一室になり、ヤルバーンが遠く木星の衛星軌道に移動していても不思議はない。そこに移動してもなお、彼らと日本との国交も往来も不便をこうむることがないのならば、だが。そして恐らくそうだろう。▼そう、彼らが突如地球に飛来した時に一部の国家がヴァルメにしたのと同じようなことを、彼らの母艦に対して行い得るような地表にわざわざ留め置くことの必然性は実はあまりないのではないか。そして、彼らの都合で、ちょっとそこまでと言って、他星系に探査に出てしまい、これまでの外交史にないほど長く地球を留守にすることも、その可能性自体は彼らの飛来から全く変わっていないのだ。いくら日本の都合を大切にしてくれるとはいえ、何せ彼らは異星人だ。距離も時間も、前例は何一つ通用しないと思っておいた方がいいのではないか。▼彼らに帰れと言うわけではない。そのように言う人は日本にはもう数えるほどしかいないだろう。彼らが日本と諸外国にもたらした変化と衝撃と恩恵は、小欄の紙幅では何ヶ月あっても語りつくせないほど幅広くそして大きいのだから。彼らと親密な現在、安保理の椅子さえ、日本政府が本気で望めば以前ほど困難なものではないだろう。もし突然帰ると言い出したなら万国こぞって引き留めたいところだ。だが悲しいことに、こと彼らに関しては日本の味方はいない。国交のない諸外国にとって、彼らはいまだよくわからない外宇宙からの闖入《ちんにゅうしゃ》者なのだ。▼小紙は以前『一発だけなら、誤射かもしれない』と書いて方々から批判を浴びたが、それでもあえて同じように言わねばならない。『一国だけなら、気まぐれかもしれない』と。▼小欄はもとより小紙にも、諸外国と彼らとの間の外交に口をはさむ権限などないのだが、それでも、日本という特別なひとつは諸外国という特別なたくさんに劣る気がしてならない。彼らは日本を高く評価してくれるが、それは大航海時代の船団がそうしたように、航海先での彼ら自身の安全のためという懸念が消えないのだ。国交がないまま観光した前例に遣欧使節団を出すまでもないだろうが、彼らにはぜひ地球の色々な地域を訪れ、それぞれの良い所をたくさん見てほしい。そして叶うならその後でも日本が特別の中の特別でいられたらと思わずにはいられないのだ。▼日本は単に、広い宇宙を旅する『ふなのり』に、太陽系で一か所の『ふなだまり』に選ばれたに過ぎない。彼らを受け入れる環境が地球でもっとも整っていたという事実は誇らしいことだが、彼らがいずれ帰る船と船乗りだという事実を忘れたまま、彼らの技術や善意に頼った経済や社会を当然のものと受け止めることだけはないようにしたいものだ。彼らは船乗りで、帰るべき母港があり、日本は数ある寄港地の一つにすぎないのだから。

…………

柏木はニヤつきながらその社説を読む。

「ハハハハハ！　なかなか朝晴にしてはうまいこと書くなぁ」

大見も横から覗き込んで読んでいた。

「『一発だけなら、誤射かもしれない』って……まだ引きずってるのかよココは、ははは」

この新聞の『一発だけなら、誤射かもしれない』は今でも名言……いや、迷言である。

「まあ……しかしなんだな、俺達政府側がまだ情報を発信してないだけに、事実が曲げられて伝わってるとこもあるよなぁ……」と柏木。

「ああ、原発のことだな……『放射能濃度を下げる技術がある』ってごまかしたが、ヤルバーンのあの科学力だ。コッチの意図した風には伝わらないか」と白木。

「現場を見た俺個人の感想としては、早急にやってもらいたいのが本音なんだが」と大見。

「『一国だけなら、気まぐれかもしれない』か……朝晴にしちゃ、いいとこ突いてくるじゃないか」

柏木は腕を組んで唸る。

「朝晴はあんな新聞だが、科学記事に関しては結構優秀な記事を書くこともある。今回の社説は科学部と政治部のコラボみたいな感じだ……ま、相変わらずの言い回しだが、今回に関して言えば、うまいところ突いてる記事だな」

白木と大見も同意する。確かに、いまだヤルバーンは日本側にその本意を見せない。

柏木個人としても、今ではフェルと恋人以上の仲になり、こんなところにまで二人だけでやってきた。田中《たなか》さんの件もある。なんかヘルゼンも最近焦りが少なくなってきたように、感じないでもない。

先日官邸で聞いた話によると、なんでも例の農業をやってるイゼイラ人家族が、日本への帰化申請を出してきたそうで、前例がないために役所が困惑してしまい、『自由入国証があれば、ヤルバーンが大使館である限り、永住者と同じような権利がある』と説得し、帰化申請書をとりあえず返したという。

（実際、どうなるのかなぁ……）

と思う柏木。産廃処理事業の件でも、事業計画としては今後数年単位の計画書が提出されているはずである。

それは、ヤルバーンが『ティエルクマスカの領土』として、そこに在るという前提で、そのような計画書が出ているのだ……


そんな話をしていると、フリュの皆様方も大浴場から上がってきたようで……

「ふぅ……いいお湯でしたわ」と麗子。

「いやぁ～気持ち良かった！」と美里。

「のどが渇いちゃった」と妙にシエと仲良くなっている美加。

『フゥ、オンセントイウ物モ悪クナイ』と赤い髪をかきあげ、艶っぽいシエ。

『コういう施設をヤルバーンにも作りたいですね』とヘルゼン。

『そうですネ、これは大変気持ち良いものです』とオルカス。

そして……

『アア、すばらしいオフロでしタ……調査は完璧でスッ！』

と、なんの調査かはわからないが、調査だけではなく、色々と戦闘態勢が完璧に整ったフェル。なんとなく肌が光ってるように感じるのは気のせいか。

「じゃ、皆様、ご夕食と参りましょうか」

麗子に連れられて個室料亭に向かう皆の衆。柏木が少年時代に来た時は、部屋で料理を食べただけに、個室料亭での食事は初めてである。まあこの大所帯で、部屋がスイートだとそうもなろう。

料亭の部屋を見たヤルバーンフリュのみなさんは、まずその畳と座椅子にテーブルという構図に困惑する。

『ニホンデハ、地面へ直ニ座ッテ食事ヲスルノカ？』

と、今では外国人でも聞かないような質問をするシエ。

フェルは柏木の家でコタツ生活を送っているので、こういう食事にはもう慣れた物だ。

リビリィとポルも右に同じ。このあいだコタツ囲んでビール飲んでいたのはリビリィ。

と、そんなこんなでみんなが着席すると、料理がどんどんと運ばれてくる。

仲居さんも、フェル達を見るとみんな最初は驚くものの、それゆえに異星からのお客となれば、気合も入る。

料理は日本海の海産物。ズワイガニは当たり前。『せこ』に『イカ』『ばい貝』『ハタハタ』『桜海老』『ホタルイカ』『カレイ』『あわび』『サザエ』と海の幸満点。

他、山の幸は知らぬ人などいない『但馬《たじま》牛』で決まり。

異星人のみなさんもお気に召しているようで、みんな舌鼓《したつづみ》を打つ。

特にシエは……

『カシワギ、ニホン人ハ、生ノ「クェールガ」ヲ食ベルノカ？』

ハマチの刺身を醤油《しょうゆ》につけ、とてもおいしそうな顔をして、舌を出して艶にペロリといくシエ。箸《はし》の使い方も、もう慣れたもののようである。

「く、くぇーるが？　なんですか？　それは」

『エっと、ダストール語で「オサカナ」のような海洋生物のことデスヨ、マサトサン』

「ああ、なるほど。そうですよ、おいしいですか？」

『ウム、ダストール人モ、ナマノ「オサカナ」？ハ大好キダ。ヨク食ベルゾ。コレハウマイナ！』

シエは、刺身がいたく気に入ったようだ……シエと刺し身……なんとなくマッチするような気がしないでもない。

イゼイラ人勢も最初は躊躇《ちゅうちょ》していたが、シエの言葉で刺身を食べてみると、これはウマイ！　という感じになり、みなさんいたくお気に召したようで何よりであった。

リビリィは、すっかり常用飲料となったビールをゴキュゴキュと飲みまくっている。酔わないからいいものの、これで酔えれば大した酒豪になれる。

シエは関空での一件ですっかりハマってしまったコーラがお気に入りのようである。

日本人のミナサンはすっかりほろ酔い気分であるが、ヤルバーンの方々は、ナノマシンのせいでそういうことはない。

まぁ……悪酔いしないだけ良いのかもしれないが……

唯一あまり飲んでいない日本人は、大見だけである。職業柄、緊急出動で呼び出しというパターンもありうるので、こればかりは致し方ない。

『ア、ちっちゃいヴァズラーです！』

カニ料理が出てきた。オルカスが、カニを見てさっきのフェルのようにはしゃぐ。

「ヴァ、ヴァズラー？？」

白木と大見がおんなじ反応……やっぱそう思うよなぁと思う柏木。

柏木がビール四杯目を飲もうとした時、隣に座るフェルがそのコップをプっと取り上げて小声で……

『（マサトサン……今日ハあんまりエチルアルコールを飲んじゃダメでスヨ……）』

「（え？　なんで？）」

と聞いても、ツンとして何も答えないフェル。

「？」

相変わらず鈍い奴である……

「あぁ、そうそう、これもあったわね」

そう言うと美里が、傍らから何かの食べ物を出してきた。

「お、そうそう、これがあれば酒も進む」

と同意する白木。柏木はソレを見て、

「あ、白木達、下の釣り堀行ってきたんだ」

「おうよ、なんだ柏木知ってるのか？」

「何言ってるんだよ、俺はガキん時に一度来たことあるんだよ、ここに」

「なんだそうなのか……これ、うめーよな」

そう言うとポルも、

『ワたしは、さっき一袋全部食べちゃいましタ』

と白状する。意外に食いしん坊なポル。そう言えばさっきもイカ焼きを手に持っていた。

『マサトサン、コレはなんですカ？』

「ああ、『アジ』という魚の天ぷらだよ。この下に釣り堀があってね、そこで釣ったこの魚をその場でサバいて、天ぷらにしてもらえるんだ。これね～揚げたてもうまいけど、冷めてもこれまたうまいんだ。ここのホテルの名物なんだよ」

『へー……では一つ……』

モグモグとつまんで食べるフェル。

『オイシイデスネ！　マサトサン、じゃぁ私達も明日行きましょウ……って、その「ツリ」ってなんですカ？』

「おいおい、そこからかよ、ははは」

このホテルに隣接する遊園地の釣り堀は、なかなかにいやらしい。

テグスが小さなアジしか釣れないようになっており、大きめの魚がかかると一発でバラす。だが小さめのアジだと、いくらでも釣れる。その見極めがなかなか難しい。

ちなみに一回五〇〇円也《なり》。

「だけど白木よ、このアジの量、結構釣ってるな、うまいじゃんかよ、わりとムズいんだぞ、あそこの釣り堀」

「ははは、そりゃみんな結構バラしてたけどな、コイツがうめーのなんのって……ほとんどコイツが釣り上げた」

そう言うと白木は麗子の方を指さす。

「ホッホッホッホ、なんのなんの、あんなのお茶の子サイサイですわ」

「い、意外……」

ミスお金持ちの麗子が、あんな庶民の遊び丸出しの釣り堀でこの釣果……わからんものである。

＊　＊

そんな感じで、楽しい食事も終わり、各自自由にホテル施設を楽しむ。

大見一家がゲームコーナーへ行き、麗子と白木は外でデート。ヤルバーンフリュのみなさんも、ゲームコーナーやらお土産品店やらと色々回っているそうで、シエとリビリィ肉体派二人は、温泉のサウナが気に入ったみたいで、再度大浴場へ行っているとか……

そしてフェルと柏木は……

「えっと、これぐらいかな？　うん……」

『何してるデスか？　マサトサン』

「え？　いや、このジェットバスってのに入ってみたくてね。お湯張ってるの」

『じぇっとばす？　……普通のオフロみたいに見えますガ』

「いやいやいや、これをね、こうやって……」

すると、ブワァアッと泡が湯の中から噴き出してくる。

『ヘエエ……こんナオフロもあるですカ⁉』

「まぁね。普通はお金持ちしか買えないよ、こんな風呂」

フェルはＰＶＭＣＧでジェットバス風呂をデータに取りはじめる。

「それも『調査』ですか？　フェルさん」

『ハイです。ちゃんと記録しとかないと……』

熱心なことであったりする。

「お湯の温度もこんなものかな。さ、フェル、お先にどうぞ」

『エ？　マ、マサトサンが入るのじゃないのですカ？』

「オフロ好きでしょ、先に入んなよ。俺は向こうでテレビでも見てるからさ」

というのはこの部屋の風呂、ガラス張りで、ベッドルームから丸見えなのである。

するとフェルはちょっと考えた後……

『マ、マサトサンがお先にどうぞデす……』

「え？」

『い、いいから先に入るデスよ！』

「あ？　はぁ……」

そう言うと、フェルはピュっとソファールームに引っ込んでしまう。

「せっかくの一番風呂なのになぁ……」

と言いながら、まぁフェルがそう言うならと、柏木は泡立つジェットバスに入る。

「いいもんだなぁ……麗子さんに感謝しなくちゃな」

柏木は首をコキコキと言わせながらリラックス。噴き出す泡が心地よい。

大きな窓から日本海を眺めつつ、再度の風呂である。

酒も少し入っているので気持ち良い。

するとガ…………カチャリと風呂のドアが開く……

「え？」

振り向くと……真っ裸なフェルが入ってきた……

「あ！　フェル……！　あ、ははは、そういうことか……」

『ハイ、そういうことでス、マサトサン……』

窓から差し込む大きな庭のかすかな照明が、フェルの綺麗な水色の肌を更に綺麗な青白い色に変える。

そこに金色の目と羽髪が目立って際立つ……

柏木は湯槽の端に寄り、フェルを誘う。二人は一緒に湯槽へ浸かり、日本海を見る。

今日は天気が良い。星がたくさん見える。

「夏に来たら、あの水平線に漁火《いさりび》がたくさん見えて、綺麗なんだけどね」

『イサリビ？　なんですカ？　それは』

「さっき食べた『イカ』ってのがあっただろ、あれの漁をしているところさ」

フェルにイカは明るい光に集まる性質があると教える。

『ヘェ～……』

そんな話も二言三言。二人は沈黙してしまう……でも、嫌な沈黙ではない。

そしてフェルが柏木の顔をじっと見る……

泡立つ湯槽で、柏木はフェルを抱き寄せて…………

そこから先を知っているのは、眼前に広がる日本海と、その空に浮かぶ星々のみ……

フェルの大浴場で準備した戦闘態勢も無駄にならずに済んだようだ。結構なことである。

イゼイラ

城崎の夜空。

満天の星。

フェルと柏木が、互いの想いを確かめ合う姿、二人が見上げる大空に瞬く星。

二人を見る夜空に瞬く星々の数は、数えて多ければざっと四〇〇〇個程。

その星々が瞬く宇宙。我々の太陽系。

水・金・地・火・木・土・天・海……かつては冥王星も惑星で、あるＳＦ作品では、この星から破壊的な放射性兵器が発射されていたりしたものだが、今ではその冥王星も惑星から外され、準惑星となった……そして、この太陽系には、その準惑星クラスの星がゴマンとあることもわかってきた。

太陽系ですらコレである。これが銀河系などという規模で見れば、二〇〇〇億もの星々があり、この宇宙空間には一〇〇〇億以上の銀河があるという。

しかもそれらは地球科学で観測できる数であるからして、実際には文字通り天文学的な数の銀河が存在するのだろう。

一光年という距離は、キロメートルにして九・五兆キロ。

我々の生活の、自動車の車検でメーターが『地球何周分』とかで喜んでる基準では、もう距離という概念の範疇《はんちゅう》を超えている。

地球から見える夜空の星々は、そのほとんどが今の世界を映していない。言ってみりゃ何百年や何千年、何万年、何億年も前の世界を映している。つまり今現在はどうなってるかわからないものばかりなのだ……

そんな『無限に広がる大宇宙……』。ここでポッコンとかいう効果音でもあれば風情があるが、物語が違う。

そんな宇宙に存在する、大宇宙という基準で見れば、『銀河系』と同じちっぽけな銀河。だけどその場所に住む主観で見れば、それは筆舌に尽くしがたいほど、とてつもなく……巨大な星塊……

ニュージェネラルカタログコード4565……NGC4565銀河。

我々地球人の呼び名。

地球から五〇〇〇万光年もの彼方……数字では表現できても、それは遥か久遠《くおん》の彼方とも言うべき場所にある銀河……彼《か》の者達の言うその名……

『ティエルクマスカ』

その外辺部にあるセタール恒星系……太陽系の太陽に似た恒星にあるソーラーシステムを回る、十字の輪を持つ巨大な蒼《あお》きガス惑星。

『第4惑星ボダール』

その惑星を回る第2衛星……

其の星の名は『イゼイラ』。

星の周りには、様々な人工物体が宙に浮かぶ。人工衛星ならぬ、人工亜惑星を称するコロニーも数知れず。衛星イゼイラを囲む帯のような人工の大地も、天を突く構造物を支柱にして星を囲む。

まるでそこかしこの賑やかな貿易港のように、平然かつ普通に行き交う宇宙船、宇宙艦艇、宇宙艇。その大きさは数メートルのものから、十数キロのものまで。

『船』や『艦』の名を冠するものには、六角形や五角形、四角形や三角形と、そんなカタチをした物が多く目立つ。

イゼイラという星からは、何本もの成層圏を貫いた建造物が伸び、その周りを何か羽虫のような機体が忙《せわ》しく飛び交う。

まれにその建造物が分離し、何かの構造物と入れ替わったりと、地球人の想像もつかないような光景が展開される。

衛星イゼイラ……美しい星だ。

衛星と言うには大きく、そのサマは、地球のように見えて、そうではない。

大気の層を抜けると、大きな海原と大陸が見える。その比率は海6対陸4ほどだろうか？

雲より高い山岳が天を突き、その山岳を支柱に傘をかけるような大地が点在する……かと思えば、緑豊かな森林に、日が燦燦《さんさん》とふりそそぐ豊かな地上……日は傘のような頂を持つ山を照らし、地表に大きくその影を落とす。

日の傾きにその影は大地の草木に日の光を均等に与える。

水平線や地平線には、主星ボダールの輪が。

だがその豊かな星、その国家……星間国家イゼイラの中央政府星ならではの風景も、堂々たる威容で存在した……

地上には、都市がない……人工的な建築物は、ないわけではないが『ほとんどない』というほど少ない。

だがその上空には、まるでヘックスシミュレーションゲームのように、六角形の構造物が繋ぎ合わさった巨大……と言うにはあまりに広く大きい人工の陸地が宙に浮き、煌びやかな摩天楼の如き都市部が、人工の豊かな緑地と一体化してそびえる。

……正に壮観、そして威風堂々。

イゼイラ人の他に、彼らとは容姿の違う人々も行きから都市。

低空にはトランスポーターが駆け巡り、高空には規則正しく頻繁に飛びから中・大型飛行物体。そこには地球で見たデロニカやその亜種のような機体もある。

そんな超科学の都市部中央にそびえる一段と威容を誇る建物。

我々の言葉に訳せば『イゼイラ・センタータワー』とでも言えば良いか。

その建物の、とある一室……

「ファーダ・サイヴァル議長、ファーダ・マリヘイル・ティラ・ズーサ　ティエルクマスカ連合議長がお見えになりました」

「おお、あちらからお越しいただけるとは恐縮だな。すぐにお通ししてくれ」

「畏《かしこ》まりました」

サイヴァルというデルン。イゼイラ式の正装に身を包んだ高官のようである。

『議長』の肩書きで呼ばれていた。

マリヘイルと呼ばれるフリュは、サイヴァルの秘書か何かの案内を受け、彼の執務室らしき場所を訪れる。

「ファーダ・サイヴァル・ダァント・シーズ議長、お久しぶりですわ」

「お久しぶりでございます、ファーダ・マリヘイル。今日は一段とお美しいですな」

「またそんな……おだてても何も出ませんわよ、サイヴァル議長」

「ははは、一応、社交ナントカというヤツですよ、マリヘイル連合議長」

サイヴァルはマリヘイルにティエルクマスカ式の平手を重ねる挨拶をすると、そのままソファーへと誘う。

マリヘイル・ティラ・ズーサ……

ティエルクマスカ星間共和連合の偉大なる連合議長だ。ティエルクマスカ連合全体の意思を束ねる連合元首である。

地球人的な肉体年齢で言えば、その容姿は四〇ぐらいであろうか。元首という地位で見れば、比較的若いフリュである。

……彼女はパーミラと呼ばれる種族で、イゼイラからは、数百光年離れたパーミラヘイム星間連邦共和国から選出されたティエルクマスカ連合における現在のトップである。

パーミラヘイムは、ダストールやカイラスとともに、イゼイラとは最も深い友好関係を持つ国の一つである。

彼女の母星であるパーミラヘイム本星は、そのほとんどが深い海洋に覆われた惑星で、陸地は惑星全体の一〇パーセント程しかない。

その惑星に住むパーミラ人も、とある海洋生物から陸海両生の知的生命へ進化した種族で、肺呼吸と鰓《えら》呼吸ができる両生類的な種族である。

陸海両生ができる種族ではあるが、かつては主に人種的には二種に分かれていた。

陸上での生活を主体としている『パーミラ・リム』という種族と、主に水中で生活をする『パーミラ・ミル』という人種がいたのだ。容姿的には変わらないが、まあ、彼らの文化的なもので、そういった生活様式の種族だったのだ。

リム種が地上での産物をミル種に提供し、ミル種は海の産物をリム種に提供するという共生体制が確立していたそうで、ミルがリムになったり、その逆もあるなど、そういう感じで人種の交流も行っていた、そんな種族であった。

彼女達の容姿は人のそれに近いが、腕や足にヒレのようなものを持ち、手足の指の間には水かきのようなものを持つ。

人魚のように華麗であり、肌の色は白に近い白銀色をしている。髪の色も、種族的にほぼ全員、体表色と同じ白銀色をしている。

眼の色は、藍《あい》・赤・茶・緑・黒と多種多様で、一貫した色という物はない。眼球の形態は単色眼球で、いわゆる『白目』がない。

陸海両生と言えば、なんとなくいつも体が水に濡れているようなヌルヌルイメージがあるが、それに関してはそんなことはなく、陸上にいる時は、いたって体表は乾性であり、一見すると普通の陸上生物のようである。

ただ、かつては一定時間水の中にいないと、病気になりやすい種族であり、この種族的な生理生態的性質が、極めて高度な文明と科学技術を持つ種族であるにもかかわらず、彼らの遠方への宇宙進出を阻んでいた。

これに手を貸したのが、パーミラと国交を持つために訪れたイゼイラであり、イゼイラの高度に進んだナノマシン技術と、遺伝子操作技術により、パーミラ人は水生の呪縛から解放され、悲願の遠方への宇宙進出を果たすことができるようになった。

そしてイゼイラの空中都市技術の提供を受け、現在では、両生種であるにもかかわらず、そのほとんどがイゼイラによってもたらされた技術の空中都市で生活をする種族となっている。

そしてイゼイラは、当時イゼイラ人が最も苦手としていた深海海洋開発技術を、それを最も得意とするパーミラ人より提供を受けており、両種族は現在でも極めて深い友好関係を持つ種族同士なのである。


そしてもう一方の議長『サイヴァル・ダァント・シーズ』。

地球人的な肉体外見年齢は、およそ五八歳といったところか。

彼こそ、現在のイゼイラ星間共和国最高評議会議長であり、現イゼイラの国家元首である。


「さて、今日伺わせていただいたのは……」とマリヘイルが切り出そうとすると、

「ヤルバーンの件ですな」とサイヴァルが応じる。

「フフフ、はい、そうです……私も色々と報告を受けておりますが、現在ヤルマルティアとの交渉権を持つのは貴国ですので、その報告をお伺いに参りました」

マリヘイルは両腕を両膝に当てて、手をアゴで組み、目をパチクリさせながらサイヴァルに催促するような視線を送る。

パーミラ人の特性であろうか、こういう感情の時は、腕についたヒレや耳にあるヒレの

ような部分がピクピク動くらしい。赤い口元はニッタリと笑う。

「ハァ……マリヘイル、そんなに慌てなくてもこちらからあとで行くと言っておいただろう……」

「だって、今日はヤルマルティアと国交を正式に持ってからの最初の報告期日ですわよ、もう待ちきれなくて」

「仕方ないなぁ」

マリヘイルとサイヴァル。どうもこの二人は、互いの立場とは関係なく、深い友人のような間柄のようである。

で、サイヴァルはそう言うと、マリヘイルのPVMCGに色々とデータを送る。

マリヘイルは貰ったデータをVMCモニターを生成して、さっそく読み始めた……

「フゥ……これはものすごい量ですね……サイヴァル、これ、全部フリンゼが調べあげたのですか？」

「ああ、相当熱心に調べあげたみたいでね。まあその中には、確か……ポルタラ主任とリビリィ主任、そして、ダストールの、シエ局長のデータも含まれていると思うんだが」

「ダストールのシエ……まさか、あのロッショ家のシエですか！　彼女がヤルバーンに？」

「あ、ああ。知らなかったのか？」

「え、ええ……そうですか……シエが……」

「彼女なりの決断だったのだろうな。あの時のダストールは、時のめぐり合わせが悪かったと言うかなんと言うか……『総統』後継者の派閥争いが今までになく激化していた。ロッショ家、ザンド家、バース家……同い年の、その三家の長男長女が実質、総統選挙でトップの座を争っていたしな。おまけに新興勢力の、なんと言ったか……ちょっと名前は忘れたが、まあ結局状況としては政策論争のレベルで話が済んだから良かったものの、あの時は、シエなりに状況を長引かせるのは良くないと思ったか、それともウンザリしたか。彼女はそんなふうに思ったのだろう。いかんせんあの国のフリュ家長が絡んだ政治問題は、どうにもこうにも複雑だからな」

「そうですか……あの三家の中では、ロッショ家は一番の穏健派ですからね……シエは自ら身を引いたと……」

「うむ、シエ自身も保守的なダストール人の中では国際派だ。世の中をよく知っている……ははは、ダストール人が感情論に訴えたら、どんな風になるか良くわかっていたのだろう。シエはあんな雰囲気のフリュだが、根は優しいからなぁ……だが腕っ節の方は、他の二家の長男なんざ足元にも及ばんだろうが……ははは。でも、何か他でも色々ともめてるという話も聞こえてくるし。彼女としては難儀な話なのだろうがな」

ヤルバーンがイゼイラを出航する前の、ちょっと昔の出来事を思い出して、笑うサイヴアル。

「そうですわね、フフフ。今では防衛総省きってのエリートですから」

「まあそういうことだな。あの時は、あそこにシエが絡んだら、圧倒的にロッショ家が優勢になってしまって後々禍根を残すことになっていただろうからなぁ……あの御三家と、例の新興勢力以外の候補者は、泡沫《ほうまつ》もいいところだっただろうな、ハハハ」

「そうですねぇ。シエはダストール国民にも人気がありますもの……と言うよりも、シエ自身が本当は全然その気がなかったのではなくて？」

シエ……何やら曰《いわ》く付きのフリュのようだ。

やはりただのエロ別嬪ではなかったようである。

「まあなぁ……彼女がいきなり防衛総省に入隊した時も驚いたが、家名に縛られたくなかったのだろうなぁ……結局ヤルバーン行きを選択したのも、なんだかんだ言って家の名前や、あのダストール政治独特の習慣から距離をおきたかったのだろうな。フリンゼやリビリィ、ポル達友人と一緒にいた方が気が楽だと思ったんだろう」

「フフフフ、シエらしいと言うかなんと言うか」

「しっかし、あんなに良いフリュなのに、なぁ～んで、デルンが寄り付かないのか未だに不思議だよ……」

そんな今の日本関係者には全く考えも及ばないサクセスストーリーが彼女にはあるようだ。

「そ・し・て……フリンゼの報告ね……ふむふむ……さすがフリンゼですね、やはり技術、文化系の報告が深いところまで書いてあるわ」

「ああ。特に当初の目的のあの件、やはりと言うかなんと言うか……」

「ええ、これは重要ですね。もちろん科学アカデミーにも？」

「うむ、やはりと言うか、ヤルマルティアに狙いを絞ったのは正解だったようだ」

「では、あの件についても？」

「いや……それはまだ……きっかけも得ていないらしい」

サイヴァルが渋い顔で首を横に振る。

「そうですか……」

……彼らはなんの話をしているのだろうか？

「では現状の進捗状況は……」

「科学省の判断では、六〇パーセントといったところだそうだ」

「六〇ですか。ですが半分は超えています。この状況でも」

「いや、アレがわからないことには我が国国民を納得させることはできない。だからフリンゼの無理を聞いて、派遣議員としてヤルバーンに乗せたんだからな。他の議員の反対を押し切ってまでだ」

「それはわかりますが……この報告書にあるア・メ・リカ国？　や、イーユーという連合地域国家の助力を得られれば、進捗は八〇パーセント以上にも伸びましょうに」

「それも考えたが……その報告書のココ……を見てくれ。今の我が国国民とのエートスが合わない。そのヤルマルティアの隣国に至っては……フゥ……論外だ。むしろヤルマルティアの『敵』と言ってもいいぞ、その関係は……そのアメなんとか国やエーユーだかの連合と関係を持ってしまえば、必ずその近隣国家が間接的にでも関係してくる。多分、『今の』イゼイラの民は、間違いなく受け入れることはあるまい」

「ふ～む、難しいですね……イゼイラはティエルクマスカでも、最も『トーラル』の影響を受けている大国です。そのイゼイラの国民が納得しないと言うのであれば、今のティエルクマスカが抱える問題も進展しません……致し方ないですか……」

マリヘイルは少し俯《うつむ》いて考える。

「申し訳ない、マリヘイル。だが、これればかりはな……我々の文化の問題でもあるのだ……必ずなんとかしてみせる。フリンゼ達を信じてやってくれ」

「ええ、わかっていますわ。だから私達は」

「ああ、ヤルマルティアにヴェルデオ司令を直接大使として指名する『シンニンジョウ』？という書状を送ったのだ。ヤルマルティアの政府と皇帝陛下は快くその書状を認証してくれたそうだ」

「はい、その話を聞いた時は心からホっとしました」

「うん、これでヤルマルティアと我が国、そして連合行政府が責任を持って国交を持つことができる。以前よりずっとやりやすくはなる」

「ええ、それが今一番の良い知らせでしたからね……」

マリヘイルとサイヴァルは、ニッコリ笑って頷きあう。

彼らは彼らの主観で、何かに問題があり、何かの解決法を模索している。そして何かを求めて船を五〇〇〇万光年彼方の太陽系へ送り出した……いくら超空間航法のようなものを持つ彼らでも、五〇〇〇万光年は短い距離とは言えまい。そこまでしても、そしてそれがヤルマルティアという国でなければならない彼らの求める何かが、そこにはあるのだろうか？　それが何かは……まだわからない。

サイヴァルは話に一区切りをつけると、やおらソファーから立ち上がり……

「さてマリヘイル、お腹すかないかな？」

「え？　えぇ。もうすぐ中期食時ですものね。なんです？　サイヴァル、改まって」

「うむ、まあ迎賓食堂にとりあえず行こう」

「はぁ……」

マリヘイルは首を少し傾げながら、サイヴァルの後に続く。

下階の迎賓食堂へ屋内転送装置を使って下りると、食堂スタッフが食事の用意をしていた。二人は対面でテーブルに座る。

傍らには、スプーンが置いてある。『スプーンのような食器』ではない。モロなスプーンだ。

マリヘイルはそれを取り、

「変わった食器ですわね……」

と訝しがる。それを見るサイヴァルはムフフ顔。

給仕が立派な透明のグラスに、きれいな白濁した濃緑色の液体を入れて持ってくる。中には氷が浮いている。

マリヘイルは、目をむいて「なんだこりゃ？」な顔をする。ちなみにグラスには、無駄なトゲトゲは付いていない。

「ではマリヘイル、ハーサ」

「ハ、ハーサ」

『ハーサ』とはイゼイラ語で『乾杯』のような意味だ。

マリヘイルはその液体を、恐る恐る口に入れると……目が☆になり、

「これはおいしい飲み物ですわね！　お茶のようにも感じますが……」

「なんでもヤルマルティアの飲み物で、『あいすまっちゃみるく』という飲み物らしい」

「ほー……」

「ヤルマルティアで採れるお茶の一種に、家畜の乳脂を少し混ぜ、そこに糖分を加えたものだそうだよ」

そう言うとサイヴァルは、クイっと一気に抹茶ミルクをあおり、フゥと一息つく。

「これはこうやって一気に飲むのがうまい」

それを見たマリヘイルも、一気に抹茶ミルクをあおり「フゥ」と息をつく。

「なるほど。何か清涼的な感覚と、のど越しの良さが同時に味わえますわね、ウフフ」

「ははは……では、次は今日の目玉になる食事の方だ」

給仕がその……『例の』驚愕の食事を運んできた。

その食事は、大きな深めの皿に、白い粒状の穀類と思われるものが盛られ、さらにその上から半分以上の面積に黒茶色の液体がかけられ、その液体の中に、肉が入っている。

そして、今日のこの食事はスペシャルということで、更に肉に穀類の粉を振りかけて、油脂で揚げたようなものが小切りにされて、さらにその上に載っていた。

マリヘイルはその出された食事を訝しがり、クンクンと匂いをかぐ。

その瞬間……

「こ……これは！　……」

「はっはっは、素晴らしい香りだろう。香りだけではないぞ、とにかく食べてみようじゃないか」

「は、はい……」

マリヘイルは、その先の丸まった食器で、白い粒と、黒茶色の液体を一緒にすくい、パクッと口に入れると……

「♪？☆？！！！～」

その目はピッカリと輝く……どこかの和服を着たジジイのように、目や口からビームは出さないが、まぁそのぐらいのものだったらしい。

彼女は次々とその食べ物を口へと運ぶ。

「こ……これは！　……なんておいしい食べ物なのでしょう！　私の人生で、これほどの食べ物、食べたことがありません！」

「だろ？　私もこの食べ物を食べた時、瞬間、あまりのうまさに自我が消えてしまったほどだ」

「はい。おそらくティエルクマスカ全域を見ても、これを上回る味付けの食べ物は……そうそうないでしょう……もしかして、これもヤルマルティアの？」

「実はね、この食べ物だが、全部フリンゼが調査して、ハイクァーンデータとして送ってきたものなのだよ」

「ほぉ～～それはそれは……で、この食べ物の名は？」

「うむ、なんでも『かれーらいす』というそうだ。その中でも今回の物は、そのバリエーションの一つで、『かつかれー』というものらしい」

「なるほど……」

マリヘイルは、隣に出された水を飲むと、また一杯すくってスプーンを口に運ぶ。

彼女もとうとうカレーという魔物に取り付かれてしまったみたいだ。

「科学局に成分を調べさせたが、体にも非常に良い成分が多数含まれている。ただ……少々問題があってな、この食べ物には」

「問題？　……まさか有毒成分が？」

「ははは、まさか……いやフリンゼの報告では、あまりにウマすぎるので、彼女も五分期に一度しか食べないらしい」

「それはそうでしょう。こんなおいしいもの、食べ続けたら中毒症状を起こすかもしれません……」

「ははは、それはどうか知らないが、その五分期に一度というのは、ヤルマルティアの習慣でもそうらしいよ。ヤルマルティアの文献にもそう書いてあるそうだ」

「では、ヤルマルティア人もこの食べ物のおいしさが中毒を引き起こすとわかっているのですね？　なのでそのような戒律を……」

「あー……いや、だからその中毒はどうかしらないが、まあ有毒どころか、ものすごく体に良いものなのは確かで……」

「でも、そんな戒律があるぐらいなのですから、相当なものなのでしょう？」

「い、いや、私はあんまり関係ないと思うが……」

「でも、フリンゼがそこまで報告書に書いてくるぐらいですから、ハイクァーンで各国国民が造成する時も、その注意書きを添えて造成させないと」

「は、はぁ……ハハハ、ま、まぁ、そうなのかなぁ……」

　みんなの大好きなカレーライスが、ティエルクマスカでは中毒食品に指定されてしまった。

『闇カレー造成』という犯罪が発生したり『カレーライス食用戒律法違反』などという法ができたりする事態になってしまうのだろうか。さすがに、んなわきゃないと思う……多分……

そんな感じで、五〇〇〇〇万光年彼方の食べ物『かつかれー』に舌鼓を打つ二人。

普通、こんな迎賓食堂で出る食べ物というのは、一流を称する料理人が作るのはいいが、VIPクラスではもう食べ飽きたような、決まった味付けで、素材だけが一流の物と相場が決まっているものである。

だがマリヘイルとしても、今日に限っては非常に有意義な食事であった。なんせ年甲斐もなく、二杯目をいってしまったからだ。

「フゥ、今日は人生最良の日になりそうです……ゲプ」

「はは、それは良かった。私も気に入ってもらえて嬉しいよ」

「五分期に一度ですね、わかりました……」

マリヘイルも何か心に決めたようだ。

食後のお茶。これはイゼイラ茶であるが、一杯飲みつつの会話。

「しかしこのような貴重な食べ物を発見するとは、さすがフリンゼですね、さぞかし一生懸命任務を果たしておられるのでしょう」

「確かにこれだけの情報をかき集めて送ってくるのだから、相応の仕事をしているのは確かだろうが……フフフ……ま、それだけではないみたいだけどな」

「え？　どういうことですか？」

「んー……ヴェルデオ司令の報告なんだが……」

「？」

「あー……フリンゼな……ヤルマルティアで……将来の伴侶《はんりょ》ができたらしい……」

一瞬瞳を最大サイズにして沈黙するマリヘイル……

「ま……まぁまぁまぁ……それは本当ですか⁉」

「うむ、確定情報だそうだ。しかもお相手は当のヤルマルティア人らしい」

「あらあらあらあら…………それはそれはそれは……」

「ははは、意外だったろう、あのガードの堅いフリンゼを落としてしまうデルンがいただけでも驚きだが……まさかヤルマルティア人だとは……これもナヨクァラグヤのお引き合わせなのかもしれんなぁ……」

「そうですわねぇ……」

なんとなくしみじみする二人。ほっこりしながら茶をすする。極めて肯定的である。

そんな感じで、食事を御馳走《ごちそう》になったティエルクマスカ連合議長マリヘイルは、次の予定があるため、サイヴァルの下を離れる。

サイヴァルはマリヘイルが去った迎賓食堂の窓から、イゼイラ都市を眺める……

腕を後ろに組み、『休め』の姿勢でじっと外を眺めて何かを考えているサイヴァル。

（あのフリンゼがなぁ。そうか……今回の件も含めて、一度話をしてみねばならんかもなぁ……これもやむをえんか……）

そして、前を見据えた目が、少し俯く。

（あの件を早くなんとかしなければ……周期を追うたびに悪化していく。もしこのまま……）

サイヴァル・ダァント・シーズ……彼は、今期のティエルクマスカ連合盟約主権国家、イゼイラ星間共和国議長なのだ。その悩みは、誰にも推し量れるものではない……

＊　＊

『ヨッ！　オヨッ……ヨシッ、ツリアゲタゾ、イイカンジダ』

『ハわわわわ……ふぅ、危なかったデス』

「ははは、そうそう、そんな感じ、二人ともうまいうまい……えっと、フェルが五匹にシエさんが六匹、俺が一〇匹だから……おお、いい感じだな」

城崎での休日。

フェル達は何をしているのかと言うと、ホテルに隣接する遊園施設にある釣り堀で、例のアジ釣りに挑戦していた。

シエは昨日にもう体験済みだったが、フェルは今日が初めて……と言うか、『釣り』という物自体が人生初挑戦だったので、なかなかに熱中のご様子。だがフェルはちょっとズルしている。

ＶＭＣモニターを展開して、生簀《いけす》の中をセンサーでサーチ。大きい魚と小さいアジを完璧に見分けて釣《つ》り竿《ざお》を垂れている。

なかなかにズルッコだったりするが、生簀の監視員は、それが何かわからないので、注意しない。みんなもそれが何か、わかってても言わない……

……良い子は真似《まね》してはいけません。大人はずるいのです……

そんな感じで釣果を食堂で天ぷらにしてもらい、袋に入れて食べながら施設を楽しむ。

昨日は時間の関係で見れなかったイルカやアシカ、トドのショーを見物。フェルやヘルゼン、オルカスが大はしゃぎだった。シエも態度にこそ出さないが、目を皿のようにしてそのショーを見る。

イルカインストラクターも、有名なフェルやキャプテン・ウィッチことシエ達異星人が見に来ているということがわかっているようで、そこはエンターテイナー、フェル達異星人フリュ軍団をステージに呼び、イルカやアシカと遊ばせていた。

そのショーを見学に来ていた世の日本人デルンのみなさんは、イルカショーより、シエさんのいろんな所に目が行き、眼福だったようである。

なんせシエの私服は、なんでもかんでもピチピチな服なのでいかんともしがたい……

水族館では、ポルやリビリィが目を輝かせ、片っ端からＰＶＭＣＧで日本の海洋生物のデータをとりまくり、楽しむというより、完璧な仕事モード。

『コれはすげーナ！』『コの資料館は貴重でス！』

とリビリィとポルは感動していた様子。この程度の水族館なら、日本中にあるのだが。

そんな感じで今日も一日を満喫した彼女達であった……


……そして、また温泉に浸かり疲れを癒やす。すっかり『風呂』の意義を覚えた異星人のみなさん。

シエとフェルが隣同士になり、マッサージチェアに座って、マッサージ器をうぃんうぃん言わせながら……フェルはストローでチューとアイスレモンティーを飲み、シエはコーラを飲みつつ昨日の白木のように新聞を読む。

もちろん日本の文字はわからないので、VMCモニターを開いて、文字を翻訳しながら読んでいる。

「フ～ム……コノろしあトイウ国、ヤハリ信用ナランナ」

「今、チキュウで問題になっているあの件ですね」

「ウム。マア、ろしあトヤラノ言イ分モワカランデハナイガ、主権国家ニナンノ警告モナク軍ヲ送リ込ムトイウノハ、ドウ見テモ侵略ダゾ。ソコニ同胞ガタクサンイルナドトイウノハ理由ニナラン。何人同胞ガイヨウガ主権ハ主権ダ。ソンナモノハ関係ナイ」

「そうですよねぇ～　どんな理由があれ、主権国家に戦闘集団を送り込んだら、普通は戦争になります」

「ダガ、コノ問題ニナッテイル自治体モ、元々ろしあ寄リデ、ろしあヘノ帰属意識ガ高イ地域ラシイ。コレガ旧体制ノ崩壊シタ時ニ、コノ政権ガ変ワッタ国ニ帰属シテシマッタトイウノモ、ドウニモ理解ニ苦シム」

「ですよねぇ～、なんかどっちもどっちな気がしないでもないですが……」

「シカシ……コンナ事ヤッテイル国ガ、ティエルクマスカト交渉シタイナドト……マア、絶対ニ無理ダナ」

「ええ。こういうやり方を我が連合は一番嫌いますから」

「コノ目ツキノ悪イハゲ……ナカナカノヤリ手デハアルミタイダガナ……」

……そんな地球の時事話もそこそこに、フェルは友人として、シエに込み入ったことを聞く。まだ二人のマッサージチェアは、うぃんうぃんと音を鳴らす。

「ねぇ、シエ……」

「ン？　ナンダ？」

「……シエって……ダストールの総統候補の一人だったのでしょ？」

「……」

「良かったのですか？　国を出てきてしまって……」

「…………」

シエは目を瞑って、マッサージチェアの振動に身を任せている。

「ワタシモ……オマエトオナジダヨ……」

「え？」

「普通ノ、フリュトシテ生キタイダケダヨ……ロッショ家ニ好キデ生マレタワケデハナイ」

「……」

「普通ニ生キテ……恋ヲシテ……デルンヲ好キニナッテ……ソンナ生活ヲシタイダケダヨ……ダガ、ハハハ……連合防衛総省ニ入隊シタ時点デ、モウ普通ジャナクナッテイルケドナ、フフフ」

「……」

シエのマッサージチェアの方が、先に止まったようだ。彼女は首をコキコキさせ、腕をぐりぐり回して背筋を伸ばす。

「フェル……」

「は、はい？」

「オマエハドウナンダ？　オマエハ普通ノ議員デハナイ。旧オ……」

「シエ……」

「……ン？」

「私は、辞めたくても辞められませんから……やっていくしか……ないです……」

「ソウカ。デモ、カシワギニハ、キチント言ッテヤレ。アイツナラ、必ズオマエノ助ケニナッテクレル」

コクンと頷くフェル。

ヤルバーンでは、なかなか話せないことも、こういうリラックスした空間なら、つい口に出る話もある。それは地球人なら誰しも、どこでも話すこと。柏木や白木、大見もそうやって、友と話して、今がある。それはフェル達『異星人』とて同じことだ。

シエにはシエの、人としてのストーリーがある。

フェルにはフェルの、人としてのストーリーがある。

どれだけ親密になっても、その人の過去というものは、側《そば》にいたものにしかわからない。

その人の過去を知るというのは、正味、物理的な時間と距離に比例するのだ。

だから、知らない者には語ってくれなければわからない。話さなければずっとわからないまま……だが、柏木は以前言った。

「知らない方がいい秘密というものもあるのだ。知ってしまったがゆえに万人に迷惑をかける秘密もある」

と……

彼に話すということ……それがいい事か悪い事か、今のフェルにはわからなかった。

その物語は、今の地球人には理解の及ばぬ五〇〇〇万光年先の、いちイゼイラ人のストーリーだから……

「……シエは……事が終わったら、どうしたいのです？」

「私カ？　……ソウダナァ……私ハコノニホンニ……」

そう言おうとしたその時に、

「おーい！　フェル、シエさん！　もうすぐメシだよ」

「何やってるの〜みんなもう部屋で待ってるよ〜」

柏木と美里が、スリッパをペタペタ言わせながら二人を迎えに来た。

シエは小声で……

「(マァ、今ハコレデイイデハナイカ、ナ、フェル)」

フェルもコクンと頷いて、

「(そうですね、今はこの時を楽しみましょう)」

シエは、フェルの頭にポンと手を置く。まあ年齢的にはシエの方が、少し姉貴分だ。

『デ、今日ハ、私ノ方ガ〝ツリ〟デタクサン釣ッタカラ、カシワギノ隣ニ座ルゾ』

『ア、ナンデスカ!? そんなこと聞いてませんヨッ!』

『フフフ……「カシワギ♪ ア〜ンシテ? ……」トカヤッテヤル、フフフフ……』

『ア〜! シ、シエ! ソ、そんなことしたらタダじゃおかないデスからネっ!』

＊　＊

東京、夜……とあるホテルのバー。

政治家というものは重要な政策を内密に根回ししたり、まぁ、プライベートな時間を持ったりするために、必ず行きつけのこういう店を確保している。

こういう店では、店の方もわかっているので、マスコミなどは入店させない。

なので……密談のようなことをするのにも便利だったりする。

ある政治家は、一見さんお断りの料亭など、またある政治家は、高級旅館の一室など……まあ色々あるのだ。

そんな店に今いるのは、三島に春日《かすが》、そして新見。

副総理に、自保党幹事長、外務省官僚である。

「……総理も誘ったんだがよ、ロシアがあんなことしでかすから、それどころじゃなくなっちまった……あの男もロシア世論には勝てないということかなぁ。それとも前から企んでやがったか？」

目つきの悪いハゲ頭の顔を想像しながら高級葉巻をポッカリとふかす三島。

三島としても良く知っている人物だけに、今回の件はあり得ないことではないとは思っていた。

「ですねぇ……宇宙から異星人がやってきて、今後の国際関係がどうこうって話の時に、あーいうことやらかしますかね。あれもガーグとかいうヤツですか？」

春日がグラスを取って難しい顔をする。

「ははは、あれはどうですかなぁ。あの国の、前の大統領がどうもロシアのな……まあそういうのもあったので、黒海艦隊が動けなくなったら、ロシアの軍事プレゼンスに甚大な影響が出る。おまけにあの国は、ソ連時代の兵器研究地域でもありましたからな……確かにガーグ的ではありますがな」

そう言うと、葉巻の火を消し、シガーケースにスポッと入れる三島。隣で、新見が、春日のグラスに酒を注ぐ。

「ところで新見君よ、例の件、うまく根回しすんだのかい？」

三島は新見のグラスに酒を注ぐ。

「はい、そちらの方は……春日先生の方も、例の方向性でお願いします」

「ええ、わかっています。三島先生、総理の了解は……」

「とっくに得ていますよ。これで吉高《よしたか》先生も勇退できると……はは、喜んでたよ」

「吉高先生、お体大丈夫なのでしょうか？」

「歳《とし》も歳だしなぁ。ウチの党の定年制もあるし……おまけに心臓だろ。国会みたいなストレス製造装置のところにいなきゃ大丈夫だって医者が言ってたそうですがね」

「なるほど、ははは」

「それに……吉高先生を決断させたのは、やっぱり先の捧呈式の件だそうですわ。もう自分の知ってる政治が通用しない時代が来るって、落ち込むどころかえらい嬉しそうに言ってたそうですぜ」

「ではあの件は、吉高先生が辞表を提出する前に、機を見計らって彼に言わなければなりませんね」

「そうですな……新見君、そん時は白木君といっしょに春日先生と……頼むよ」

「はい、フフフ、了解しております」

新見は不敵な笑みを浮かべる。

春日も、何やら企む顔……しかしどっちかと言えば悪戯小僧《いたずら》のような笑み。

「でも先生、今、城崎かぁ〜いいよなぁ〜カニうめーだろーなぁー」

三島は語尾を伸ばして、うらやましそうに話す。

「お土産、送ってきませんか？」

春日も酒を一口。

「んなもん春日先生、こっちゃ官房ナントカ渡してるんですぜ。そんなのバレたらえらいことになりますわ」

「ははは、確かに」

しかし新見も突っ込む。

「でも三島先生、そんなこと言ったら私のような官僚が先生達と飲んでるのも、相当問題ありまくりのような気もしますけど……」

「そこらへんは……あー……まぁ……そんなこまけぇこたぁいーんだよ」

二人は笑う。

「でも新見君。なんでも今回の旅行、フェルフェリアさんと柏木先生二人のラブラブ旅行だったのを、イツツジのお嬢が付いてったって話じゃねーか。なんか白木君も巻き込まれたとか」

「いや、巻き込まれたと言うか……はは、大見三佐といっしょに五辻常務のボディガード代わりで私が行けと言いました。あの二人、一応婚約者同士ですので。それにあの一件で、名声欲しさの跳ねっ返りな極道連中が五辻常務に手を出そうとかいう動きもなきにしも非ずだそうで、そんなところです。柏木さんのボディガードは……ま、フェルフェリアさんがいますし」

と新見が笑う。

「おいおい、フェルフェリアさんがボディガードって、なんだいそりゃ？　逆じゃねーのかよ」

「いやぁ、かの方、話ではすごいらしいんですよ。なんでもメルヴェンのシエ局長とタメをはるとか」

「ほ……本当かよ……」

三島と春日は、脳内で誰しもが思う『マサトサン……』な彼女と合致しない映像をポワ～ンと思い浮かべる。そして二人は顔を見合わせ、首を傾げる。

……政《まつりごと》というのは、何も議会だけで決まるものではない。こういうところでそのお膳立てができて決まってしまうこともあるのだ。それが政治であったりする。これは古今東西、今も変わらない。そういうものなのである……

だが、麗子に手を出そうと考える極道のみなさん……三島達は、極道連中の方に同情した……

＊　＊

そんなこんなでアッという間に三泊四日は過ぎ、柏木達は帰途につく。

麗子達は但馬空港から城崎にやってきたようだ。

「え？　但馬空港から？　……おかしいな、但馬空港から羽田に直行便ってなかったと思うけど……確か伊丹経由だったような……」

「何を言っていますの柏木さん？　我が社のジェットで来たに決まってるじゃありませんか」

え？　と聞き直す柏木。

「はぁぁあ？　プ、プライベートジェットっすか⁉」

「はい、そうですわよ。何かご意見がございまして？」

「い、いや、みんな連れて？」

「ほい」

……柏木は、金持ちもここまでくると犯罪だと思った……

『ケラー・レイコは、ご自分デ「ひこうき」をお持ちですカ？』

「ええ、そうですわよ……と言っても、名義は会社のですけどね、ホホホ」

『ヘー、ワタシと同じデスね』

へ？　となる柏木。

「え、フェルも自家用機持ってるの？」

『ハイ、本国のお家にありますでス』

「あ、イゼイラにね。なるほど、そういう意味か」

フェル達イゼイラ人にとって小型の自家用宇宙船を持つことは、地球人が自家用車を持つのと同じぐらいポピュラーなことだと以前聞いたことがあったので、納得する。

「じゃぁ、麗子さん達とは城崎温泉駅で、一旦お別れですね」

「え？　なぜですか？　柏木さんも私達と一緒にお帰りになればよろしいでしょうに」

「いや、まぁ、フェルがちょっと……はは……」

フェルが地球の飛行機を科学的根拠に？　基づく理由で苦手だということを麗子に話す。

「……ということなんです。あとそれと、大阪からまだ寄りたいところがありましてね」

「あら、そうですの。残念ですわね」

「すみません麗子さん、ご好意だけ頂いておきます」

「いえいえ、そういうことでしたら仕方ありませんわね」

「それと、まあ……いざとなれば転送で帰宅できますし。フェルの権限で、むはは」

「フフフ、なるほど、わかりました。では柏木さんの電車の時間まで、駅周辺の散策でもしましょうか」

そういうことで、柏木一行は列車の出発時間まで城崎温泉駅周辺を散策する……

この散策、結構ヤルバーンフリュさん達には好評であった。

ある種、日本の原風景である大谿川《おおたにがわ》の柳並木に太鼓橋。そして外湯の歴史ある古い建物。

フリュのみなさんは、子供のようにアッチに行き、コッチに行き、ポルに至ってはＰＶ

ＭＣＧスキャナー全開であった。無論フェルも色々とデータを取りまくっていたようである。

それもそうである。フェル達は日本に来てから、東京のような都会しか知らない。古い町並みと言えば、捧呈式が終わってから休暇をもらって遊びに行った浅草ぐらいなものだ。こういう地方風景は全くの新体験であった。

『アレ？　シエ局長は？』

オルカスが気づく……シエがどっかに行ってしまっている。

周囲を見回すと、ある店で日本人観光客がザワついている。キャッキャ言っている若い客も。するとシエが色っぽいモデルウォークで、その店から出てきた。手にソフトクリームを持っている……艶めかしい舌で、レロ～ンとソフトを舐めながら、モデルウォークで帰ってくる。

「なぁなぁ柏木……」

白木が深い眼差《まなざ》しで柏木に語る。

「なんだよ」

「あれは……イカンなぁ……」

「あ？　あ、あぁ……あの舐め方は……色々とマズイ、うん」

そして戻ってきたシエ。ちなみにアイスクリームは、シエの大好物であったりするので、彼女として『ソフトクリーム』なるものは放っておけない。

『ン？　ドウシタカシワギ。オマエモ欲シイノカ？　ホレ』

シエは、彼女がレロレロに舐めたソフトクリームを柏木に差し出す。

「え、ええ？　……」

すると、トントンと柏木の肩を叩く誰か。振り向くと……

『マ・サ・ト・サァ～ン……』

金色目の眉間にシワを寄せたフェル……柏木にはフェルから『ゴゴゴゴ』という音が聞こえた……

＊　＊

そして柏木達の列車発車時刻が近づく。

「じゃぁまた明日」という感じで麗子達に見送られ、柏木とフェルは特急列車へ。

帰りはフェルもお疲れだったのだろう。グリーン車のシートにもたれかかり、クークーと寝息を立てて眠りこけていた。

朝早めの出立だったので、おそらく昼過ぎぐらいには新大阪に着く。柏木も少し眠っておこうと思い、目を瞑る。フェルさんの頭が柏木の肩にもたれかかり、なんとなくニッコリと夢の中である……

コールドスリープならぬ電車スリープは相対時間を短くするもので、あっという間に新大阪へ到着。

フェルはちょっと眠い目をこすりながら、柏木についていく。

『マサトサン、キノサキでオオサカからどこかに行くところがあるということですガ、どこに行くのデすカ？』

「うん、キョウトというところに行こうと思ってるんだけど……どうするフェル？　疲れたのなら先に戻ってもいいけど……」

『一緒に行くに決まってるデすよ。別に疲れてないですヨ、ちょっと寝起きなだけでス、ウフフ』

「はは、そうか、じゃ行こうか」

二人はそのまま新大阪駅、新幹線ホームへ。

一番早い先発の新幹線に乗り込む。席には着かずに、踊り場で立ったまま乗る。なぜなら、新大阪から京都《きょうと》へは、一五分で到着するからだ。

これに乗ったのは、フェルに新幹線を調査させてやりたいというのもあった。

案の定、フェルはＰＶＭＣＧを展開させて、新幹線のデータを色々と取っていたが、乗車時間が短いので、今度機会があれば東京から乗せてやろうと柏木は思う。

新幹線には、何人かイゼイラ人も乗っていた。フェルと目が合うと、軽くティエルクマスカ敬礼をする。フェルも軽く会釈。だが、キャップ帽被って伊達眼鏡で『普通イゼイラ人』に変装したつもりだったが、やはりイゼイラ人にはわかるようである……まあ目の色が、という話もある。

そんなこんなで京都駅に到着。

お昼がまだだったので、適当なところで食事をとる。

京料理……とはさすがにいかない。ここはファーストフードで済ませる。地下鉄の名を冠するサンドイッチ店で喫飯。

フェルは『生ハム&マスカルポーネ』で柏木は『ローストビーフ』……フェルは京料理なんて知らないので、京料理を食べたいとも言わず、このサンドイッチをうまそうにアムアムと食べていた。ちょっとお腹がすいていた模様。

だけどさすが京都、かつての日本の中心。

そういうデータをヤルバーン乗務員も得ているのだろう、やはりそこかしこにヤルバーン乗務員の姿を見かける。

さっき見かけた中には、ヤルバーンでも数少ないイゼイラ人以外の種族、ダストール人の姿があった。おそらくシエの同僚か部下だろう……しかしダストールフリュは……なんであんなにピチピチの服が好きなんだろうと思う……微乳だけどちょっとエロかった。

他、柏木は、初めてとなる種族のデルンとフリュの姿を見た……その人魚と半魚人を足したような姿の白銀色の肌は、かなり目立つ。ポルの真っ白というのとはまた違った感じである。

「フェル……あの種族さんは？」

『アア、あれはパーミラ人の方でスね』

「ぱ、ぱーみら人？」

『ハイです。ケラー・パーミラ人はすごいデすよぉ……水陸両用ナのです』

「両生種ってこと？」

『ソうです。イゼイラ人とは、ダストール人やカイラス人と同じく仲の良い種族サンで、昔、陸上での生活に制限のあったパーミラ人サンを、イゼイラの医療技術を使って、陸上でも快適に生活できるようにしてさしあげた時からのご縁でス』

「なるほどねー……やっぱすごいな、ティエルクマスカは」

そんな話をしながら、今度はＪＲ京都在来線で長岡京《ながおかきょう》方面へ……

トコトコと在来線に乗り、ＪＲ長岡京駅で降りる。

京都市内からはちょっと離れた、比較的郊外になる長岡京市は、長岡天満宮や長岡公園で有名。京都市内から少し離れていることもあって、やはりイゼイラ人は注目の的。だがある理由で、あまり他府県の人達みたいにキャーキャー言うことはあまりない。むしろ、ニコニコと知らない人から会釈される。

柏木はとある菓子屋へ。するとその菓子屋の女将《おかみ》が……

「あら、また新人はんが入ったんどすか？」

と柏木に尋ねる。

られたので、

「え？」となる柏木だが、その女将の言いたいことが（ああ、なるほど……）と大体察せ

「いえいえ、今日はただのお客さんです」

と応える。その店で手土産のお菓子を買うと少し歩く。

『マサトサン、さっきのニホン語、なんて言ってたでスか？　翻訳できなかったでス』

「はは、そうか、京都弁だったからな」

『キョウトベン？』

「日本の方言の一つさ。イゼイラ語には、方言はないの？」

『ホウゲンホウゲン……ア、タハル地方変語のようなモノですネ。ハイ、ありますヨ』

そんな話をしながら着いた所は……そう、あの『天戸作戦』の動画作成スタジオ。

『山代《やましろ》アニメーション株式会社』

であった。

「アポとってないからなぁ……社長いるかなぁ……こんにちは～」

と扉を開けると、向こうの方からヒョコっと誰かが顔を覗かす。

「あああああ！　真人さん！　どうしたんですかぁ！」

と『美術担当の女』が驚いたような顔で叫ぶ。

「し、しゃちょぉ～！　お客さんですよぉ～」

「はぁ～！　客ぅ～!?　今日はアポの予定なんてないぞ！　誰!?」

「真人さんですぅ〜！」

「はぁぁぁぁ!?〜〜」

「それとぉ！　金色の目した『おイゼさん』ですよぉ〜！」

「なに!!」

そう言うと、ドタドタと足音を轟《とどろ》かせ……山代アニメーション株式会社社長の畠中《はたなか》が顔を出した。

「ま、真人ちゃん！」

「ども、社長」

柏木はピっと手を挙げる。

『ハ、ハジメマシテでス……』

フェルは、わけがわからず、とりあえず挨拶する。

「いやぁぁぁ！　久しぶり！　いきなりどうしたの！　ささ、入って入って……あー、ミヨちゃんお茶！　それと……こないだあそこが持ってきたお菓子あったろ、あれ出して！」

「は、ハイハイハイ」

と美術担当の女……ミヨちゃんと呼ばれる女が、飛んで行く。

「あー、今、ち、ちょっと打ち合わせ中だから、一五分ほど待ってね」

「あー、どうぞお構いなく」

そう言われ、応接室でしばし待つと、ミヨがコーヒーとケーキを持ってやってくる。

「ね、ね、真人さん。もしかして、こちらの方って……フェルフェリアさん？」

「ん？　あ、そうか、そうだよ」

「ですよね～金色のお目目のおイゼさんって言ったら、フェルフェリアさんしかいないもの……あ、握手してくださいっ！」

『ハ、ハイ……』

柏木は笑って、

「フェル、帽子と眼鏡とってやりなよ。ここの人、フェルのことみんな知ってるからさ」

『ハ、ハイデス……』

そう言ってフェルはキャップ帽を取り、プルプルと髪型を整え、眼鏡を外す。

「キャ――――！　生フェルフェリアさんだ――――」

……いちいちうるさい女である……

そしてさんざん勝手に騒いで、仕事に戻っていったミヨ。柏木は、みんなで食えとさっき買ったお菓子を渡し、今度こそ本当にしばし待つ。

『マ……マサトサン……な、なんなのデスか？　ここハ……』

なんか変なトコに連れてこられたと不安がるフェル。

そこらじゅうに『ぴろりん』なポスターやら、フェルも見たことのないスゴイデザインのロボット兵器のポスターやらが貼ってあり、精密で良くできた人形などが飾ってある。

「ははは！　そうか、まだ言ってなかったっけ。ここはあの『天戸作戦』で使ったアニメ……いや、絵でできた映像あったろ、アレを作ったところですよ」

『ヘ……！　そ、ソウなのですカ‼』

フェルは驚く……あの素晴らしい映像を作ったところが、こんなハチャメチャなニホン人がいるところだとは思わなかった……フェルとしては、もっと偉大な芸術家のような人達が、たくさんいるところだと思っていたようだ。


そうすると、打ち合わせを終えた畠中が、急いで応接室にやってくる。

部屋に入るなり……帽子をとったフェルを見て、ギョッという顔をする。

「お、おい……真人ちゃん……も、もしかして……この方……」

「フェル、ご挨拶して。ここの『シャチョウ』さんだよ」

『エ！　ア、それは失礼しましタ。私は……』

フェルはポーチからモソモソと名刺を取り出して、畠中に渡す。

「おお！　これはこれは！　私はこの会社の社長で、畠中と申します」

畠中も名刺を差し出す。可愛いイラストがチョコっと描いてあるので、フェルは何か得した気分になる。

「いや～　ビックリした。なんだよ真人ちゃん、来るなら連絡ぐらいちょうだいよぉ～。迎えに行かせたのにさぁ～」

「いやいや、私も実はちょっと旅行の帰りでしてね、フェルに一度ここを見せてやりたくて……もうフェルの立場、知ってますよね？」

「そりゃ、俺も一応対策会議に名前載せてもらってるからね……一度も出席したことないけど、ははは！　……それと、真人ちゃんと、フェルフェリアさんの関係も聞き及んでおりますですよ」

「はは、そーいう話はもう慣れましたよ……どこ行っても言われるし……むはは」

柏木は頭をポリポリかく。フェルも照れ顔。でも彼女も、もう慣れた。

「いや……社長。実は今日、一言申し上げたくて参上仕《つかまつ》ったわけでして……」

「なんだい急に……」

「いやぁ……あの『作戦』の時のことっすよ……どうもすみません、まさかスタッフのみなさんが、あそこまで考えてたなんて……」

ペコリと頭を下げる柏木。

「いやいやいや、顔上げてよ真人ちゃん……実は本当のこと言うと、俺もあの『真』バージョンのこと、知らなかったんだよ」

「え⁉　マジですか！」

柏木は驚く。てっきり畠中の指示だとばかり思っていた。

「うん、俺もさぁ、ロングバージョンはアッチの方だとばっかり思ってたんだけどさぁ……蓋《ふた》を開けたらアレだったろ……正直びっくらこいた」

「え？　じゃぁタっちゃんさんの独断？」

「そそ……タっちゃん、メッチャ張り切ってたから」

タっちゃんというのは、例のアニメを監督した人物だ。フリーの監督である。当時、あのアニメのために、畠中が頼み込んだ人気の監督であった。

とにかく、ＮＨＫ相手でもコンプライアンスお構いなしにヤる監督で有名だった。

「なるほど、それでか……ははは、理解しました。なるほどね……ははは」

畠中と二人で当時のことを思い出して爆笑する。

「なるほどあの人ならやりかねない」と、そんな人物は、仕事をしていると一人や二人はいるものだ。こういうのはそういう世界で仕事をしなければ理解できない、まあ所謂『業界話』である。フェルは隣で聞いていて、ちょっと『???』な顔。

「で、タっちゃんさんは？」

「うん、また新作やるってんで、まだこっちでやってもらってるよ。ほら例の……」

「ああ、そうですね……あ、いや、実はそれを見学させてもらいたくてフェルを連れてきたんですよ……フェル、一応彼らの上司か上官になりますから」

「はいはい、なるほどね、ＯＫＯＫ」

「で、社長、新作で例のって……もしかして？」

「うん……まぁここで話をするのもなんだし、お二人で実際現場見てよ。フェルフェリアさんの姿見たら、イゼさん達喜ぶよ」

『へ!? イゼさん達？　ア、もしかして、「ジッケンタイザイシャ」のみなさんですカ？』

フェルは思い出したように言う。

「そうだよ、フェルは知らなかったの？」

『イエ、あの絵の映像を作るところを研究するために派遣するというのハ聞いていましたけド……てっきりもう期間終了で戻ってきたとばっかり思っていましタ』

「なんだって？　そうだったのか⁉　……しゃちょぉ～～……拉致《らち》監禁してるとか……」

柏木は以前、畠中の言った「もう帰さなくていいよね」という言葉をふと思い出す。

「な！　アホなこと言わんといてよ人聞きの悪い！　向こうさんがもっと教えてくれ、調査させてくれって懇願してきてるんだよ……無下に追い返すわけにもいかないじゃないかぁ」

「本当ですかぁ～～？」

「本当だって。で、タっちゃんがそういうことならってんで、その新作、イゼさん達がメインで作ってるんだぜ」

衝撃の事実。

「うぞっ！　マジっすか！」

「そそ、キャラデザに作画、演出、他諸々、一部声もね。監督とメインのボイスぐらいなもんだよ、日本のスタッフは。まあ、アドバイザーとしてミヨとか付けてるけど………ここだけの話だけどさ、もうキー局が放映権争奪戦状態なのよ。ムフフフフ」

柏木は顔に手を当てて、ちょっと呆れ顔でタハハと笑う。

今でこそ話せるが、天戸作戦時のあのアニメ……結局DVDとBDにして売った。

世界総販売本数・現在一二〇万本……未だ予約分がはけていない……

近々、日本・海外で有名ゲーム機専用でダウンロード販売も予定中。

(社長も相変わらずだなぁ……)

と思う柏木。

「ちゃんと給料も払ってるから心配するなって」

「で、労働時間はぁ～?」

細い目をして聞く柏木。

「ははは、そう来ると思った。それがさぁ、やっぱ彼らスゴイよね、相当無茶なこと言っても、キチッと就労時間内でスケジュール通りにやるもの」

「そうなんですか。へぇ～」

そんな話をしつつ時間も迫ってくるので、

「まぁとにかく現場見て行ってよ」

と畠中は上階の彼ら専用に作らせた作業ルームに案内する。

その上階の扉を開けると……

そこはどう見てもアニメ制作スタジオには見えない異様な光景であった。

そこらじゅうにVMCモニターが起《た》ち上げられ、まるでその部屋の様相は、X型戦闘機を指揮するどこか遥か遠い世界の司令部のようである。

イゼイラ人スタッフが忙しく行き来し、部屋の隅では打ち合わせをしていたり、キャラの動きをチェックしていたりと……おおよそ柏木の知識外の異様な光景がその部屋で展開されていた……これで球状人工要塞の立体映像でもあれば、どこかの反乱軍の基地である。

「し……社長……なんですかこれは……？」

「え？　アニメ制作の光景……」

「……」

唖然とする柏木……するとイゼイラ人スタッフの一人が、フェルを見つけ、目を輝かせやってくる。

『ファーダ・フェルフェリア！』

イゼイラ人スタッフがフェルと柏木の前にやってくる。

『ケラー、お仕事ゴ苦労様でス』

『いえファーダ。マさかファーダがいらっしゃるとは……ご連絡イただければお迎えにあがりましたものヲ……ケラー・カシワギもよくおいでに』

「いえいえ、みなさんも頑張っていらっしゃるようで」

そう言うと、そのイゼイラ人と握手をする。どうやら聞くと、今では新作の進行をほとんど任されているらしい。

「……では、タっちゃんさんは？」

『ハイ、打ち合わせのためトーキョーへ出張中デス』

「あ〜そうですか、残念。一言お礼言いたかったんだけど」

そして彼ら専用のスタジオを見学させてもらう……そりゃもうイゼイラ技術全開のスタジオだった。たしかにこれでやれば作業はスムーズだろう。

事象予測システムに、脳イメージジスキャニングシステム、声紋エミュレータ。

（こりゃ……帰したくないわな……）と苦笑いしながら柏木は思った。

「で、社長。新作の内容ってどんなものなんです？」

「それは秘密ぅ……」

「エエエ、教えてくださいよぉ……」

「はは、冗談だよ。さすがに対策会議の重鎮様にはお教えしないとな……ほいこれ」

柏木は台本とプロット、絵コンテの一部をポンと渡される。

するとフェルはそれを見て驚く。

『コ……これは！　もしかして「ノクタル創世記」じゃないですカ！』

「そうですよ、フェルフェリアさん」

畠中が頷く。

『ハイ、えっとコレは……』とフェルは絵コンテをパラパラとめくり『第一五節・混沌の章……ガーグの化身と戦う勇者のお話デスね……』

「ガーグ!?　あ、そうか、ヴェルデオ司令の言っていたガーグの出てくる話って……」

『ハイです。このお話でス』

フェルは頷く。

「タっちゃんがイゼさん達と雑談していた時、この話が出たそうでね。その内容聞いて是非アニメ化してみようって話になってさ、五〇〇〇万光年彼方の『神話』みたいな話を映像化できるってワクワクするでしょ、即ＯＫ出したよ」

畠中はそんな風に話しながら、イゼイラ人スタッフがデザインしたキャラクターと、そのキャラクターをアニメ調に、有名キャラデザイナーがクリーンアップしたものを二人に見せる。

「へー、これがですか……はは、すごいな。イゼイラ人をキャラ化って……あの人がクリーンアップしたらこんな風になるのか」

『コれは……英雄ファルガですネ。ウフフフフ、ファルガはこんな風になるのデすか』

フェルは夢中でそのデザインイラストを見ていた。

「実はね、真人ちゃん。コレって、まあこういう言い方はなんだけど、プロパガンダにもなるんじゃないかってね」

「プ、プロパガンダ？」

「うん。ガーグって対策会議とかの関係者しか知らない用語でしょ、だからさ、ガーグって言葉は他の言葉に変えてね、今の『ガーグ』って奴がどういうものか、表現してみようってわけよ」

柏木は、なるほどと思った。そうやってガーグの本質をアニメで表現して、そういう存在を知らしめようと畠中は思ったわけである。

畠中も一応対策会議のメンバーである。そういった書類は関係官庁を通して送られてきている。なのでその手の内容も一通り知っているわけである。でなければイゼイラ人の受け入れ先には指定されない。

そんな感じでワイワイとスタッフらと歓談した後、時間がやってくる。

「じゃぁ社長、私達はそろそろお暇《いとま》します」

『トても楽しいものを見せていただきましタ。どうも有難うございます、ケラー』

深く礼をする二人。

「え？　二人とも今から東京に帰るの？　こんな時間からじゃ夜中になるんじゃないの？　どっか泊まっていきなさいよ、手配するからさ」

「はは、そうは言っても明後日から仕事でしてね。明日ぐらいは家でゆっくりしたいんで……ま、すぐに帰る方法はあるんですよ」

「？　あ、そうなんだ……え？　まさか！」

「はい、その『まさか』です」

「あ〜それって反則だよなぁ……ははは」

「はは。で、すみませんが、どこか広い場所、あります？」

「んーっと、あ、あのタバコ屋の横の公園は？」

「あ、はいはい、あそこですね」

そう言うと、畠中とミヨ、そしてイゼイラ人スタッフ数人が見送りに『例の公園』まで付き添ってくれた。

そうして光とともに柏木とフェルは長岡京市から消える……

その様を生で見た畠中とミヨはびっくり仰天であったという……

＊　＊

〜　ヤルバーン行政区画　司令官室　〜

『デは、そのようにお願い致しまス』

「わかりました。ではこういう形で」

ヤルバーン司令、兼、全権委任大使のヴェルデオは今、日本銀行《にほんぎんこう》のスタッフと会談中だった。その内容は、ティエルクマスカ－イゼイラのヤルバーン内中央銀行創設の件についてである。

いかんせんティエルクマスカは貨幣経済を行っていない。なので中央銀行のようなものが存在しないのである。

ティエルクマスカ銀河内には連合に加盟していない国も存在し、それらの中には貨幣経済またはそれに準じた制度を行っている国は少なからずある。

がしかし、そういう国でもハイクァーンやそれに準じた物を使っているため、貨幣自体はそんなに重要な取引材料にはならず、基本的に各探査艦の責任でそういった国々の通貨を保管して使用している。

つまり額面的には、そんなに大きな金額を取引することがないのである。

だがハイクァーンインフラを持たない地球や日本の場合では、その取引を全面的に通貨で行わなければならない。

しかも、先の事業が思いのほか好調で、今後、ドルやユーロといった海外通貨の取引も絡んでくると思われたので、ヤルバーンに中央銀行のようなものを作った方が良いという財務省のアドバイスもあって、日本銀行スタッフがその調整にやってきていた。

無論、ヤルバーンの独自通貨を発行するわけではないので、言ってみればヤルバーン行政府の口座開設を行う手続きにやってきていたのだ。

日本銀行は、一般人や一般企業が口座を持つことはない。

だが『銀行』というぐらいであるからして、日本銀行の預金口座というものはあるのだ。

その口座は主に銀行法の認可を受けた市中銀行や、外国政府中央銀行などのものである。

これらは当座取引用である。

当然ヤルバーンも一応『外国政府』であるからして、今後……おそらくないだろうとは思うが、日本政府からの円借款《しゃっかん》や、外貨両替、日本国債購入などの機会があった場合にそなえて、地球社会の金融におけるインフラ共通化のための口座開設とともに、日本銀行スタッフがヤルバーン担当者にアドバイスを行いにきていたのである。

例の産廃再生事業や観光事業で得た貨幣はそれまでヤルバーンで保管していたが、日本円の現金、しかも億単位の金額をそのまま現ナマで保管するとなるとかなりの苦労がいる。ヤルバーン自治体内での基準通貨は、今後も『円』で行いたいということなので、市中銀行も今後ヤルバーンに展開して、イゼイラ人が支給された円を預けてもらうために支店を開設するかもしれない。そういった今後の展開も考えてのことであった。

「ヴェルデオ司令、ミーティングの方は終わりましたか？」

司令執務室にジェグリが入ってきた。

「ああジェグリ副司令、今終わったところだよ……いやぁ、このニホンの貨幣経済は複雑だね。頭がこんがらがってくるよ、ははは」

「そうですね。特に『ゼイキン』という徴収制度は頭がおかしくなりそうです。何故《なにゆえ》にあまでしてニホン国民から『ゼイ』なるものを徴収するのかと……」

「貨幣経済社会で国家を維持するには、貨幣コストが相応にかかるということなのだろうね……その『ゼイ』を取らなければ国が維持できない。だが取り過ぎると国民が不満を抱く……我々にはわからない悩みなのだろうな、ははは」

「そうですね。ニホン国民もさることながら、ファーダ・ニトベ達も大変ですね」

そんな話をしながら二人とも苦笑い。だが、宇宙にはいろんなその国のルールがある。これを来訪する側が守ってやらないと、平和的な交流、交渉ができない。そのあたりは彼らもよくわかっている。

「そうそう、話は変わりますが……」

とジェグリが切り出す。

「本艦内ニホン治外法権区における例の研究施設で、ニホンの『ボウエイショウ』研究機関が、何か成果を出したようですよ」

「おお！　それは本当かね」

「ハイ。自衛局が提供したヴァズラーを研究していたそうなのですが、ティエルクマスカ原器のハイクァーン研究過程で、彼らが創った独自の制御ソフトでヴァズラーを一機まるまる造成して、予備機を造り出すことに成功したそうです」

「彼らの制御システムでかね！　それはすごいな……それで？」

「その研究過程で空間振動波を利用した斥力発生システムを独自に開発したそうです……まあ、その空間振動波を作り出すシステムの解析はまだ終わっていないようですが……」

「うむ、良い傾向じゃないか」

「はい。で、その研究結果を利用した装備を、彼らの航空戦闘兵器……えっと『エフツー』というものに装備して、今度テスト飛行をさせるそうです」

「ほ――、さすが地球人……いや、ニホン人だな。やはり我々の思った通り、コノ国の人々は相当高度な知性を持った知的生命体のようだ。我々が差し上げた原器をこの短期間でここまで使いこなすとは……」

自国の高度な科学技術を遅れた文明が手にしようとすると、普通は不愉快なこともあろうはずだが、彼らはどうもそれを喜んでいるようである。

「で、今、ボウエイショウ関係者からいただいてきたフォトがこれなのですが、これがその装備を搭載した『エフツー』という航空兵器だそうです」


日本の誇る航空自衛隊の主力戦闘機『F－2』。

本来、完全な国産オリジナルで開発したかった新型戦闘機だが、開発当時に米国の圧力でかの国のF－16をベースに開発された戦闘機である。

確かにF－16がベースなのだが、その大きさはF－16を大型化したような……F－16の翼周りをそのまま大きくしたような容姿で、当時のF－16とは全く別物の性能を誇り、事実上『F－16に似た、全く別の戦闘機』といったようなモノである。

藍色と水色の迷彩色が特徴の戦闘機ではあるが……そのジェグリが持ってきた写真には、F－2の翼下パイロンに、繭《まゆ》のようなずんぐりむっくりした増槽（増加燃料タンク）の親玉のようなものが取り付けられていた……

「こ、これがその斥力発生システムかね？　……」

パッと見、正直格好が良い……というものではない。

「はい、そのようで」

「え、えらい大きいんだなぁ……」

「はは、まあ今はそんなところではないですか？　最初はそんなものでしょう」

「うむ、そうだなぁ。でも彼らには頑張って欲しいものだね。今後も協力は惜しまないように」

「はい、わかっております」

彼らは一体何を期待しているのだろう……

「それと、あとこんなものも預かってきております」

「ん？　これは……彼らの『ぱそこん』と呼ばれるもののキーボードではないかね」

「はい、で、その横のスイッチを押してみてください」

「ふむ……」

そう言うとヴェルデオは、そのスイッチを押してみる。

すると、そのただの日本語１０６キーボードの上部スリットからせり出すように画面が空中にポッと浮かび上がり、窓ＯＳが走りだした。

「おお！　これはゼルクォートモニターじゃないか！」

ヴェルデオはびっくりする……が……

「あ……あれ？　モニターがただの空中投影映像だな……分子固定されてないぞ？」

画面をさわるとスカスカと手が通り抜ける。

「ははは、これもニホンの『デンキメーカー』という組織の研究者がゼルクォートを独自に解析して、ニホンにある既存の技術で作ったものだそうです」

「そ、そうなのか⁉　……やるなぁ……」

ヴェルデオは感心しきりであった。なんせこれはＰＶＭＣＧを研究した上で、日本にある既存の技術を使ったものだということだったので余計に驚いた。

ジェグリは続ける。

「ヴェルデオ司令に見せたいとお願いしまして、日本のスタッフからお借りしてきた試作品ですが、近々、それを製品化してハンバイするそうですよ」

「そうかー……ニホンのみなさんも頑張ってるんだなぁ。原器を渡したかいがあったというものだ」

「そうですね。これで本国にも安心して報告ができます」

「ああ。このことを本国科学アカデミーが評価してくれれば……」


やはり彼らはなんらかの目的があって、ティエルクマスカ原器を日本に渡したようだ。

と、そんな話をしていると……

「ヴェ……ヴェルデオ司令！！！」

司令部のデルンスタッフが血相を変えて司令執務室へノックもせずに飛び込んできた。

というか、彼らにもノックの習慣があるようである。

ジェグリが少々きつい口調で……

「君、ここは司令執務室だぞ。ノックもせずになんだね？　敬礼ぐらいしないか」

「あ！　ハイ副司令、も、申しわけありません！　ですが、緊急の要件でして、ご容赦の程を……私も少々動揺しておりまして……」

その司令部スタッフは、ハァハァと息を切らしている。そして改めて、ティエルクマスカ式敬礼を二人にする。

「まぁまぁ、ジェグリ副司令……で、君、そんなに血相を変えてどうしたのかね？」

「はい、私から説明するよりも、とにかく……これを……本国からの指令書です……」

「何？　本国からの指令書？」

ヴェルデオとジェグリは顔を見合わせて首を傾げる。

「どれ……」

ヴェルデオはその差し出されたＶＭＣボードをスタッフから受け取り、一読する。

横ではジェグリが覗き見る……

すると、その文章を読む二人の顔が、普段の温和な顔からみるみるうちに険しくなっていく……

「こ……これは……！」とヴェルデオ。

「これは、そんな……」とジェグリ。

一通り読み終わるとヴェルデオは一言、

「これは……キツイなぁ……」

ジェグリは、

「こんな時期に……一体どうして？」

ヴェルデオはそのＶＭＣボードを執務机へポッと投げるように置く。二人はそのままドサッと近くのソファーに座り、両手で鼻を隠すように合掌して考えこんでしまう……

本国から送られてきたその指令書。

そこに書かれていたその内容の一文……それは……

【……現状のヤルマルティア任務進捗報告のため、ヤルバーン都市型探査艦連合派遣議員、フェルフェリア・ヤーマ・ナァカァラの本国への帰国、及び、イゼイラ共和国議長への報告を命ずる……】

＊　＊

「ファーダ・イル・ジェルダー・ヘストル。入ります」

「おう！　待ってたよ。入ってくれ」

小綺麗で立派ではあるが、壁にブラスターライフルや、機動兵器の模型や、機動母艦のホログラフなんぞを写したものを飾った部屋。そこに規律正しいキビキビとした所作と敬礼で入室するイゼイラ軍人。恐らく服装や階級章からして幹部軍人であろう。

その幹部軍人へ気さくな態度で応じる人物。

立派な執務机に座るイゼイラ人の中年男性……名は『ヘストル』と言うようである。

その名の前につく『イル・ジェルダー』という言葉。『イル』はイゼイラ語で『第一の』『一番目の』『最初の』という意味を持ち、『ジェルダー』とは将官や、大きな組織のリーダーを表す言葉である。すなわちこれ『大将』という階級のことであり、こういった軍隊でジェルダーという言葉を単体で使うと、『将軍』もしくは『提督』という意味になる。つまりこの男は『ヘストル大将』というイゼイラ人の高級将校ということになる。


……ここは、イゼイラ星間共和国のとあるイゼイラ国防軍基地内にある、ティエルクマスカ連合防衛総省の方面軍司令部である。すなわち『ティエルクマスカ連合即時派遣軍』と言われる、ティ連軍事力の中核をなす部隊の司令部というわけだ。そこの将軍閣下ということであるから、このヘストルという男、相当のお偉いさんであるというわけである。

「で、サイヴァル議長から要請のあった、フリンゼと使者の護衛要員候補だが……」

「はい。検討しました結果、彼女が適任者かと考えます」

そう言うと、その部下の幹部は、ヘストルという男のPVMCGへ映像データを送る。

と同時にヘストルはそれを再生し、その人物の姿を確認した。

VMCモニターに映るは、何やら戦闘服を着た体軀《たいく》の良いカイラス人のフリュ……女性であった。だがその姿、ちょっと普通ではないようだ。

顔面、右目がセンサーのような機械の義眼になっている。ヒューマノイド系の顔立ちではあるが、ちょっと獣人の入ったスポーティでしなやかな豹《ひょう》を思わせるような容姿。男性にアピールできるところは人類系の体色をした地肌だが、それ以外のところは所謂『豹柄』を思わせる美しい体毛に覆われている。

他、どうやら右脚と左上肢も機械のようだ。すなわち彼女は『サイボーグ』という存在なのである。

かつての任務で活躍した彼女の状況フォトなども添えてあるようで、相当の手練《てだれ》というような感じの女性軍人のようである。

「うぉっと……おいおい、なんともまあ君達は彼女をフリンゼや、ヤルマルティアから来る客人の護衛に付けようと言うのか？　確か彼女は、あの機兵化空挺戦闘団きっての猛者で有名な……」

「はい。ですが実は、我々が彼女を選んだというわけではありませんでして」

「ん？　どういうことだ？」

「今、惑星ハルマの件で何かと話題の、ヤルバーン探査母艦のことは？」

「ああ、状況は知ってるよ。私も報告は受けている……確か先日ヤルマルティアとおぼしき国家と国交が正式に結ばれたとかで、ものすごく話題になってたな。確か、ヤルバーン探査母艦が今後あの星で、自治体化するとかなんとかで」

「ええ。で、そのヤルバーンに軍の派遣員として出向しているゼルエ局長もご存知《ぞんじ》ですよね？」

「おう勿論だ。なんせその出向を命じたのはこの私だからな……って、その話の流れだと、ゼルエ局長からの要望なのか？　彼女の派遣は」

「そういうことです。以前から、防衛総省派遣スタッフの増員要請がゼルエ局長とシエ局長からありまして、彼女を寄越して欲しいとたっての要望があったのですが……此度《こたび》サイヴァル閣下の、例の急遽決まったフリンゼと使者の件もありまして、ま、便乗というのもなんですが丁度いいだろうということで、彼女にフリンゼの件も併せて、ヤルバーンへ行ってもらおうかと、そんなところです」

なるほどなと頷くヘストル。話によるとこのカイラス人サイボーグフリュは、ゼルエの、かつて部下だった人物ということだそうだ。

「ふむ、なるほど了解だ。ま、悪くないんじゃないか？　で、彼女には通達しているのか？」

「はい。彼女は既に命令を受領し、予定の日時まで待機しています。とりあえず彼女も早く状況に慣れたいということなので、先方へもセルゼント州にて彼女と合流してもらえるように要望しております」

「セルゼント州か、ふむ。確かあそこからちょっと行ったところに、ハルマのある星系方面のアレがあるのだったな？」

「その通りです、ジェルダー」

コクコクと頷くヘストル。ただ少々難しい顔をしている。

（……あのあたりは、確か最近、例の野郎どもの活動が頓《とみ》に活発化しているという話も聞くが……）

そんな事を思うヘストル。一体なんのことなのだろうか？　……

さて、その話はもう既に命令が発効している話でもあるので、とりあえずヘストルは報告を聞くだけで現状は留めておく。なんせそのカイラス人サイボーグフリュも、相当手練の軍人であるからして、命令は確実にこなしてくれるだろうと、そう信じることもできるからである。いかんせんそのフリュの所属していた『機兵化空挺戦闘団』という組織、ティ連防衛総省にあるもう一つのエリート組織『特務総括軍団』と肩を並べるほどの、そりゃもう猛者というのを通り越して、人間兵器の集まりみたいな集団で相当な精鋭軍団であるからして、そんな組織出身の兵士なら、まあ特に心配することもなかろうと、とりあえずはそういう状況で納得することにするヘストル将軍閣下……うんうんと頷いて、それと関連した話題へ話を変える。

「……ところで、あの話は聞いているか？　例の艦の件だが……」

「艦？　……ああ！　はい、あの変わったデザインの機動母艦の件ですね」

「おう、それそれ。アレの進捗もよろしく頼むぞ。もうそろそろ航宙航行試験を行う手筈《てはず》になっていたと思うが、もし間に合うのなら、例の使者が帰国する際に、あれを持って帰ってもらえるようスケジュールを組めば一石二鳥だからな。確か……『アマトサクセン』だったか？　あのイベントにやられっぱなしというのもちょっと悔しいからな。使者と一緒に持って帰ってもらえれば、良いイベントにもなる」

「ははは、了解です。ではそちらの方向で、話を進めさせましょう」

……ティエルクマスカ連合防衛総省までも動き出す何か。

サイヴァルの決断に呼応して、ティ連防衛総省軍の精鋭一人をヤルバーンに送り込もうと、そんな動きも見せる彼ら。

さて、その『変動』は地球世界だけではなく、遥かティエルクマスカ連合でも、なんらかの成果を得るために動き出そうとする。

地球世界の国際情勢と、ティエルクマスカ世界の情勢……まったく次元の違う世界観が、今、同時に動き出そうとしていた……

次巻につづく

あとがき

読者様各位

このたびは『銀河連合日本Ⅳ』をお買い上げいただき、誠にありがとうございます。さて、今巻で本作も四巻目を迎えることができました。読者様、編集様、その他関係者の皆様のご尽力に厚く御礼申し上げます。ということで、此度の作品ではｗｅｂ版掲載時に行った、ちょっと変わった試みをそのまま掲載させていただきました。というのは、当時ｗｅｂ版のご感想を頂いた時に、某朝○新聞の社説みたいなご感想を書かれた方がいらっしゃいまして、その方の文章がメチャクチャ本作をご熟読なされている素晴らしい出来でございましたので、当方からお願いして少々編集して転載させていただいたものを、今巻でも掲載させていただきました。この場でその方のハンドルネームをお出しして御礼申し上げたいところでございますが、当人様にご連絡差し上げたところ、匿名ご希望でしたので、この場で『匿名様』ということで御礼申し上げます。確かに掲載させていただきました。この方は、ｗｅｂ版の方にもご感想欄にこの文章の元になるものを投稿されていますので、お探しいただければ、どなたかわかると思いますのでご興味のある方、そこは読者の皆様にお任せいたします（笑）。

さて話は変わりますが、丁度本巻ゲラ初稿をチェックしていた頃ですが、なんともショックな情報が入りまして、ツイッターにも書かせていただきましたが、フェルと柏木がファーストコンタクトした場所のモデルとなった千里中央の商業施設、『千里セルシー』が取り壊されるかもしれない話になったそうです。丁度このあとがきを書いている前日、それもあって足を延ばし取材に行ってきましたが、確かに大型ゲームコーナーなどの施設は撤去され、かなり多くのショップで閉店セールをやっているようで、「ああ、本当なんだな」と、ちょっとショックを受けた感じでした。

何とも悲しい話ですが、でも確かにこの施設ができてもう五〇年近くなるわけですから、これも時代の流れと申しましょうか、致し方ないところなのでしょうね。確かにここに通る北大阪急行が箕面《みのお》まで延伸されるのもあって、終点ではなくなり中間駅になるわけですから、そういったところもあっての都市の変革というのもあるのでしょうが、やはり昔から知っている場所が無くなってしまうというのは、寂しいものであります。

でも……この千里中央のことと言い、トランプ氏のことと言い、沖縄のことと言い、なーんでこの作品で取り上げる場所や時事ネタは、こーも時の話題になって、結果私の作品が振り回される羽目になるのかと……イゼイラ人ではないですが、これも因果かと思うわけですよ、ハイ。トランプさんが当選した時なんかどうしようかとほんとにブツブツブツブツ………

ということで、今後も本作『銀河連合日本』シリーズを、宜しくお願い申し上げます。

柗本保羽《まつもとやすは》

本書は、小説投稿サイト「小説家になろう」に投稿されている同名作品を、改稿、加筆修正して出版したものです。

使用書体
本文――――A-OTF秀英明朝Pr5 L＋游ゴシック体Std M〈ルビ〉
柱――――A-OTF秀英明朝Pr5 L
ノンブル――ITC New Baskerville Std Roman

星海社
FICTIONS
マ2-04

銀河連合日本《ぎんがれんごうにほん》 Ⅳ

2017年 2月15日　第1刷発行　　定価はカバーに表示してあります

著　者 ―――― 松本保羽《まつもとやすは》

発行者 ―――― 藤崎隆《ふじさきたかし》・太田克史《おおたかつし》
編集担当 ―――― 岡村邦寛《おかむらくにひろ》

発行所 ―――― 株式会社星海社
〒112-0013 東京都文京区音羽 1-17-14 音羽 YK ビル 4F
TEL 03(6902)1730　FAX 03(6902)1731
http://www.seikaisha.co.jp/

発売元 ―――― 株式会社講談社
〒112-8001 東京都文京区音羽2-12-21
販売 03(5395)5817　業務 03(5395)3615

印刷所 ―――― 凸版印刷株式会社
製本所 ―――― 加藤製本株式会社

ISBN978-4-06-139958-7　N.D.C913 328P.　19cm　Printed in Japan

SEIKAISHA

星々の輝きのように、才能の輝きは人の心を明るく満たす。

その才能の輝きを、より鮮烈にあなたに届けていくために全力を尽くすことをお互いに誓い合い、杉原幹之助、太田克史の両名は今ここに星海社を設立します。

出版業の原点である営業一人、編集一人のタッグからスタートする僕たちの出版人としてのDNAの源流は、星海社の母体であり、創業百一年目を迎える日本最大の出版社、講談社にあります。僕たちはその講談社百一年の歴史を承け継ぎつつ、しかし全くの真っさらな第一歩から、まだ誰も見たことのない景色を見るために走り始めたいと思います。講談社の社是である「おもしろくて、ためになる」出版を踏まえた上で、「人生のカーブを切らせる」出版。それが僕たち星海社の理想とする出版です。

二十一世紀を迎えて十年が経過した今もなお、講談社の中興の祖・野間省一がかつて「二十一世紀の到来を目睫に望みながら」指摘した「人類史上かつて例を見ない巨大な転換期」は、さらに激しさを増しつつあります。

僕たちは、だからこそ、その「人類史上かつて例を見ない巨大な転換期」を畏れるだけではなく、楽しんでいきたいと願っています。未来の明るさを信じる側の人間にとって、「巨大な転換期」でない時代の存在などありえません。新しいテクノロジーの到来がもたらす時代の変革は、結果的には、僕たちに常に新しい文化を与え続けてきたことを、僕たちは決して忘れてはいけない。星海社から放たれる才能は、紙のみならず、それら新しいテクノロジーの力を得ることによって、かつてあった古い「出版」の垣根を越えて、あなたの「人生のカーブを切らせる」ために新しく飛翔する。僕たちは古い文化の重力と闘い、新しい星とともに未来の文化を立ち上げ続ける。僕たちは新しい才能が放つ新しい輝きを信じ、それら才能という名の星々が無限に広がり輝く星の海で遊び、楽しみ、闘う最前線に、あなたとともに立ち続けたい。

星海社が星の海に掲げる旗を、力の限りあなたとともに振る未来を心から願い、僕たちはたった今、「第一歩」を踏み出します。

二〇一〇年七月七日

星海社　代表取締役社長　杉原幹之助
代表取締役副社長　太田克史

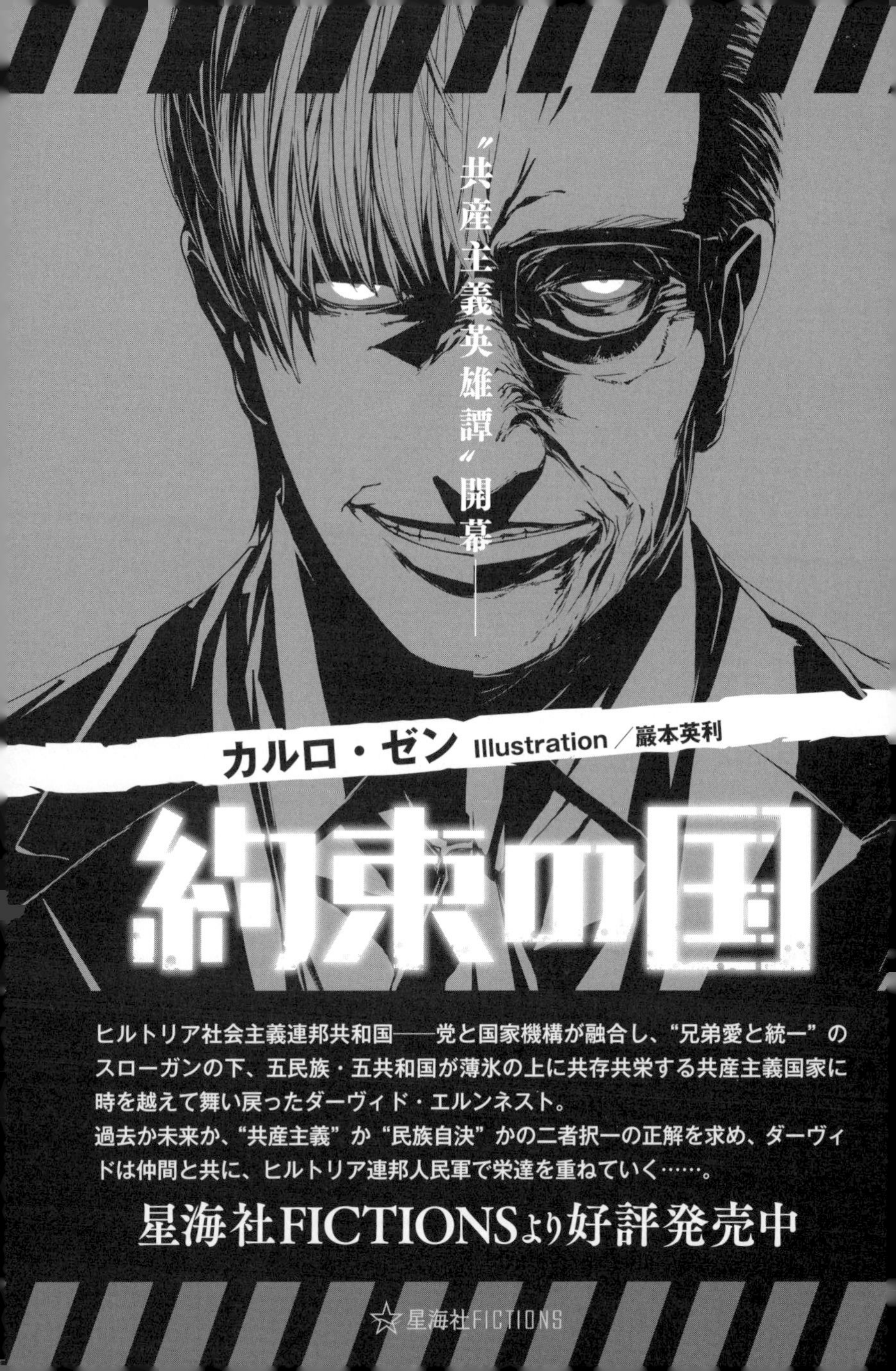
〝共産主義英雄譚〟開幕——
カルロ・ゼン Illustration／巖本英利
約束の国
ヒルトリア社会主義連邦共和国——党と国家機構が融合し、“兄弟愛と統一”のスローガンの下、五民族・五共和国が薄氷の上に共存共栄する共産主義国家に時を越えて舞い戻ったダーヴィド・エルンネスト。
過去か未来か、“共産主義”か“民族自決”かの二者択一の正解を求め、ダーヴィドは仲間と共に、ヒルトリア連邦人民軍で栄達を重ねていく……。
星海社FICTIONSより好評発売中
星海社FICTIONS